지라니 합창단 **희망을 노래하다**

지 라 니 합 창 단

희망을 노래하다

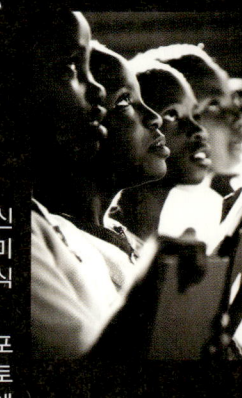

신
미
식

포
토
에
세
이

끌레마
Clema

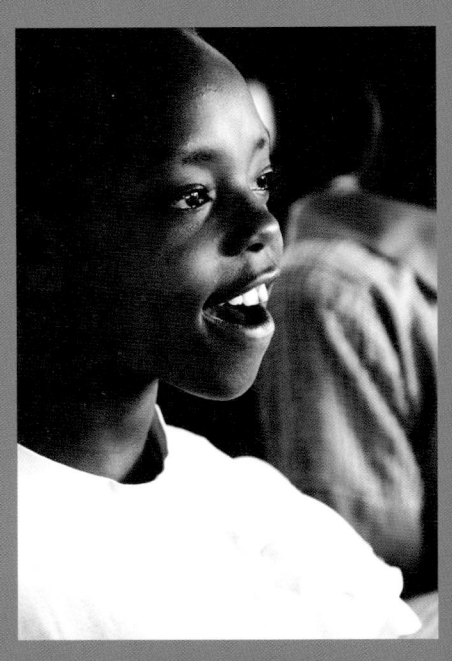

우리에게는 지금까지 존재하지 않았던 것을

꿈꾸는 사람이 필요하다.

一존 F. 케네디 John F. Kennedy

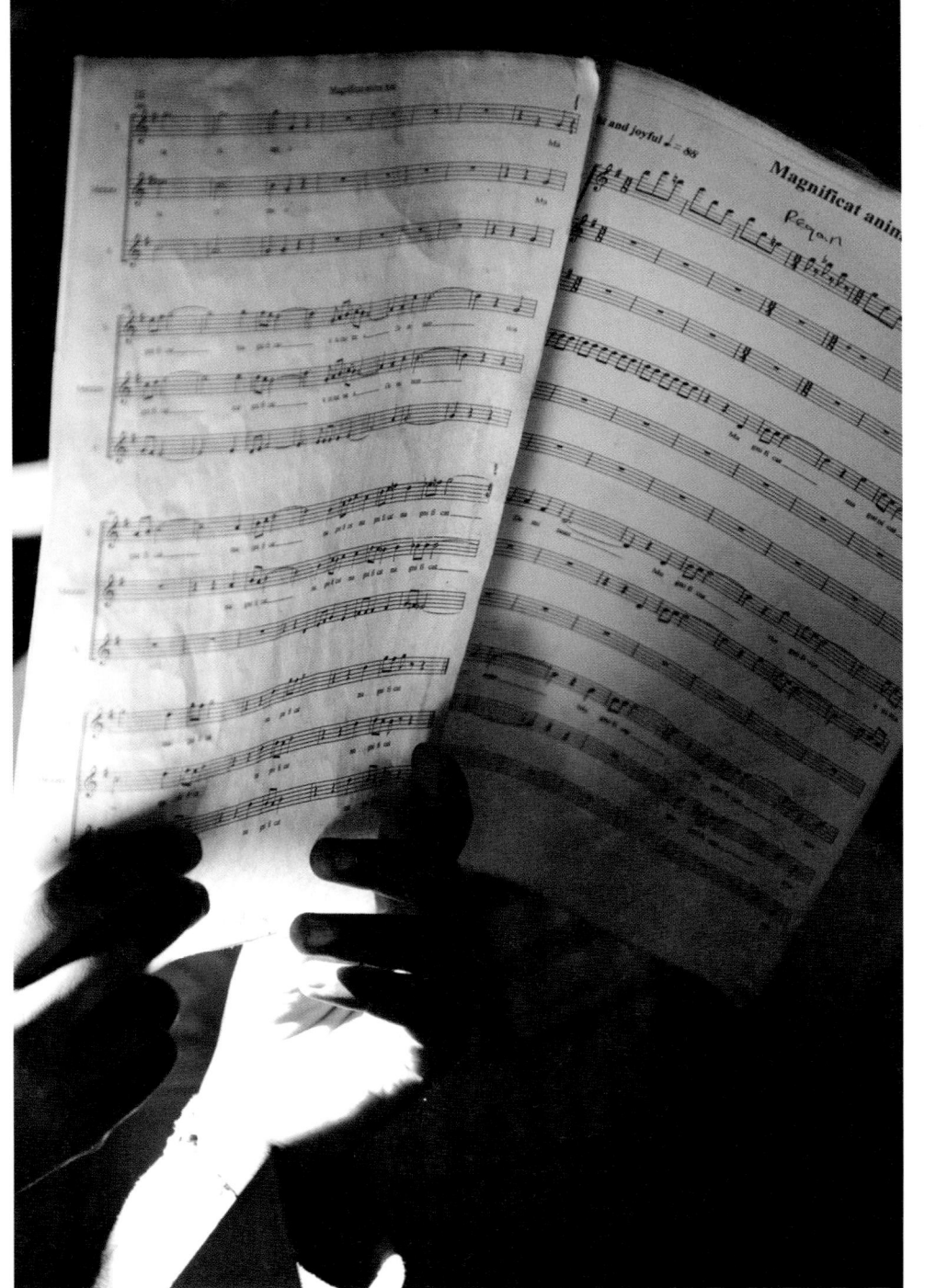

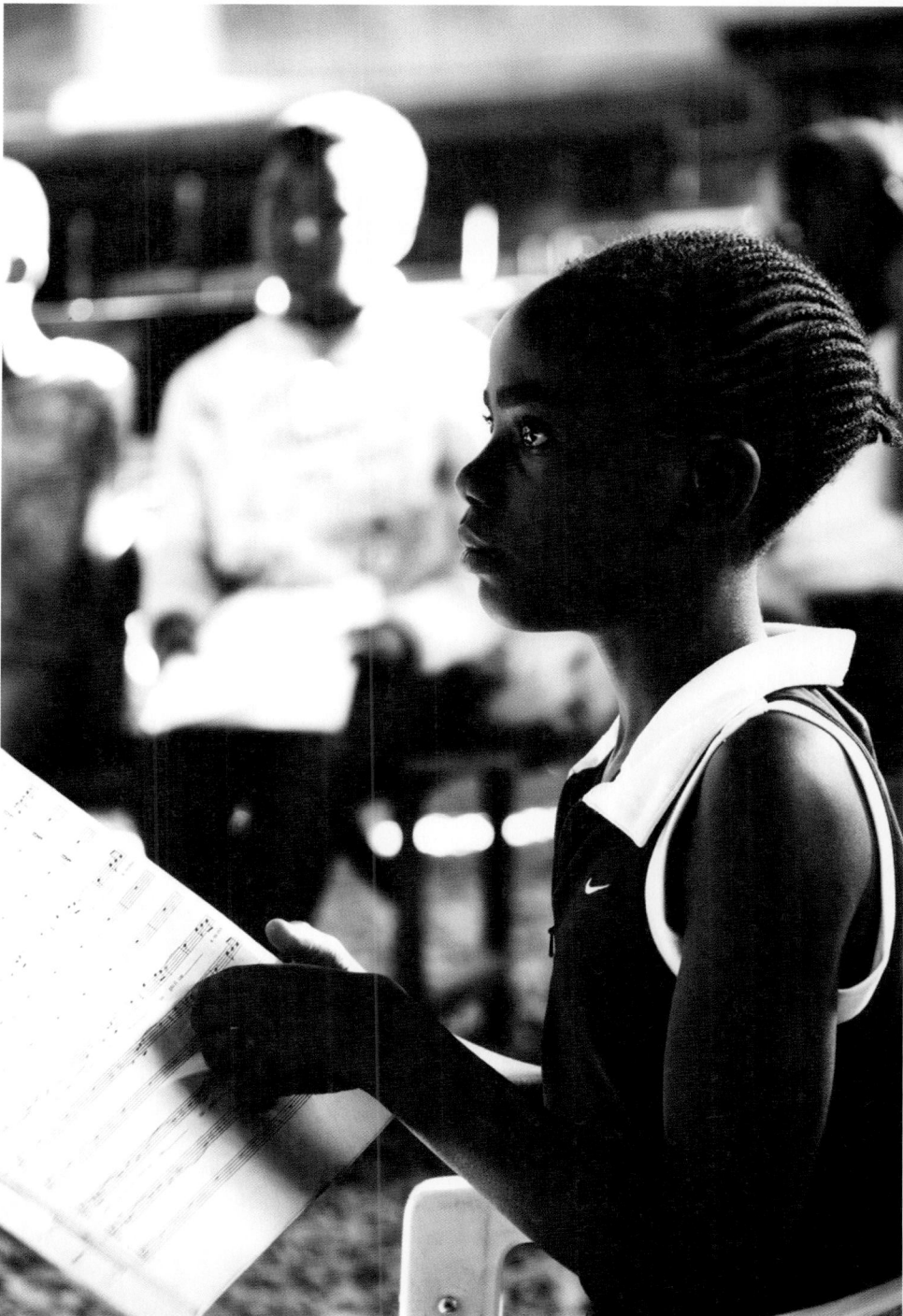

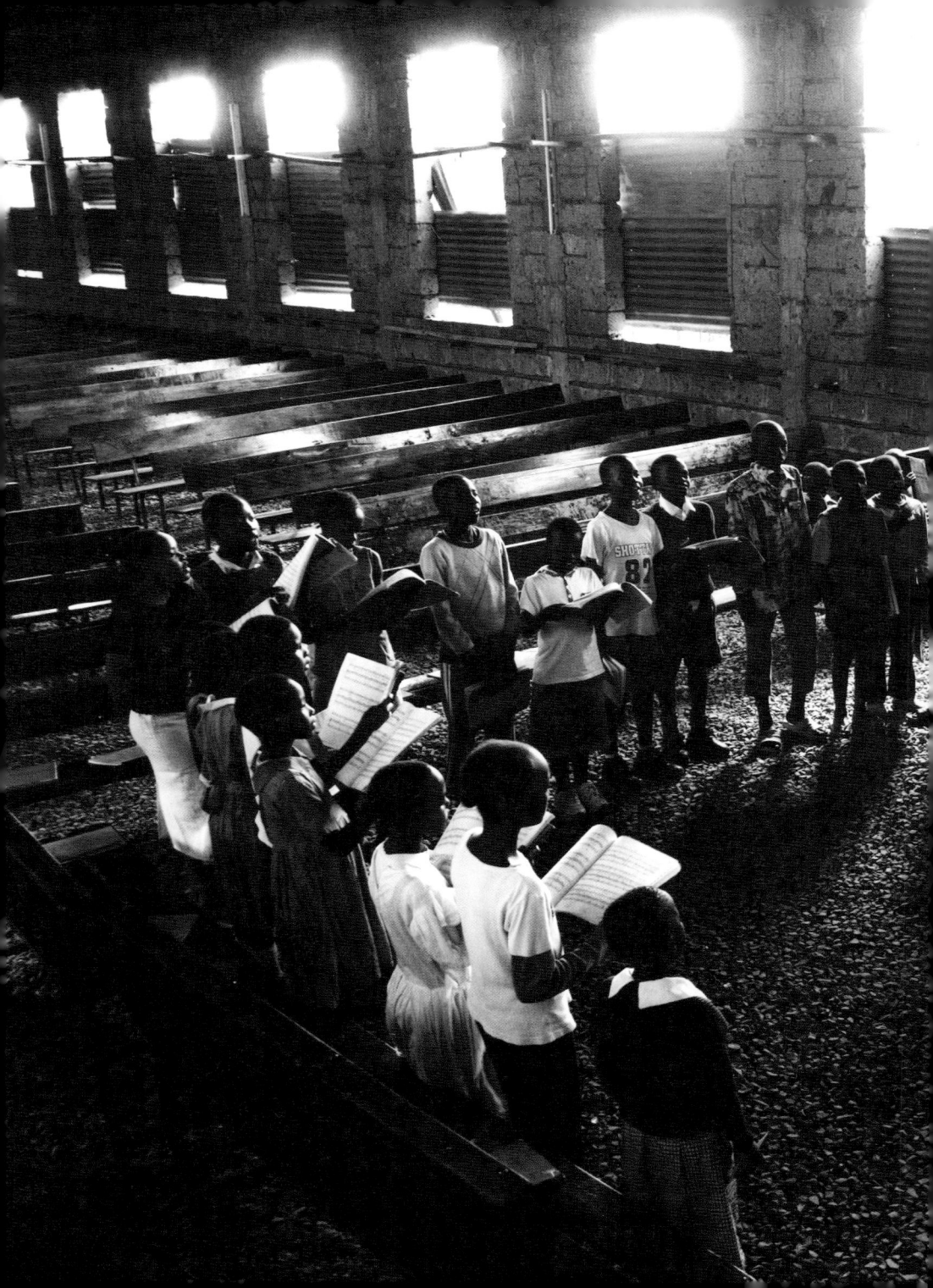

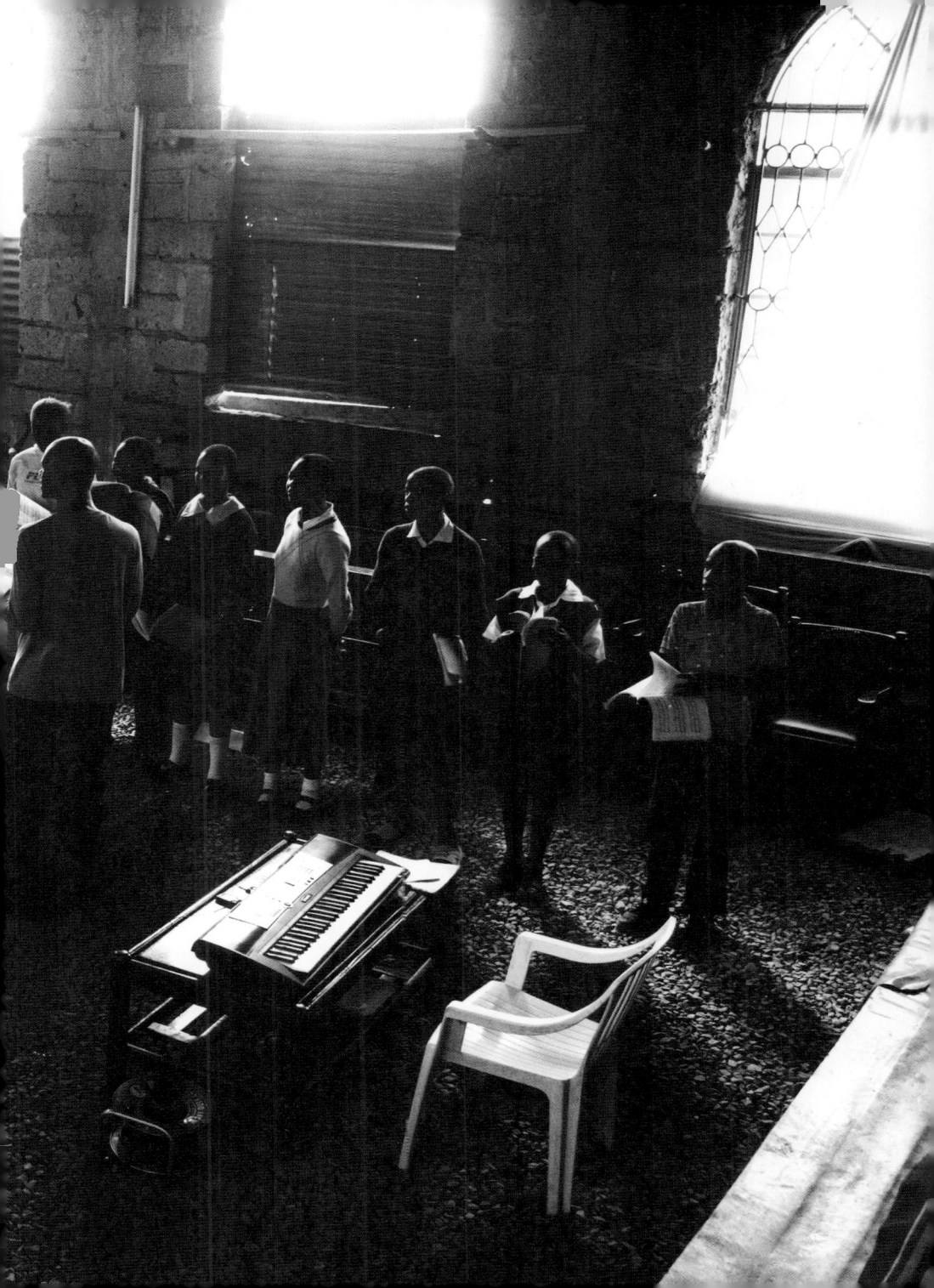

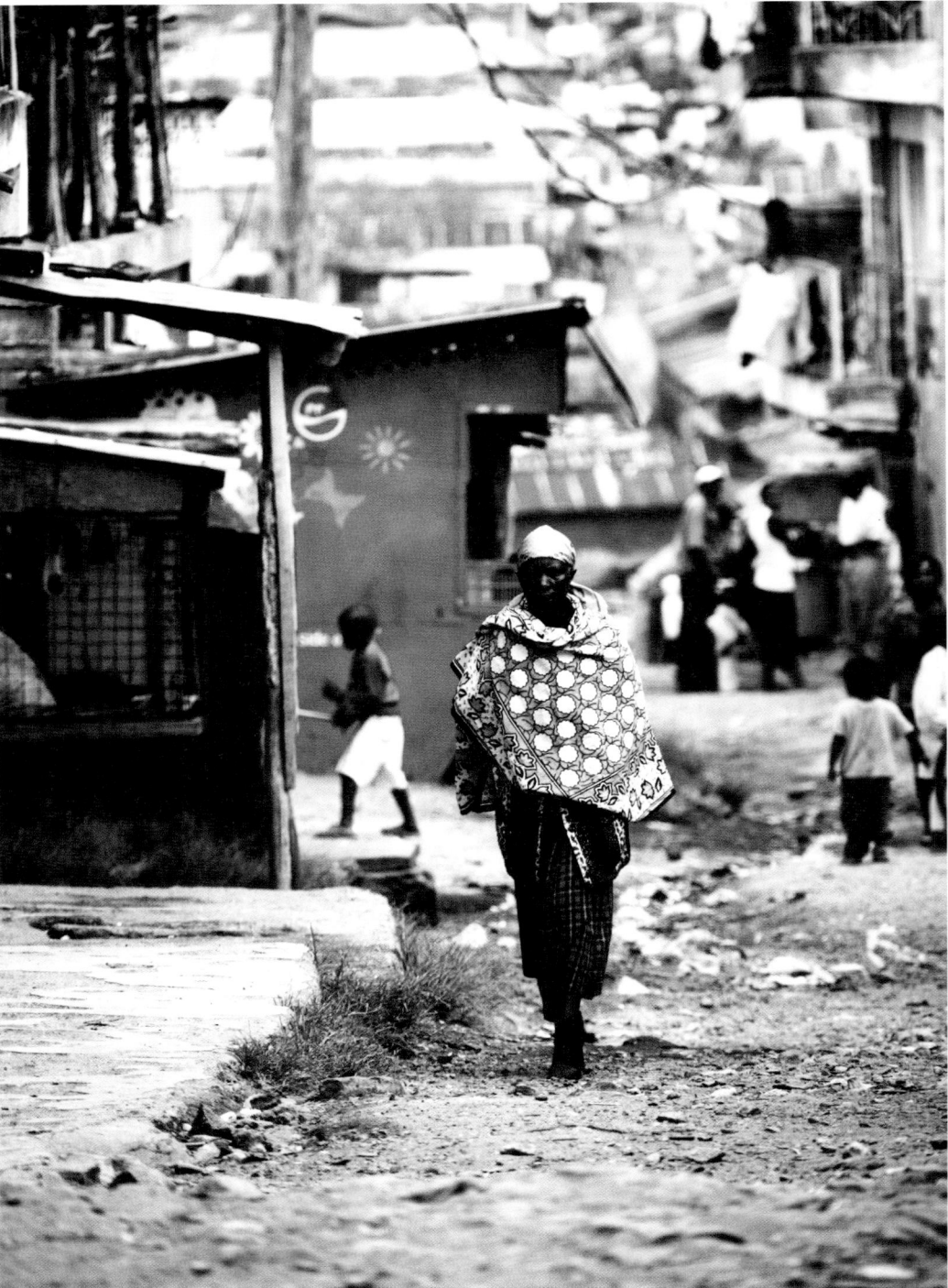

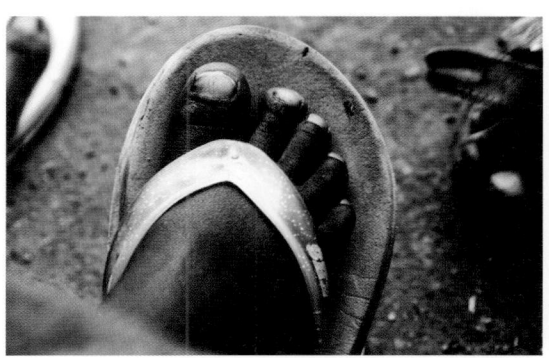

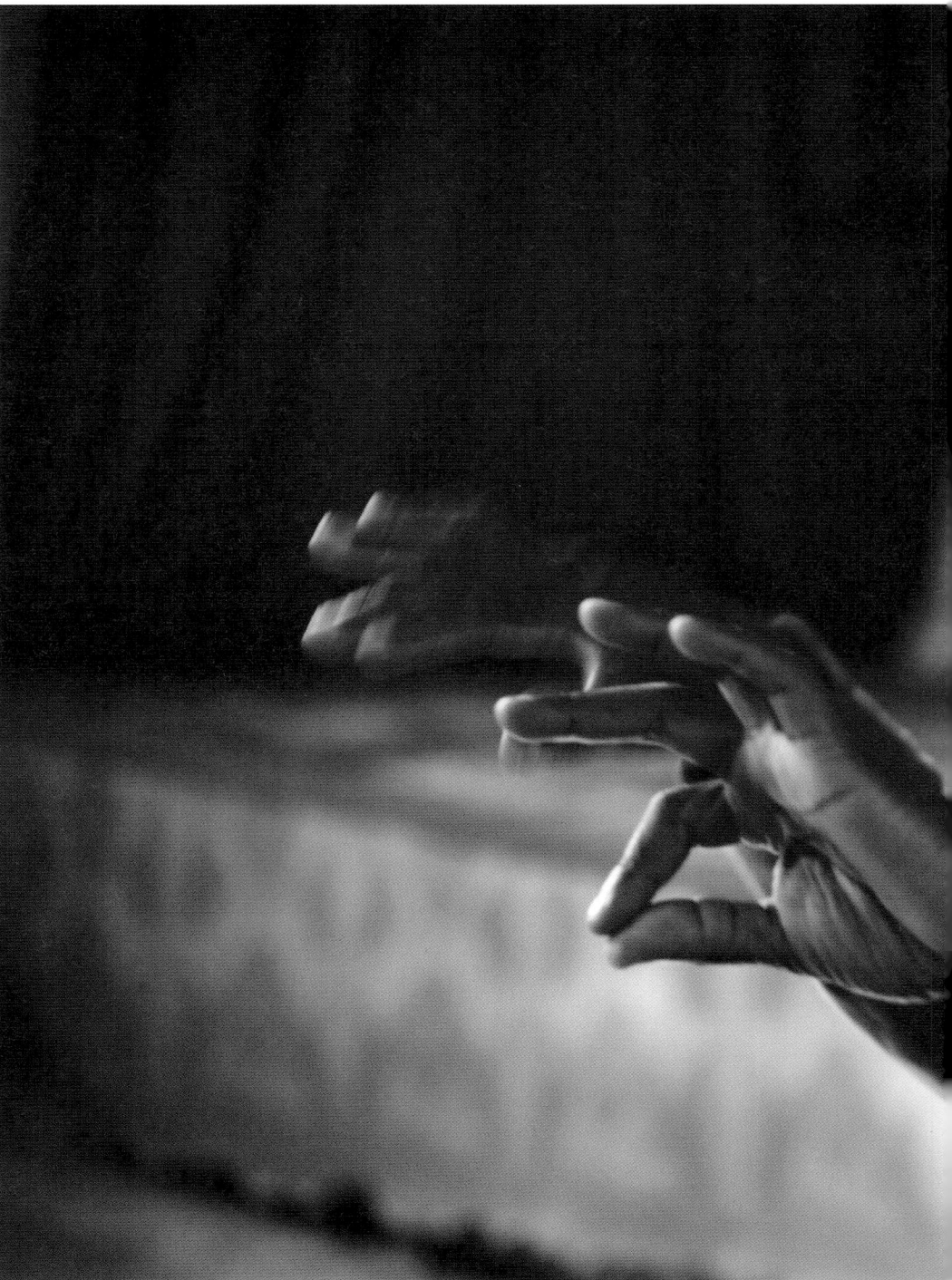

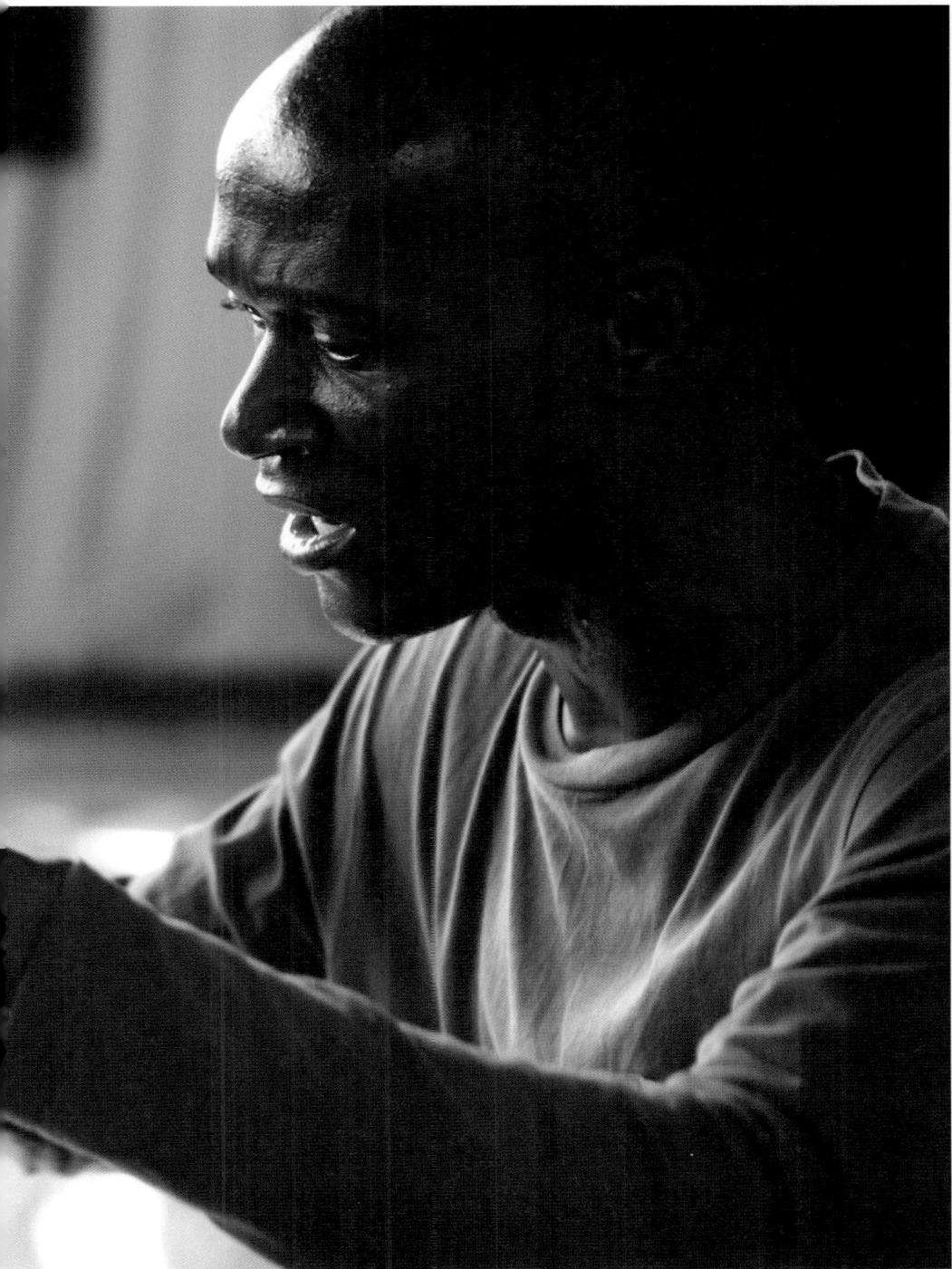

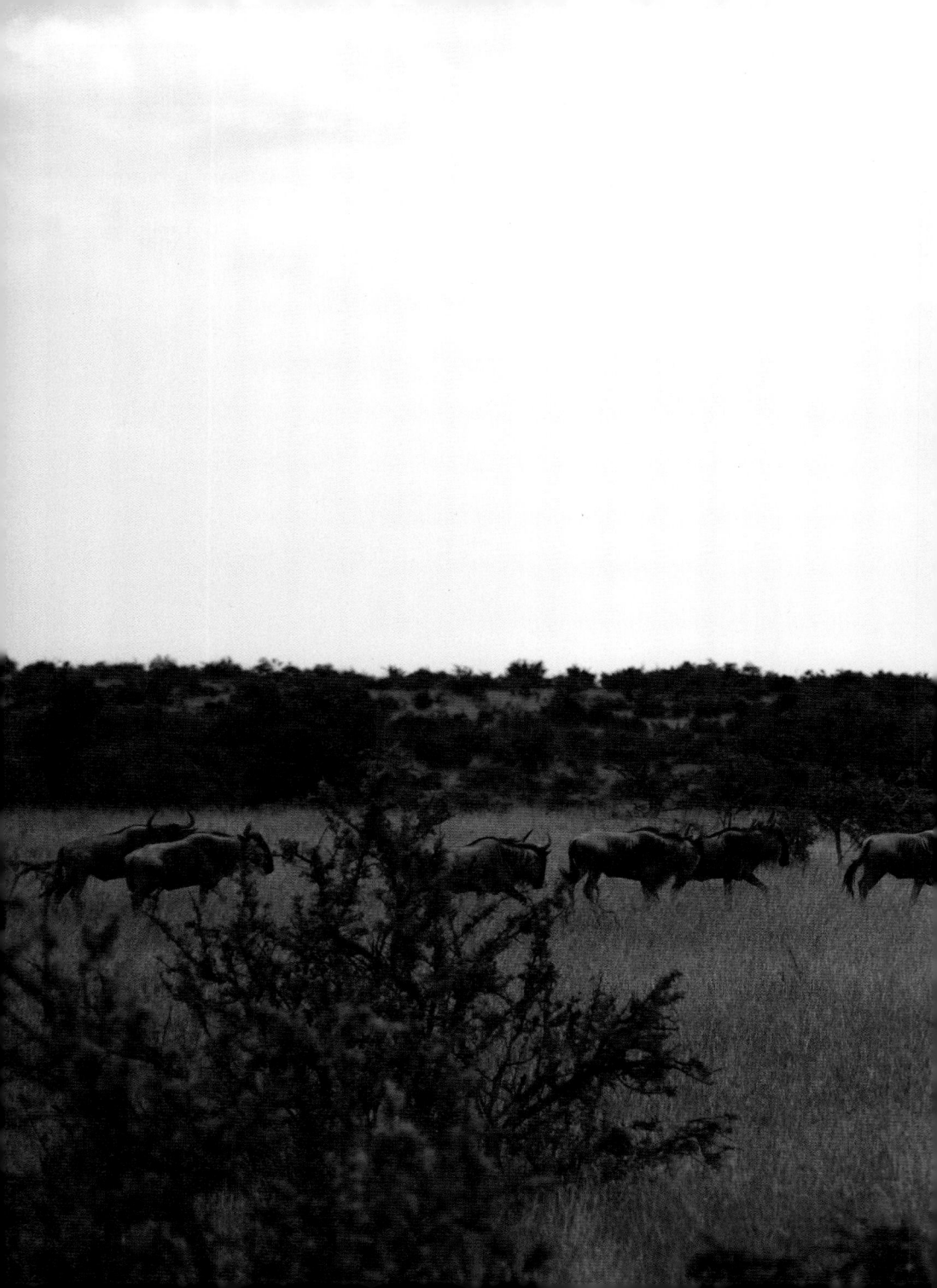

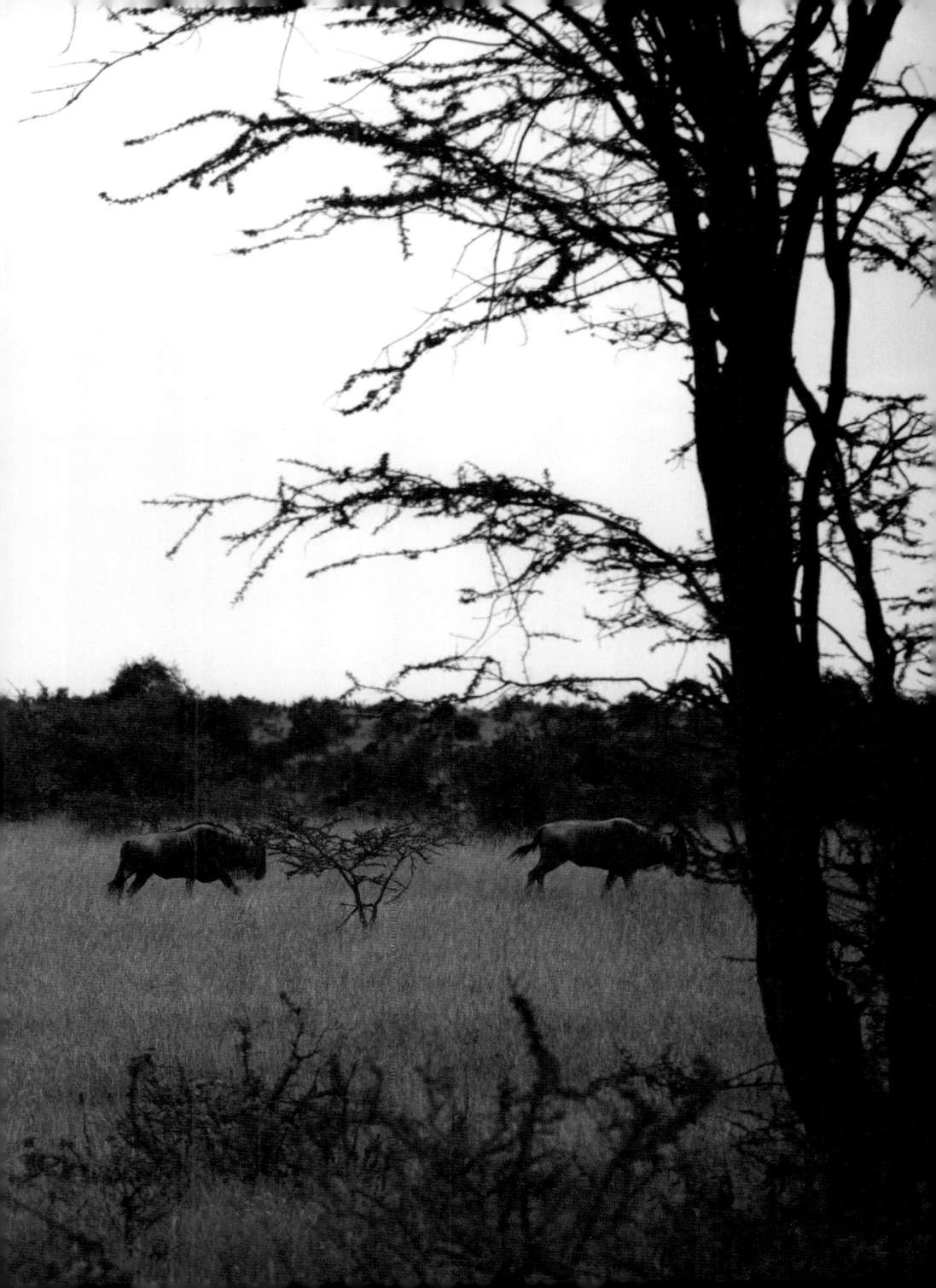

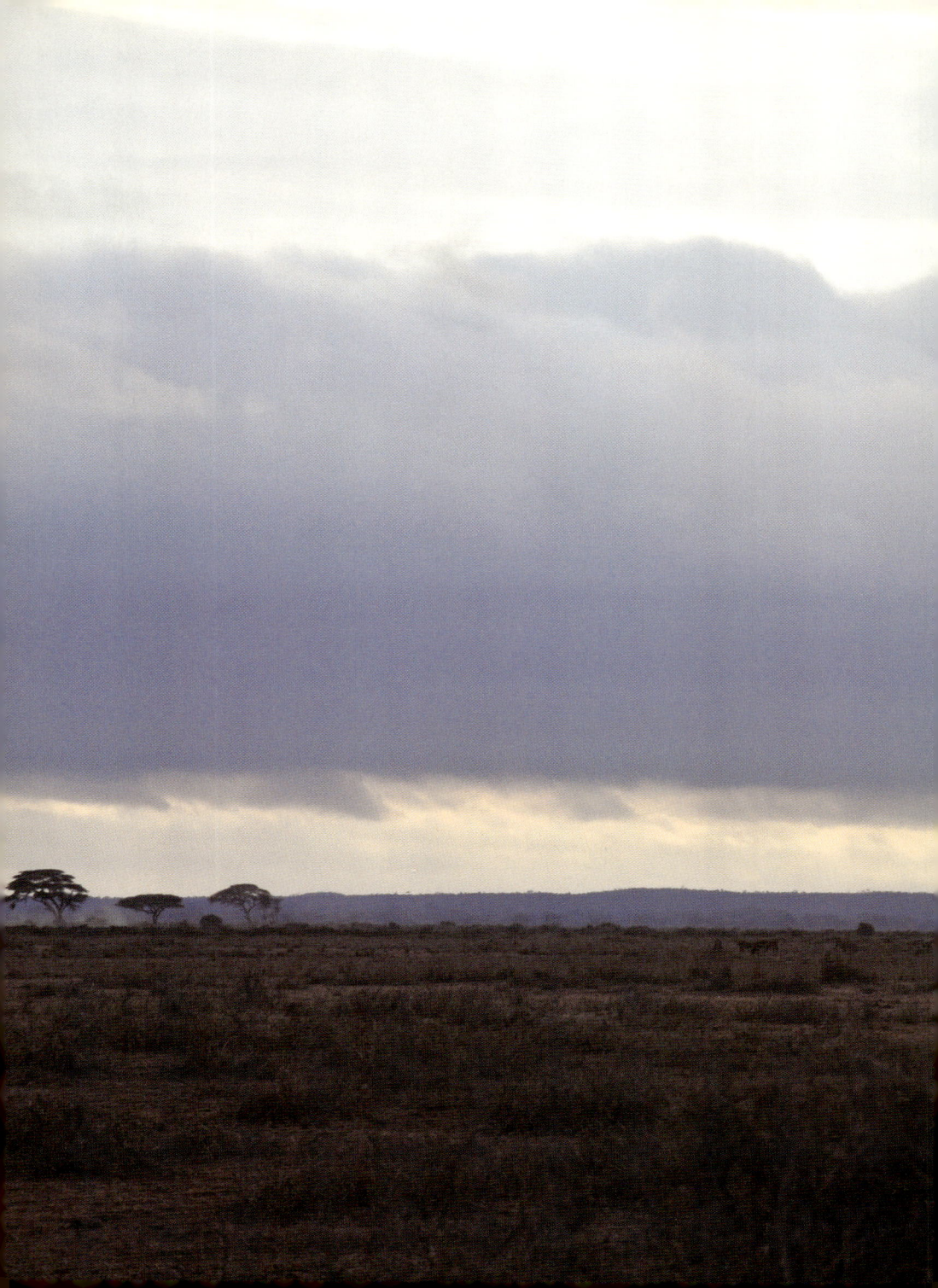

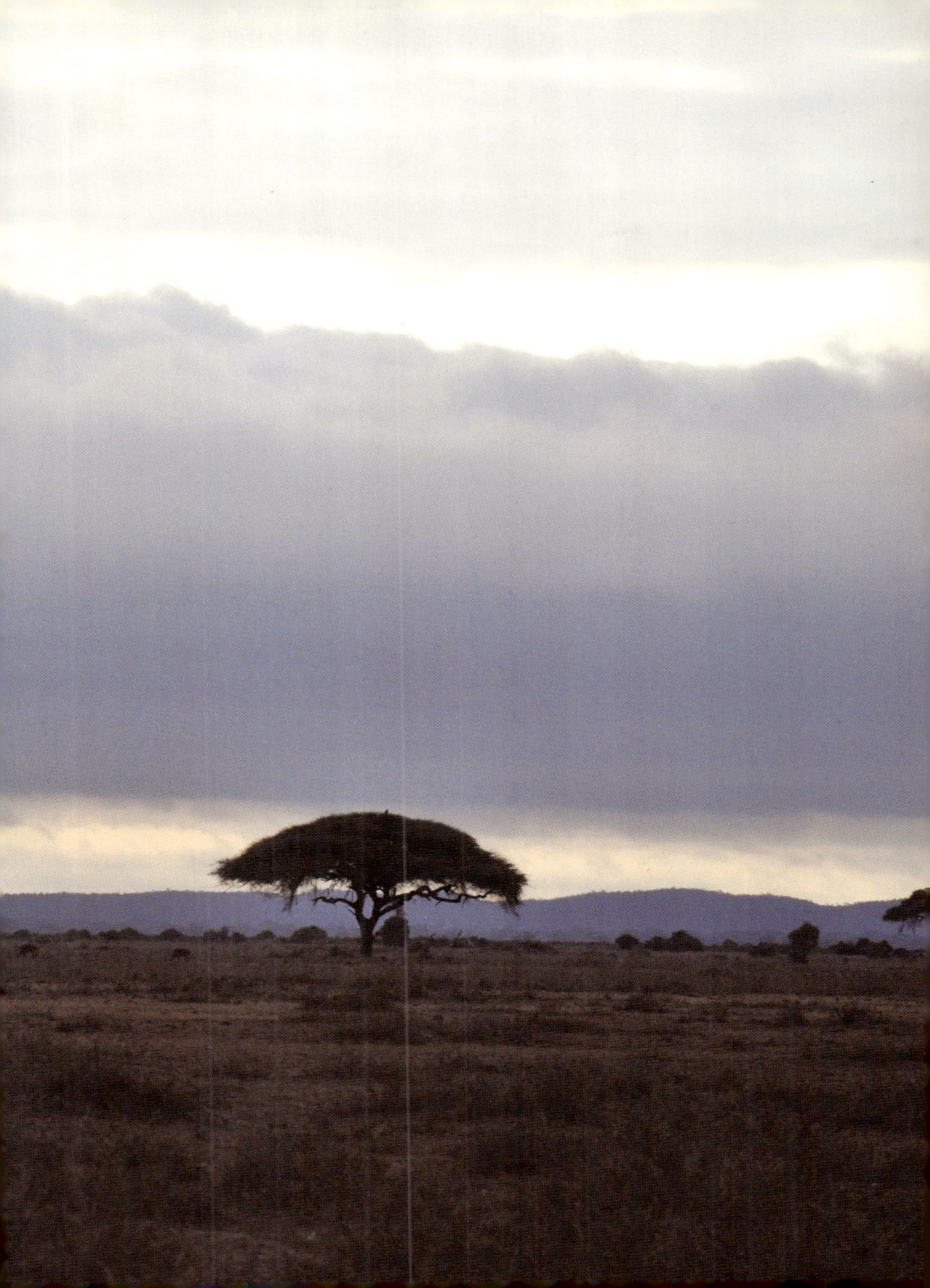

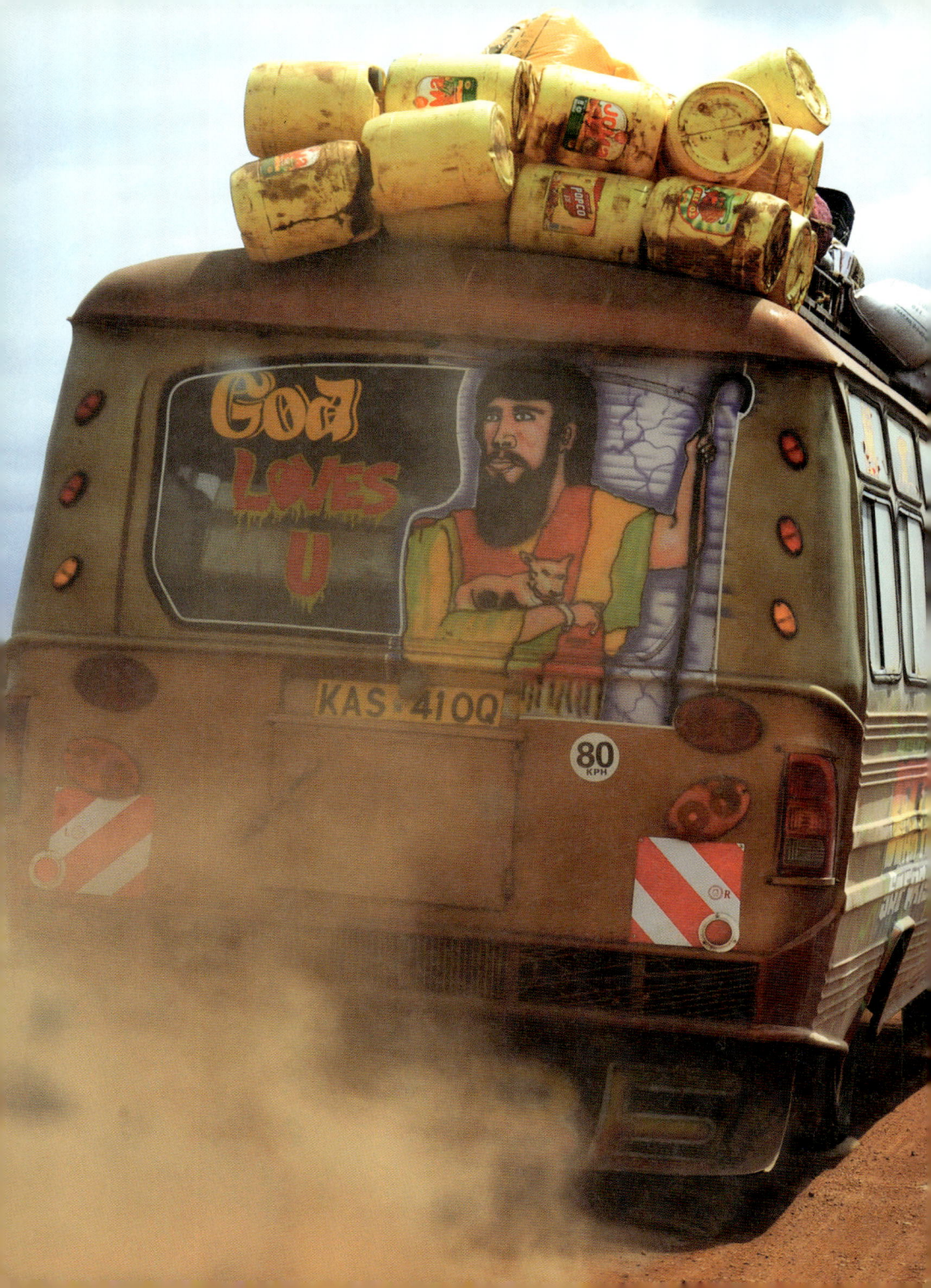

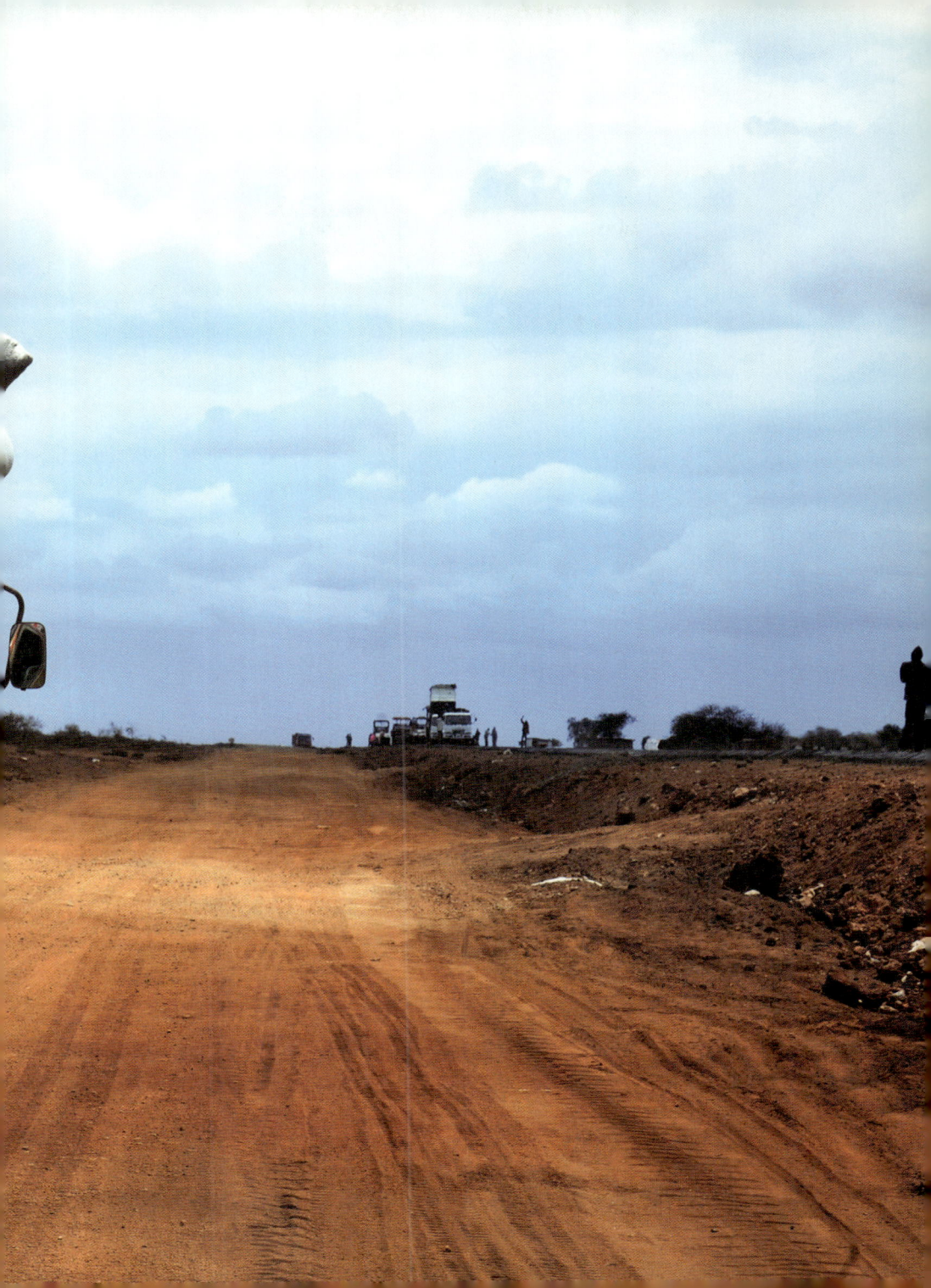

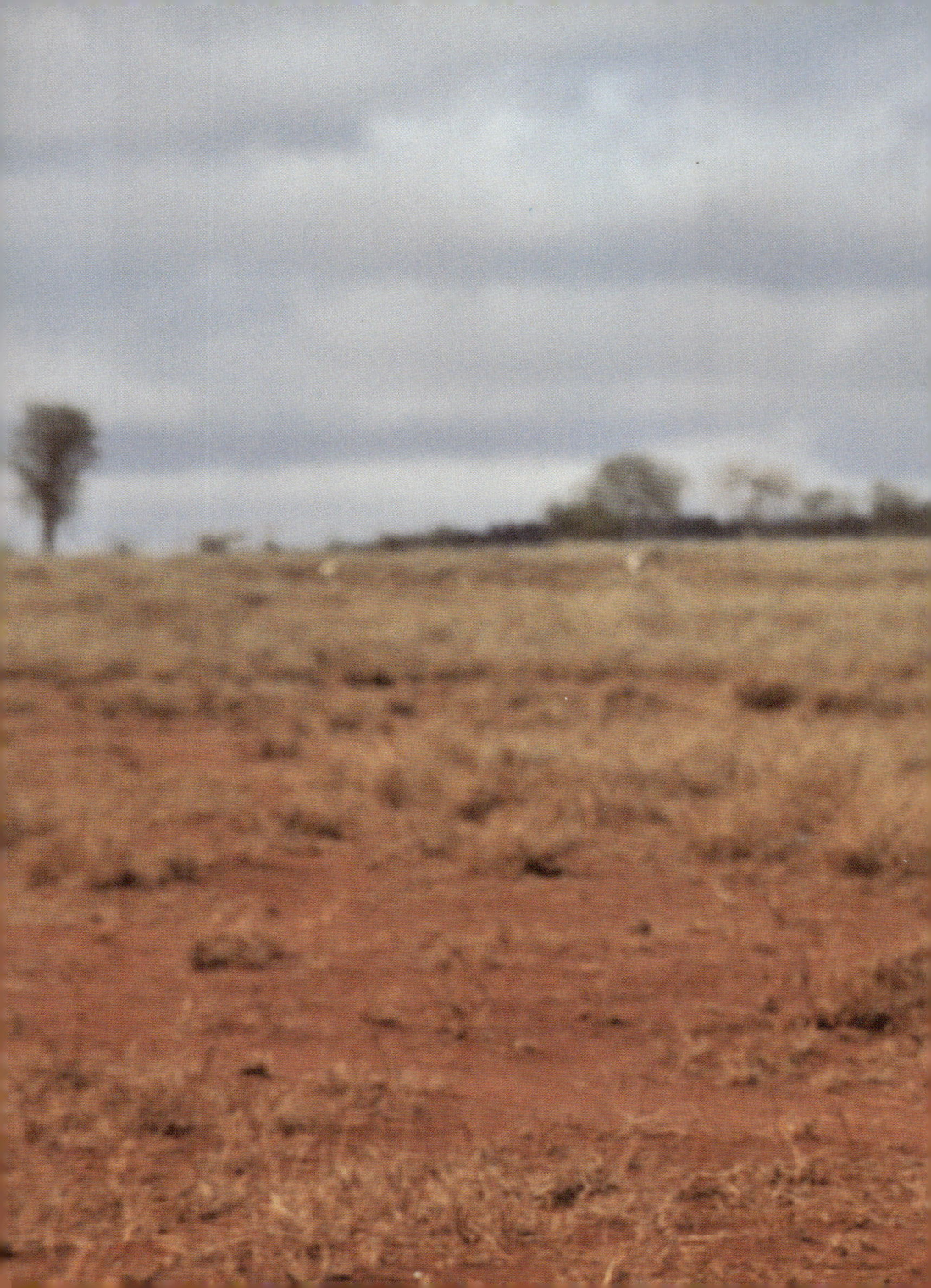

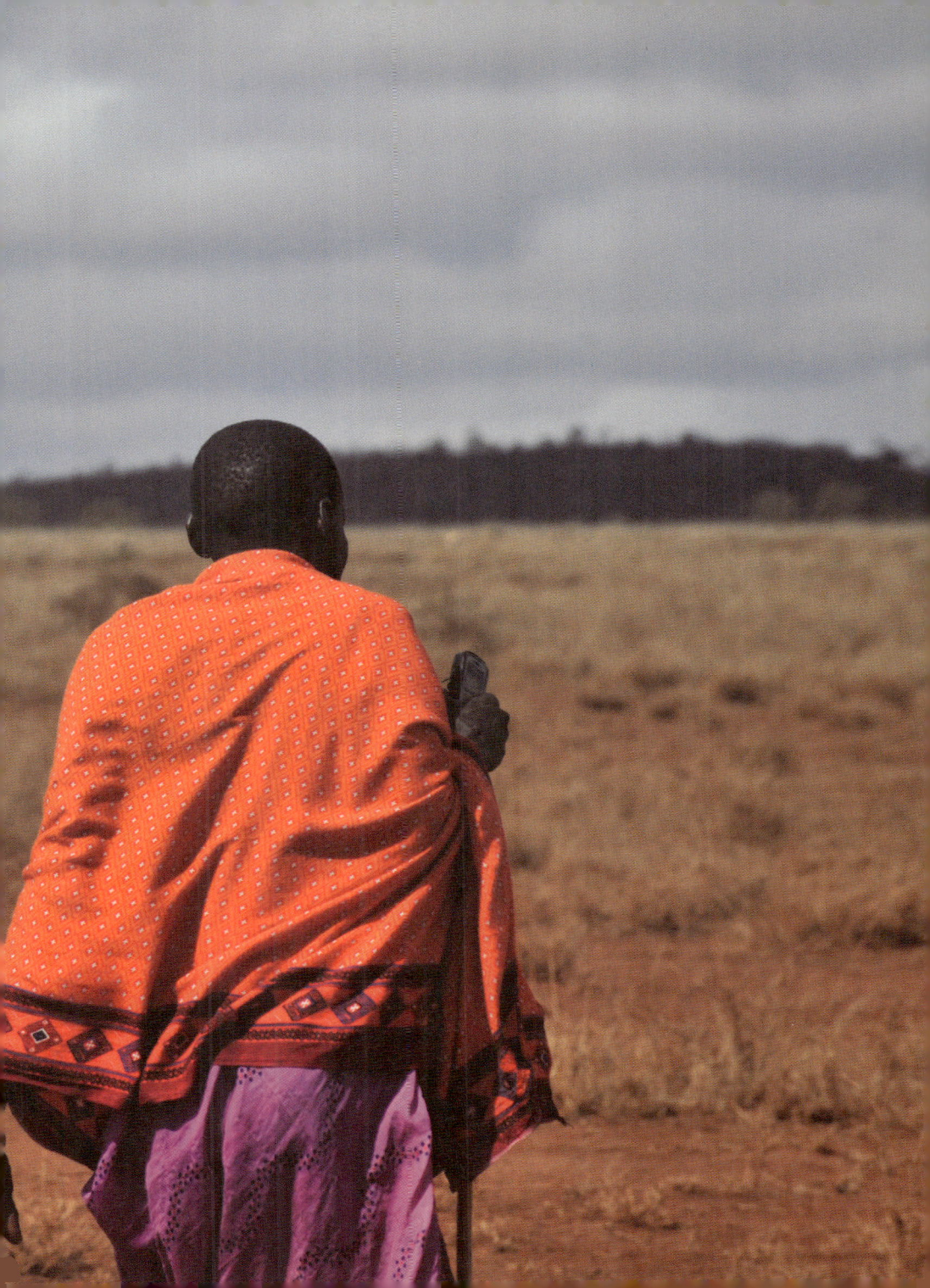

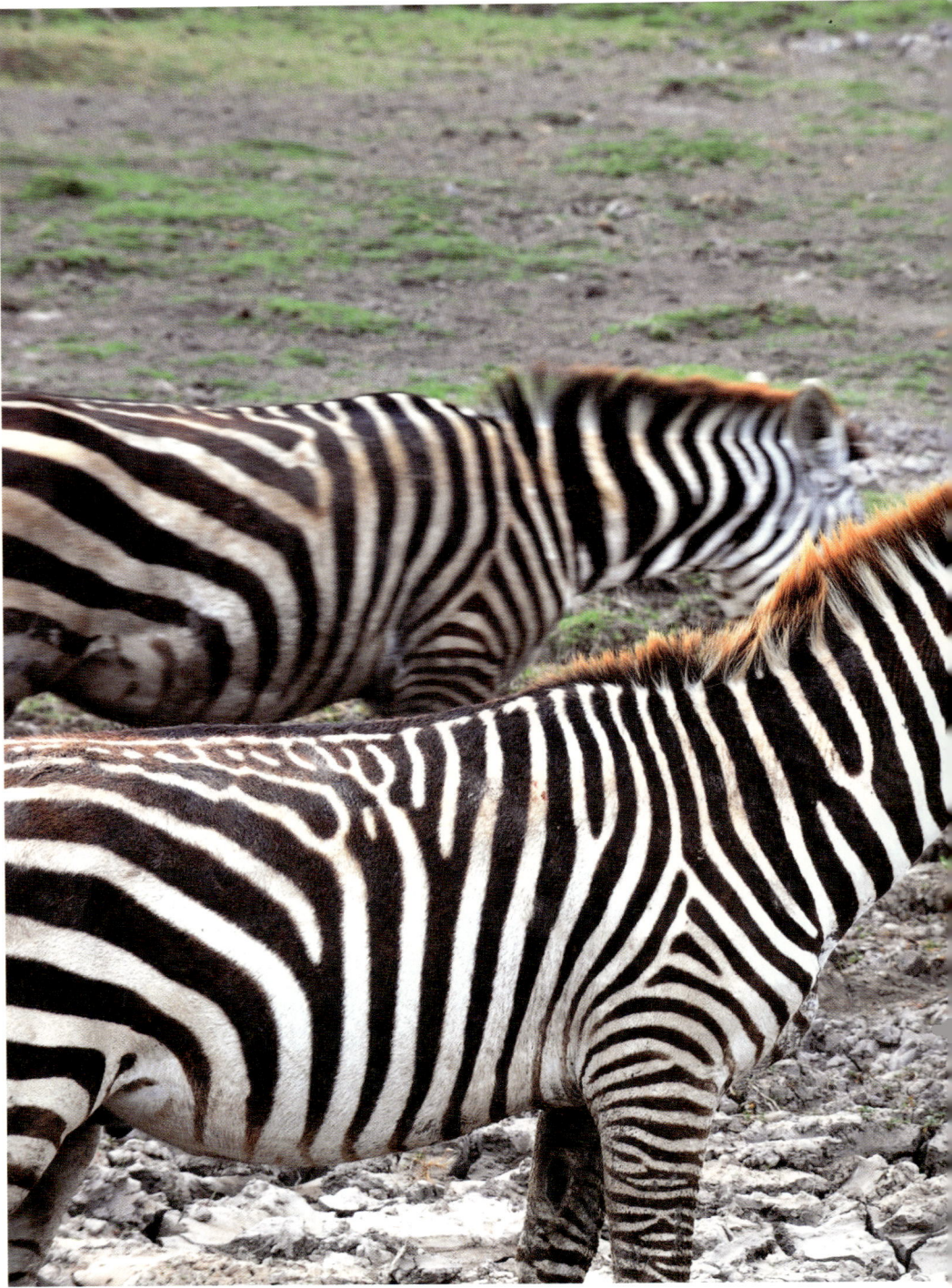

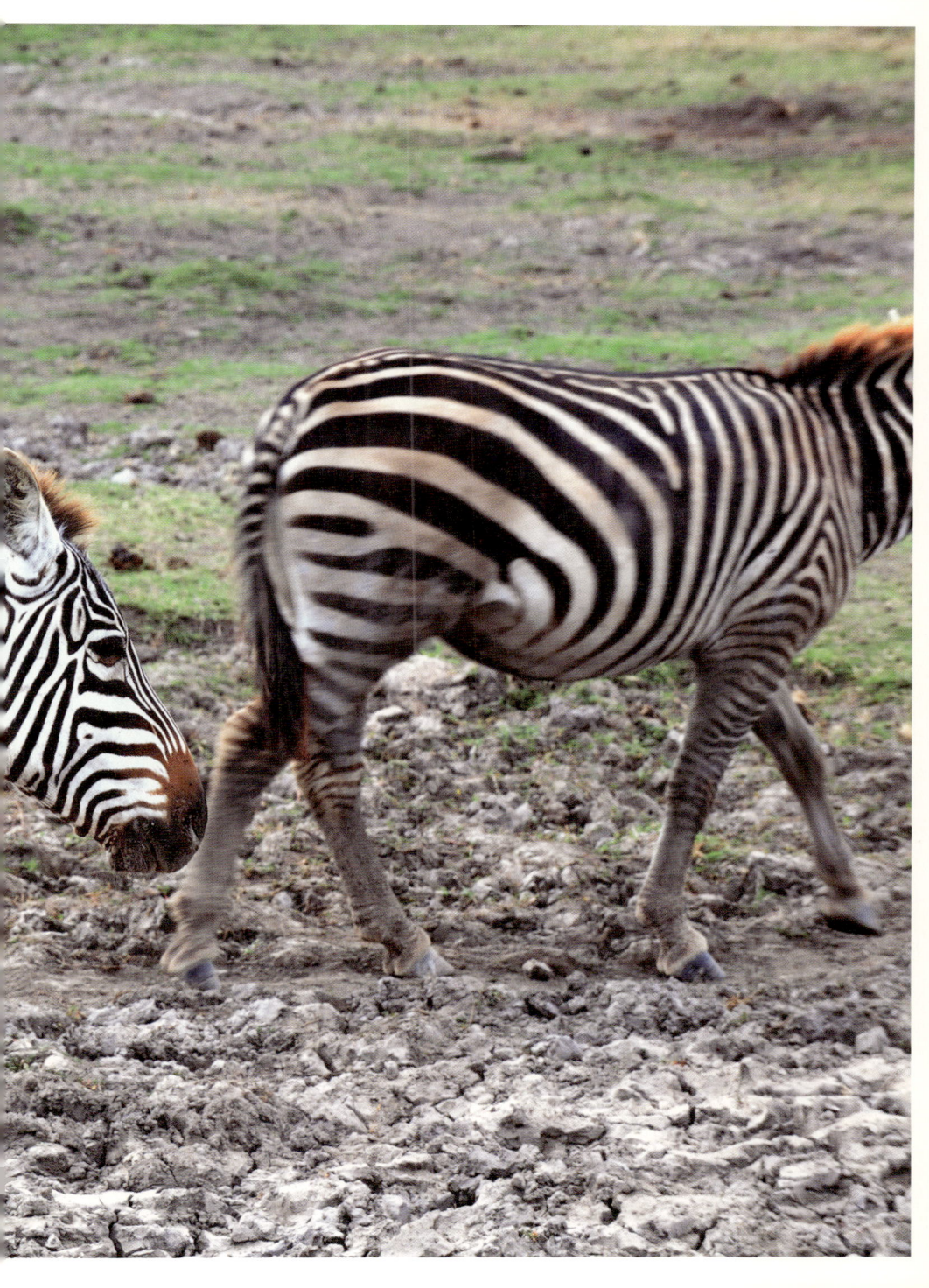

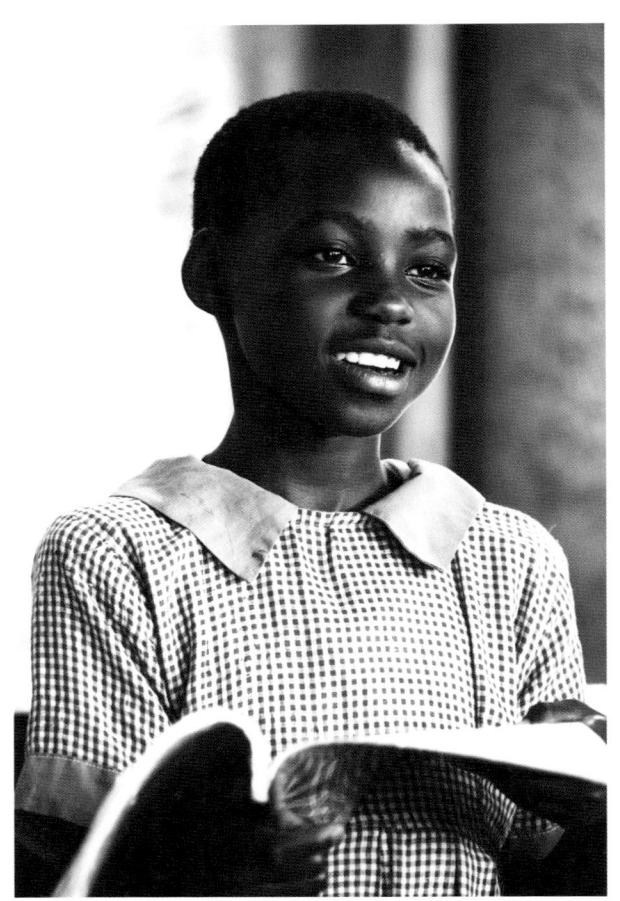

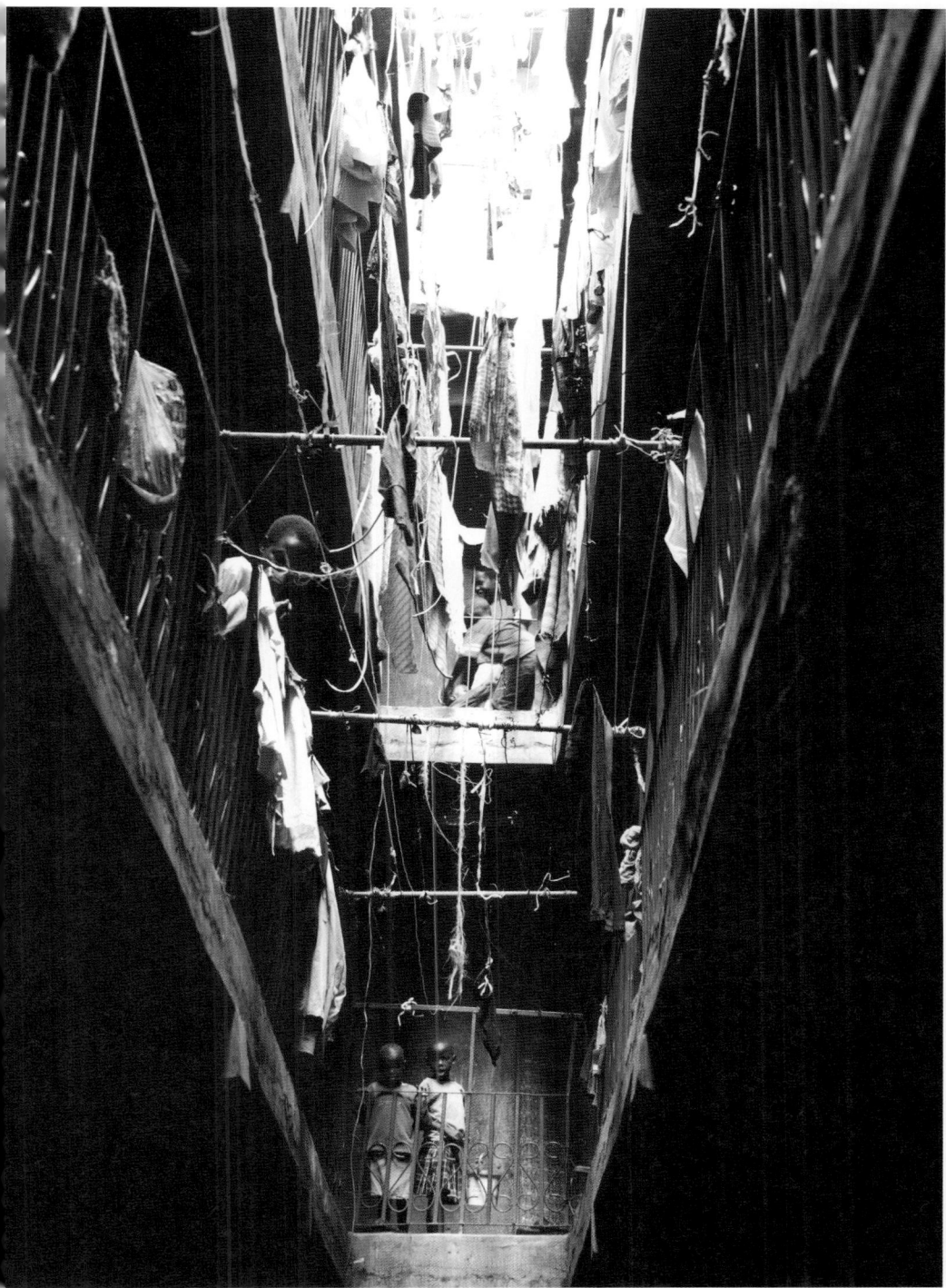

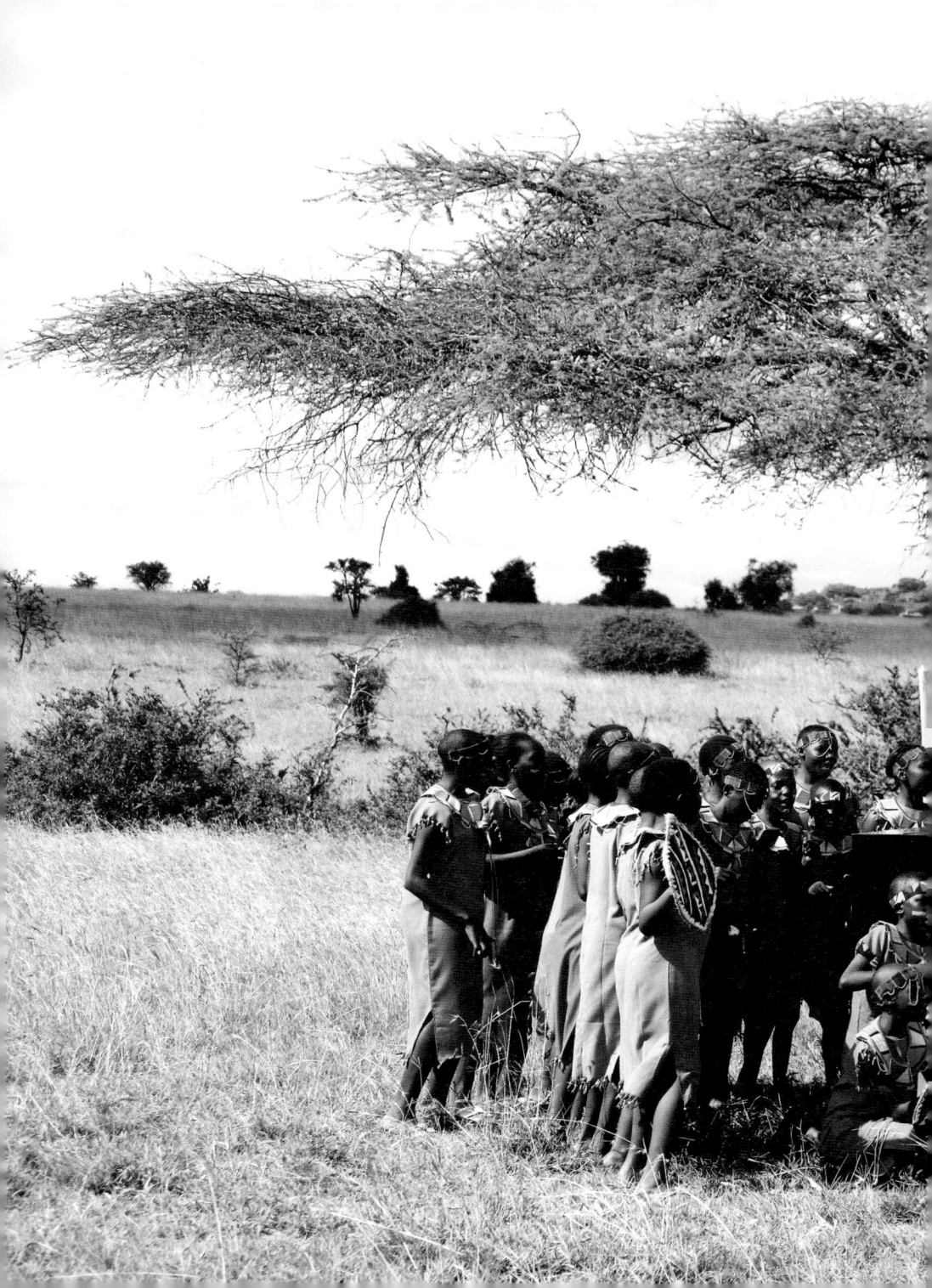

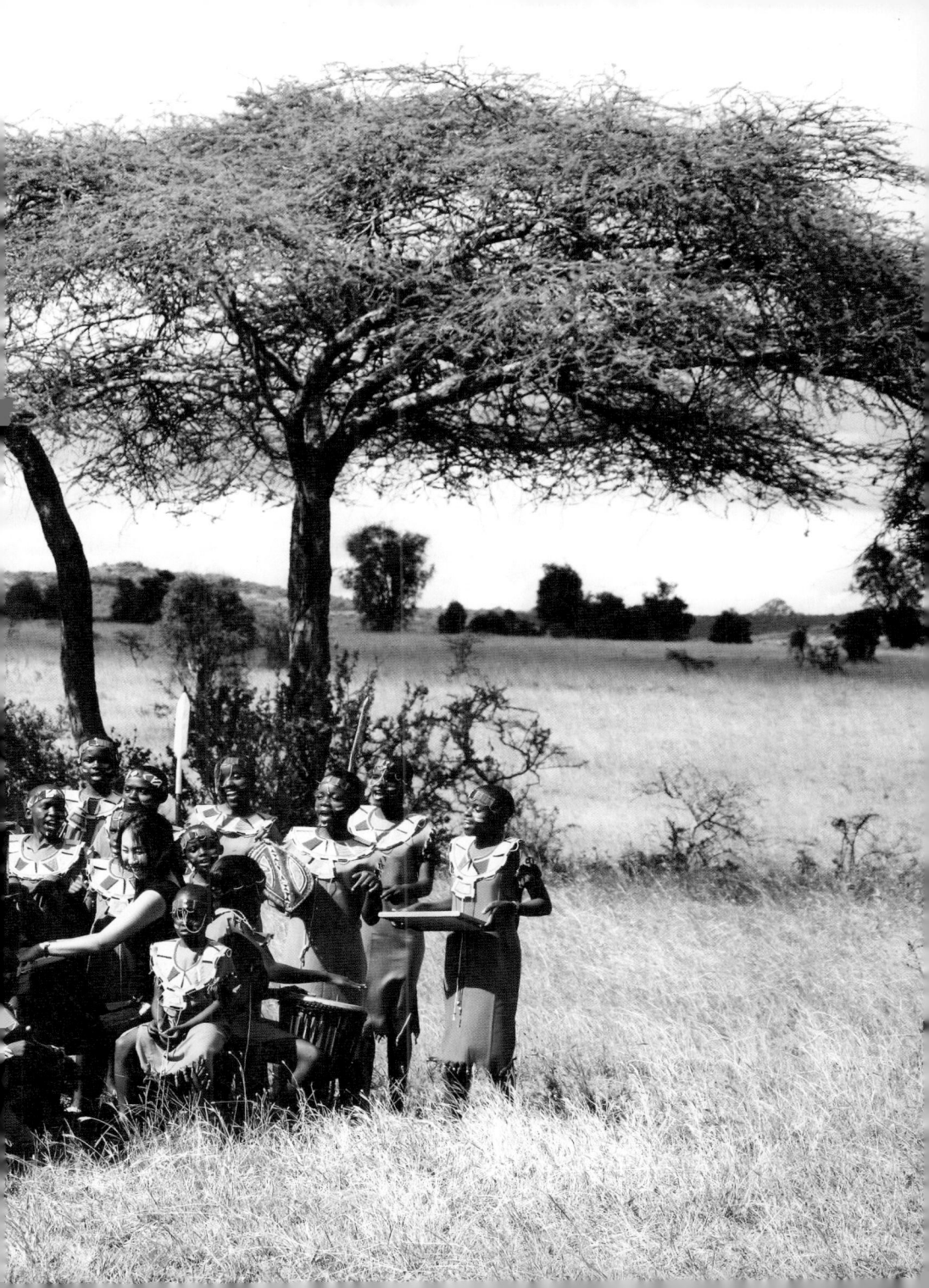

희망은 볼 수 없는 것을 보고,
만질 수 없는 것을 느끼고,
불가능한 것을 이루게 한다.

—헬렌 켈러 Helen Keller

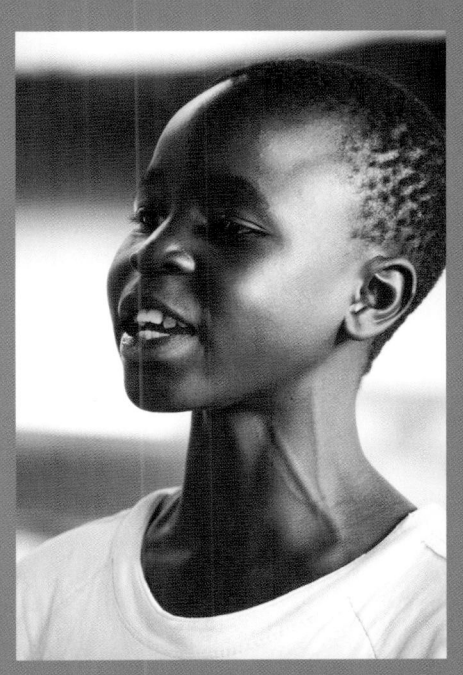

영혼으로 부르는 노래

감동적인 음악은 카메라 렌즈를 들여다보고 있을 때만큼이나 내게 큰 울림을 준다. 최근에는 강의와 출사 등으로 여러 사람들과 함께 촬영을 하는 경우가 있지만, 몇 해 전까지만 하더라도 나는 거의 혼자 여행하며 사진 촬영을 해왔다.

그럴 때 내 친구는 바람과 햇볕, 현지 주민들, 그리고 노래였다. 예상하지 못한 아름다운 풍경을 만날 때, 내 어린 시절을 생각나게 하는 현지 주민들의 소박한 살림살이를 볼 때, 동네 어귀에서 신나게 뛰어노는 아이들의 웃음소리가 들릴 때, 귓가를 스쳐가는 바람이 부드러워 기분이 좋아질 때, 나는 나도 모르게 노래를 흥얼거린다. 가끔은 휘파람을 불기도 하고, mp3에서 흘러나오는 음악에 맞춰 손가락으로 박자를 세기도 한다.

여행 중에 듣는 음악이 좋은 가장 큰 이유는 연주 홀이 거대한 자연이라는 것이다. 무한히 뻗어 있는 자연의 로열석에 앉아서 음악을 듣노라면 황홀한 전율이 온 몸을 타고 흐른다.

지라니 합창단 아이들의 노래를 들었을 때에도 이와 비슷한 감동으로 가슴이 벅찼다. 나는 지금도 처음 TV에서 지라니 합창단의 노래를 들었을 때의 그 환희를 잊지 못한다. 노래 실력으로 치자면 오스트리아의 빈 소년 합창단이나 벨기에의 소년 합창단 칸타테 도미노가 더 뛰어날지도 모른다. 하지만 지라니 합창단의 노래에는 음악성이나 노래 실력 이상의 특별한 힘이 있었다.

아프리카 음악 특유의 흥겨운 리듬과 멜로디 사이사이 전해지는 강렬하면서도 간절한 울림. 아마도 그것은 노래가 아니라 초월적인 존재, 하늘에 계신 신에게 전하고자 하는 간절한 호소이리라.

그런데 지라니 합창단 아이들을 직접 만날 기회가 찾아왔다. 다른 어떤 때보다 설레는 마음으로 여행 가방을 꾸렸고, 아이들의 모습을 상상하며 비행기에 올랐다. 내 마음의 고향인 마다가스카르와 언제나 아련한 그리움으로 기억되는 베트남의 사파로 가는 길처럼 그렇게 케냐로 향했다.

쓰레기 처리장 한가운데에 위치한 고로고초 마을은 상상 이상으로 빈곤했지만, 그 속에서도 분명 희망이 싹트고 있음을 눈으로 확인했다. 한 달여 동안 머물면서 그곳 아이들과 함께 뒹굴며 어울려 놀았다. 그들과 같아질 수는 없지만 같이 놀아줄 수 있다는 사실에 감사했다. 당장 그들의 환경을 바꿔줄 수는 없지만 그들의 웃는 얼굴을 사진에 담아 건네줄 수 있다는 사실에 감사했다.

"언제까지나 계속되는 불행은 있을 수 없다"라는 말이 있다. 태어날 때부터 너무나 무거운 삶의 짐을 짊어진 이 아이들에게 앞으로는 행복한 일들만 예정되어 있기를 간절하게 기도한다.

신미식

contents

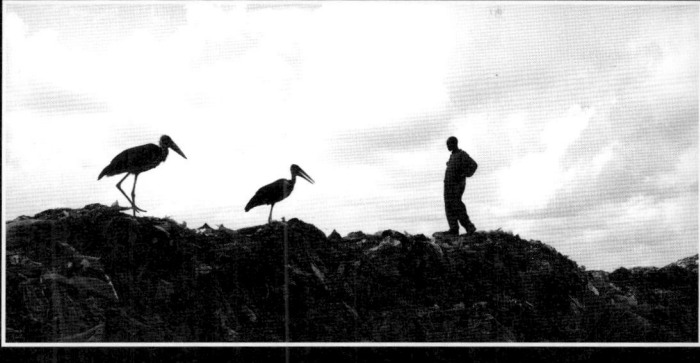

쓰레기 마을, 고로고초
Garbage Dump Village, Korogocho

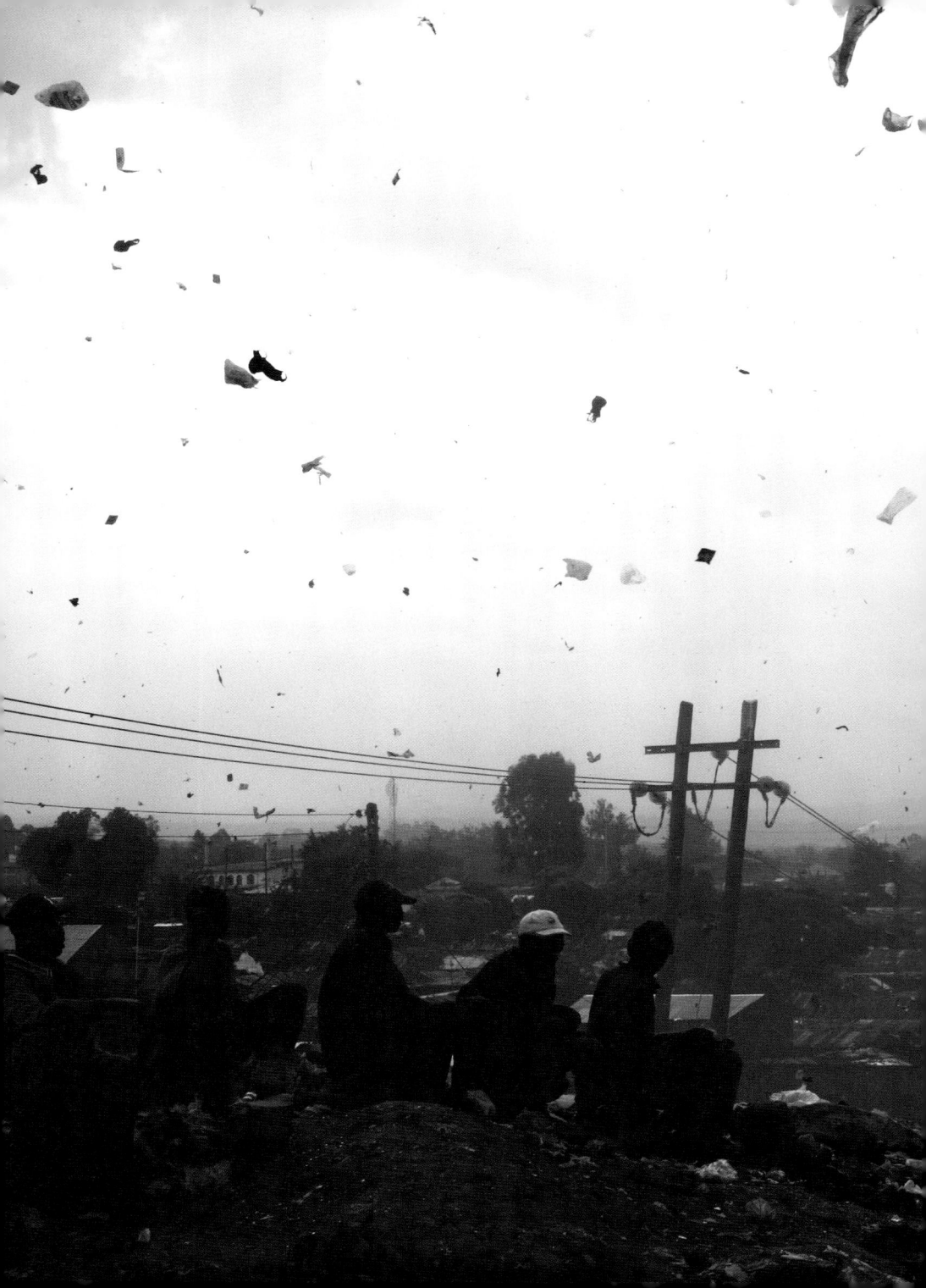

쓰레기가 바람에 날려 하늘을 덮었다. 그런데 나는
왜 이 쓰레기들을 보면서 절망이 아닌 희망을 생각
했을까.

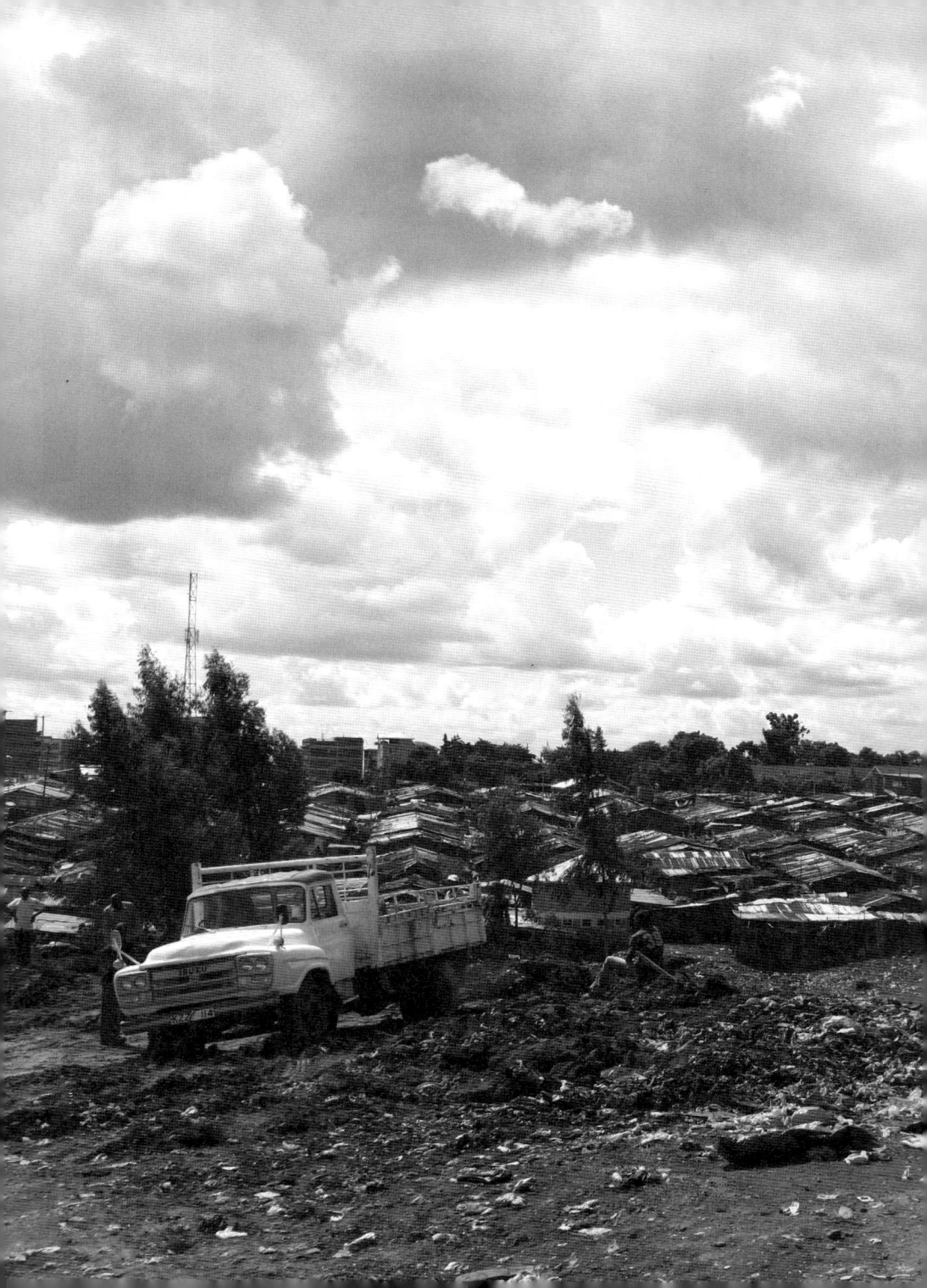

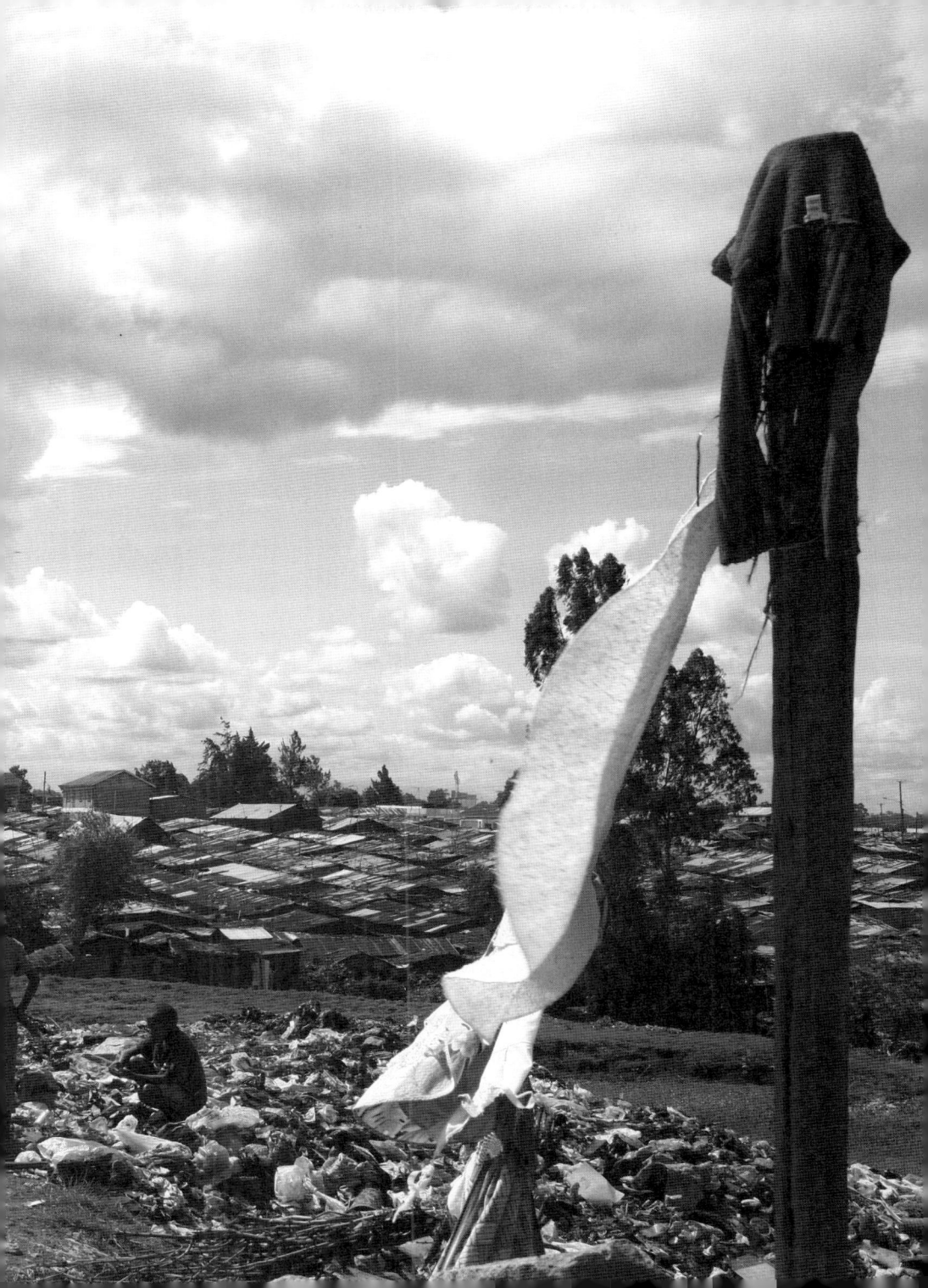

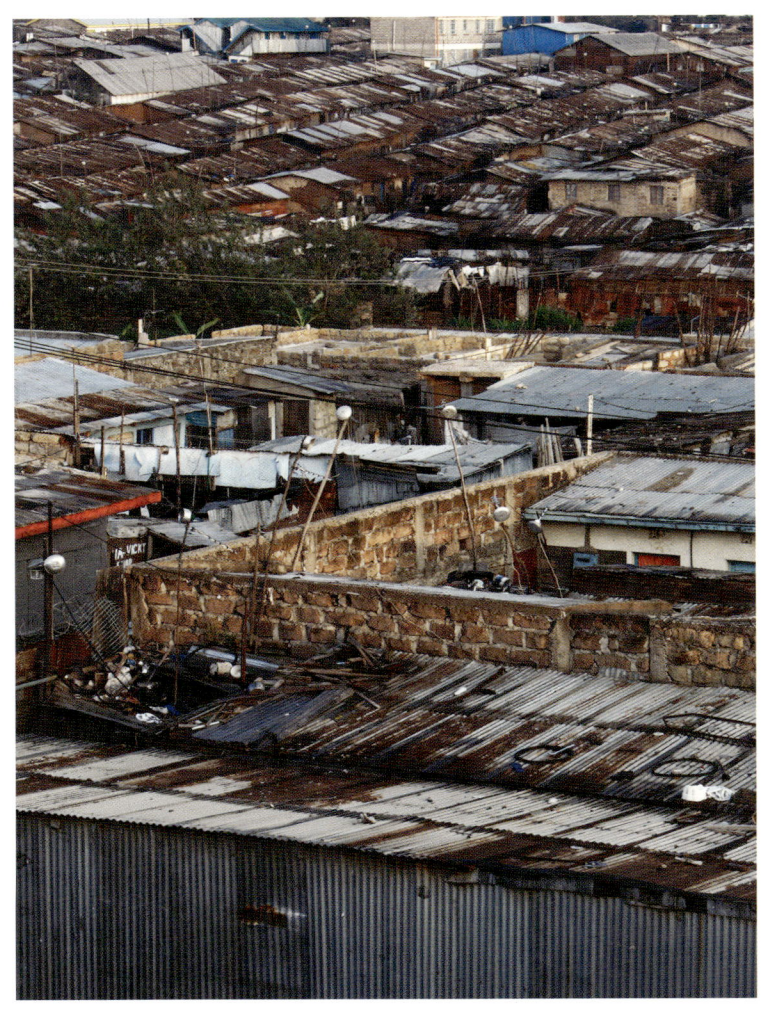

희망은 어디에서나 존재하기 때문에 감동적이다. 척박한 환경 속에서 피어
나는 희망은 그래서 더 가치 있고 빛나는 것인지도 모른다.

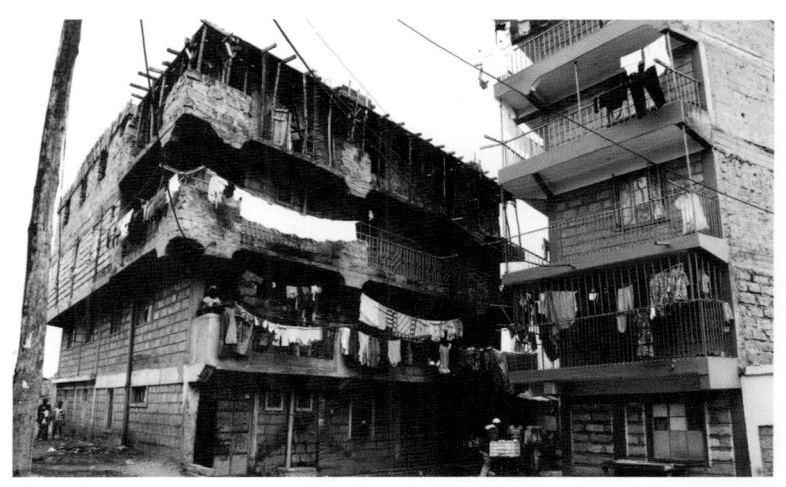

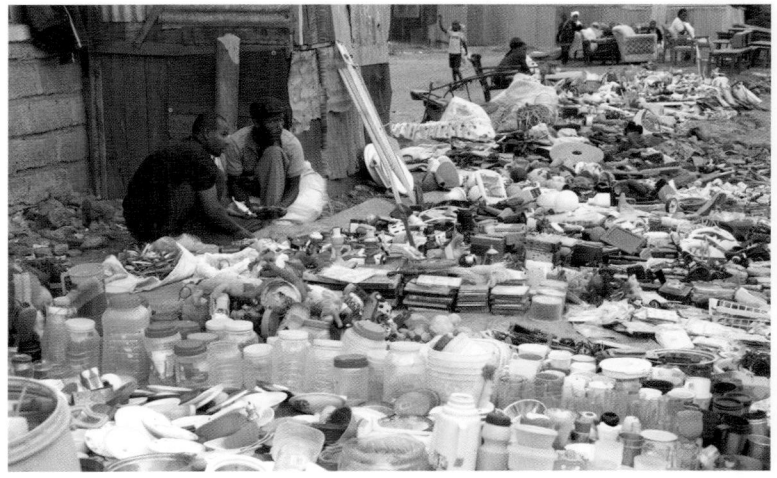

아무도 희망을 발견할 수 없었던 곳에서, 도저히 노래가 들려올 것 같지 않은
쓰레기 더미에서 노래가 들려올 때 희망은 이미 시작된 것이다.

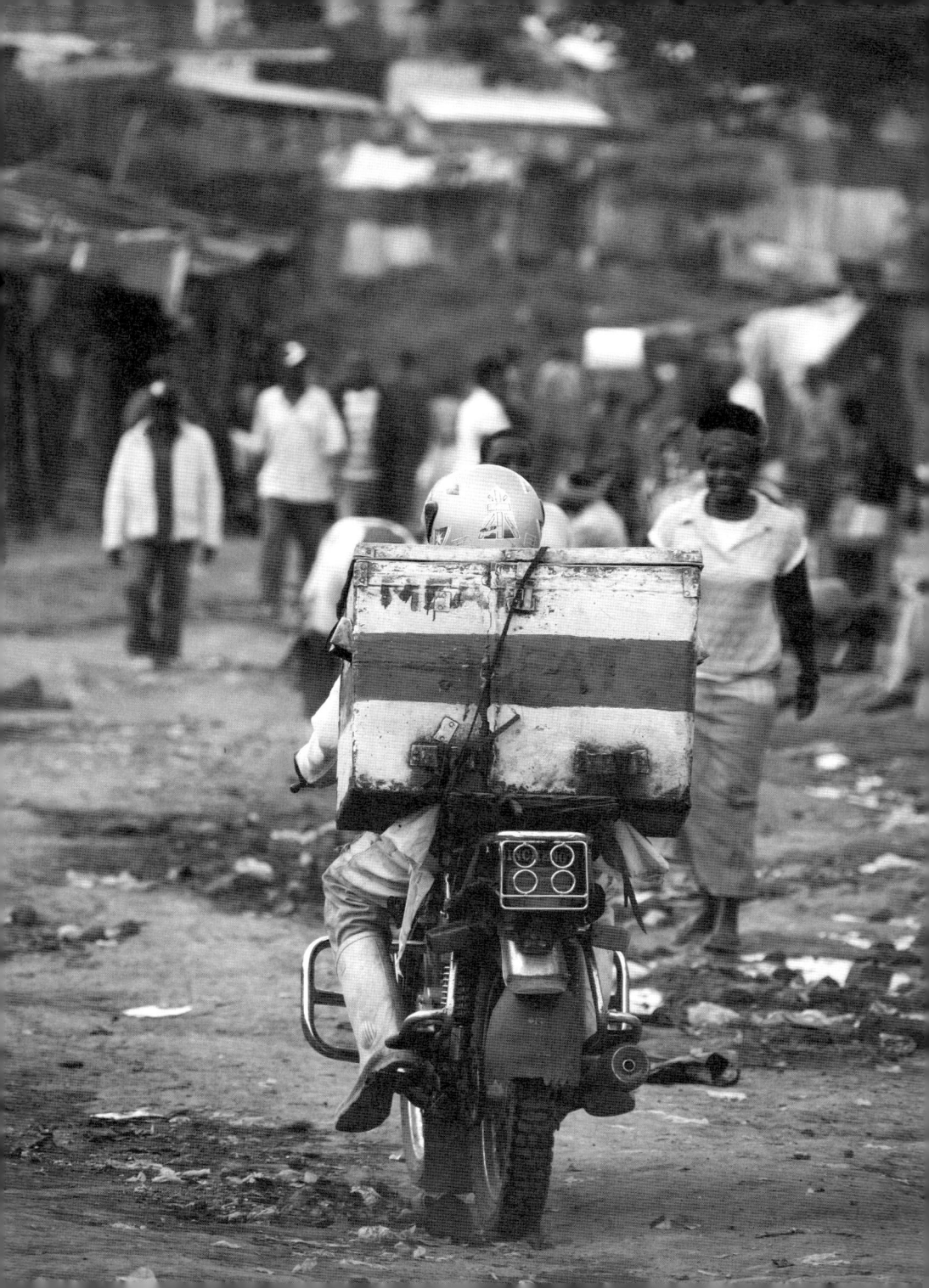

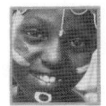

무엇이 나를 고로고초 마을로 이끌었는지 모른다. 어떠한 힘이 지라니 합창단 아이들을 만나게 했는지 모른다. 하지만 지금이 아니더라도 언젠가는 본능에 이끌려 이곳으로 왔을 것이다.

TV에서 지라니 합창단 아이들의 노래를 듣고 한동안 그 모습이 머릿속을 떠나지 않았다. 음악성이나 노래 실력과는 별개로 그들의 합창에는 특별한 힘이 있었다. 아이들의 표정, 눈빛, 몸짓이 한데 어우러져 입이 아니라 마음으로, 아니 영혼으로 노래하고 있다는 것이 느껴졌다.

'저 아이들은 정말 온 마음으로 노래하고 있구나.'
'음악에 대한 순수한 열정으로 가득하구나.'

순간 내 심장이 크게 박동했다. 저 아이들을 만나고 싶다는 생각이 강하게 들었다. 그러던 중 우연인지 필연인지 지라니 합창단의 모습을 카메라에 담을 기회가 생겼다. 유난히 많은 눈이 내리던 2010년 초봄은 그렇게 지라니 합창단 아이들을 만나러 간다는 설렘에 한껏 부푼 마음으로 지냈다.

고로고초 마을과 지라니 합창단의 사연에 대해서는 미리 알고 있었기 때문에 아이들을 만나러 가기 전부터 여러 가지 모습을 상상해보곤 했다. 그때까지만 해도 어렴풋이 짐작만 할 뿐 쓰레기 마을의 실제 모습과 주민들의 비참한 생활에 대해서는 전혀 실감하지 못했다. 쓰레기 마을이라고는 해도, 그저 수십 혹은 백여 가구쯤 모여 사는 작은 마을인 줄 알았다.

차를 타고 마을 입구에 들어서는 순간 쓰레기 더미 속에서 일하고 있는 사람들의 모습이 보였다. 아무런 표정도 없고, 희망도 없는 죽은 듯한 얼굴. 그와 동시에 온 몸의 감각을 지배해버리는 지독한 악취. '과연 이곳에서 사람이 살 수 있을까?', '과연 이곳에서 아름다운 노래가 나올 수 있을까?' 하는 의문만이 머릿속을 가득 채웠다.

지금껏 아프리카의 수많은 지역을 여행했고, 다양한 현지인들을 만났지만 도심 속 쓰레기 마을은 처음이었다. 고로고초 마을은 이제껏 내가 알던 아프리카가 아니었다. 초원의 생명력과 대자연의 은혜는 어디에도 없었다. 새와 짐승과 사람, 그리고 쓰레기가 한 덩어리가 된 곳. 그 속에서 사람이 살고 있었다. 아이들이 쓰레기 더미 위에서 먹고, 자고, 뛰어놀고 있었다.

쓰레기 더미 속에 서 있는 아이들에 대한 첫 인상은 무기력함이었다. 아이들은 영원히 그 속에서 빠져나올 수 없을 것처럼 보였고, 어떤 사람도 그들의 삶을 변화시킬 수 없을 것만 같았다. 하지만 아이들 하나하나를 만나 보면, 눈을 맞추고 이야기를 나누다 보면 그들의 숨겨진 재능과 천진난만한 내면을 만날 수 있을 것이라는 믿음이 있었다. 그때까지는 이곳 사람들에 대해 어떠한 평가도 하지 않기로 했다. 섣부른 동정도, 당장 그들의 삶을 바꾸어야 한다는 의협심도 정작 그들에게는 아무런 도움이 되지 않을 것이기 때문이다. 그것은 내가 여행하는 방식이 아니다.

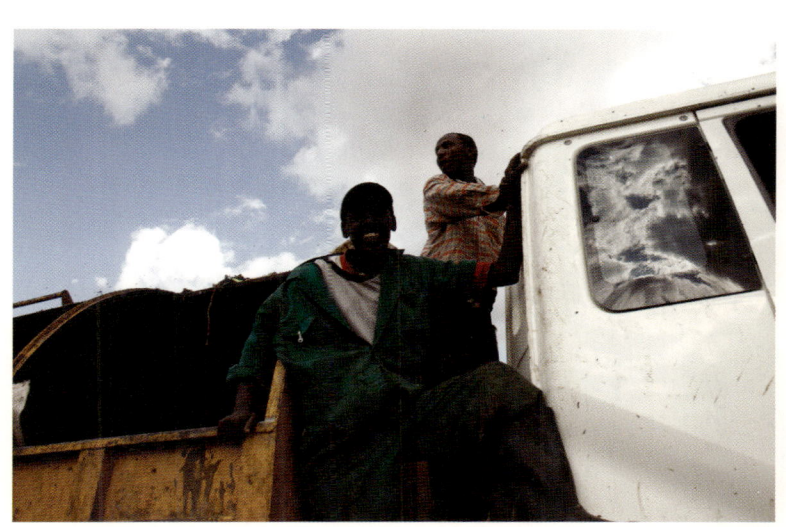

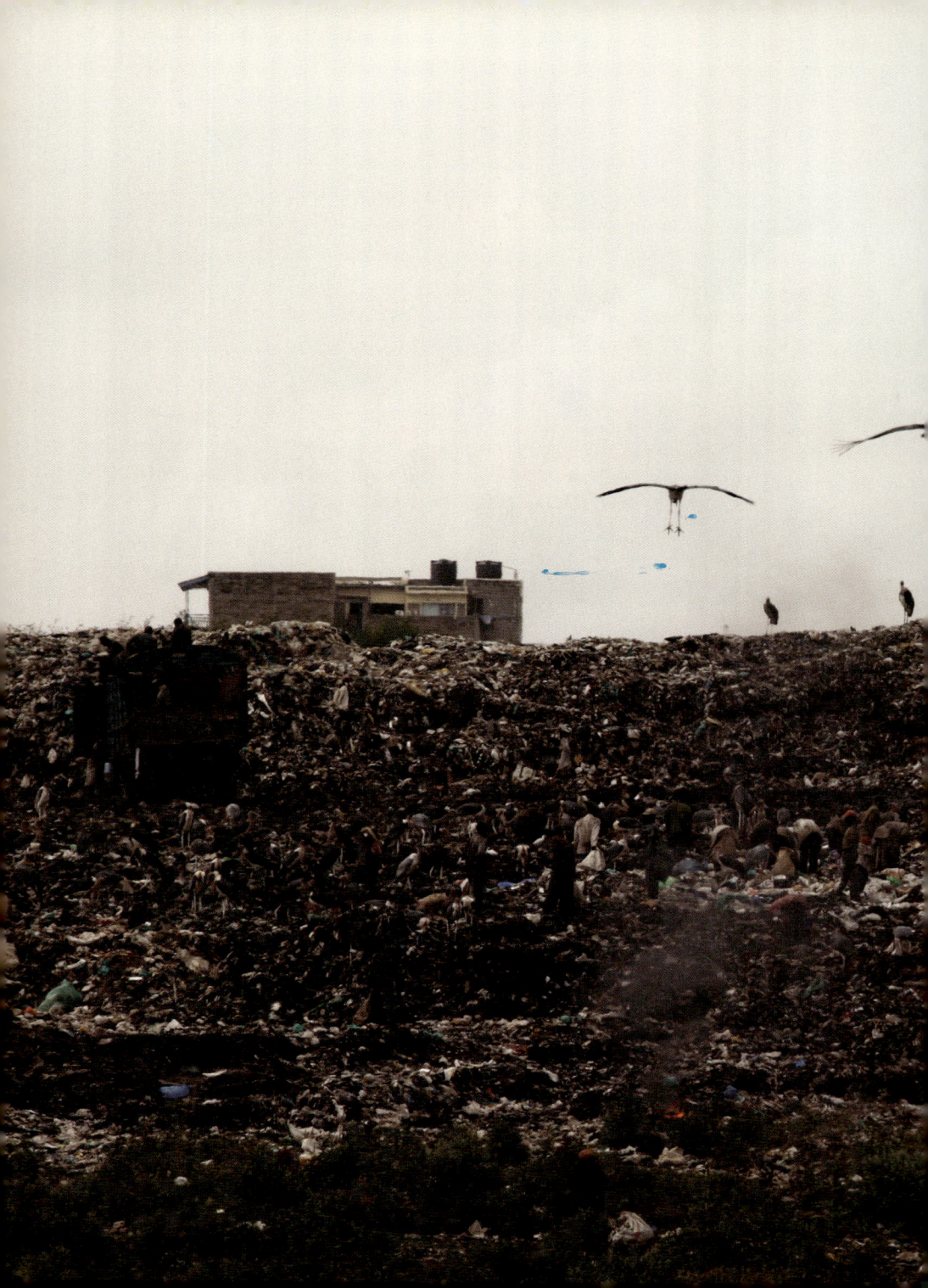

나는 천천히 마음으로 그들에게 다가가 보자고 생각했다. 쓰레기 더미와 사람이 한 덩어리가 된, 영화 속에서나 나올 법한 비현실적인 비참함 속에도 분명 내가 이해할 만한 부분이 있을 것이다. 나는 지금 그것을 찾아 이곳으로 오지 않았는가.

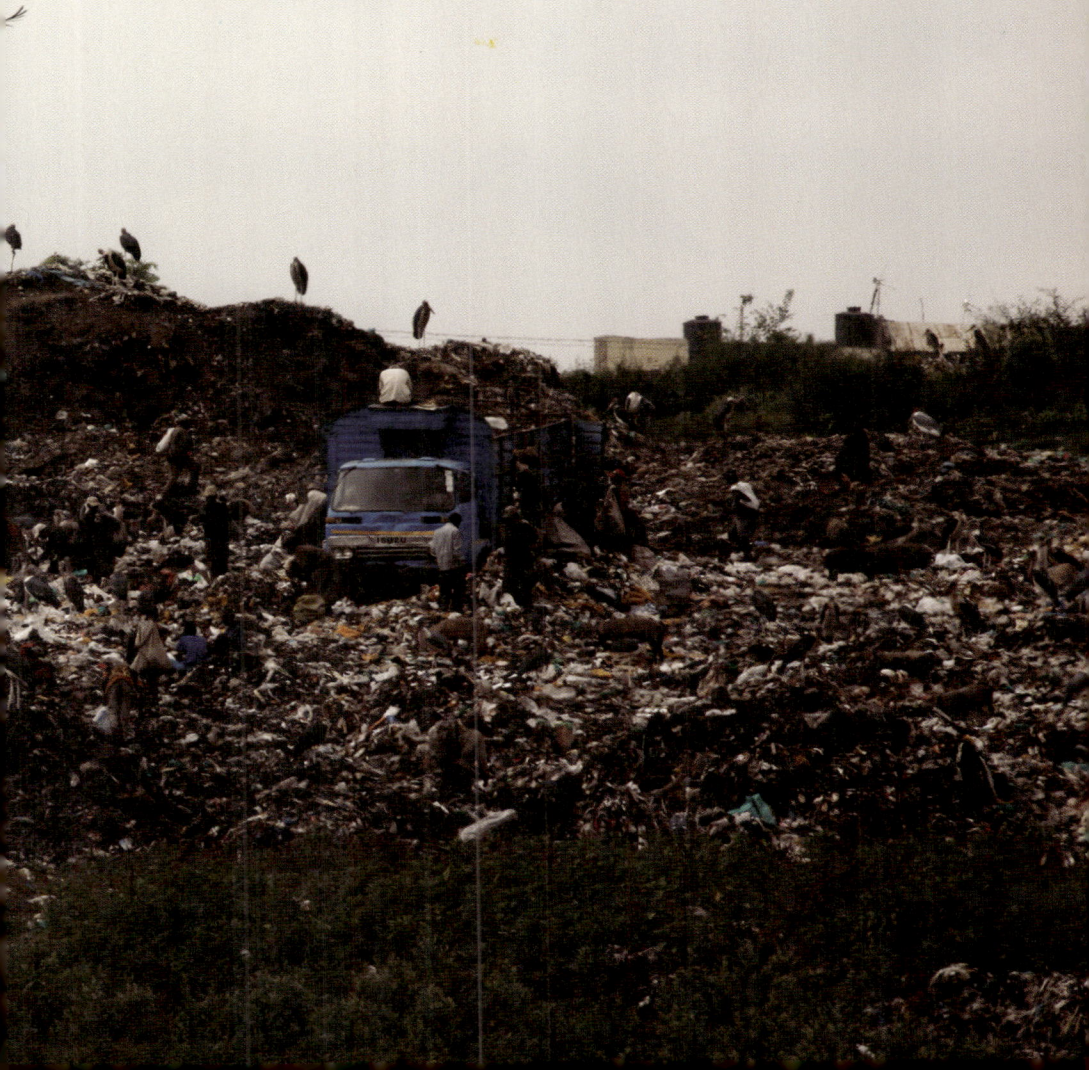

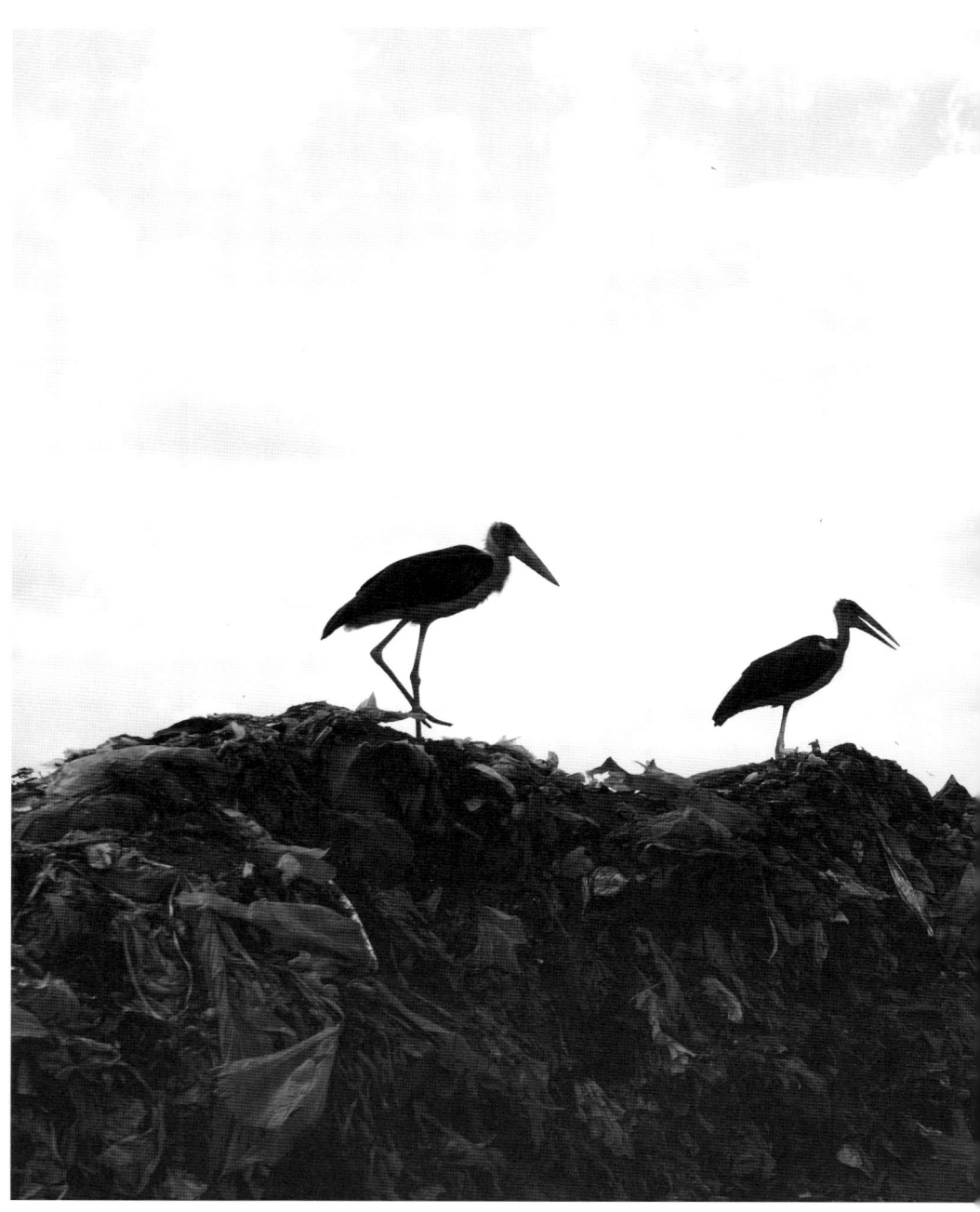

때로는 살아 있는 것조차도 용기가 될 때가 있다.

—세네카 Seneca

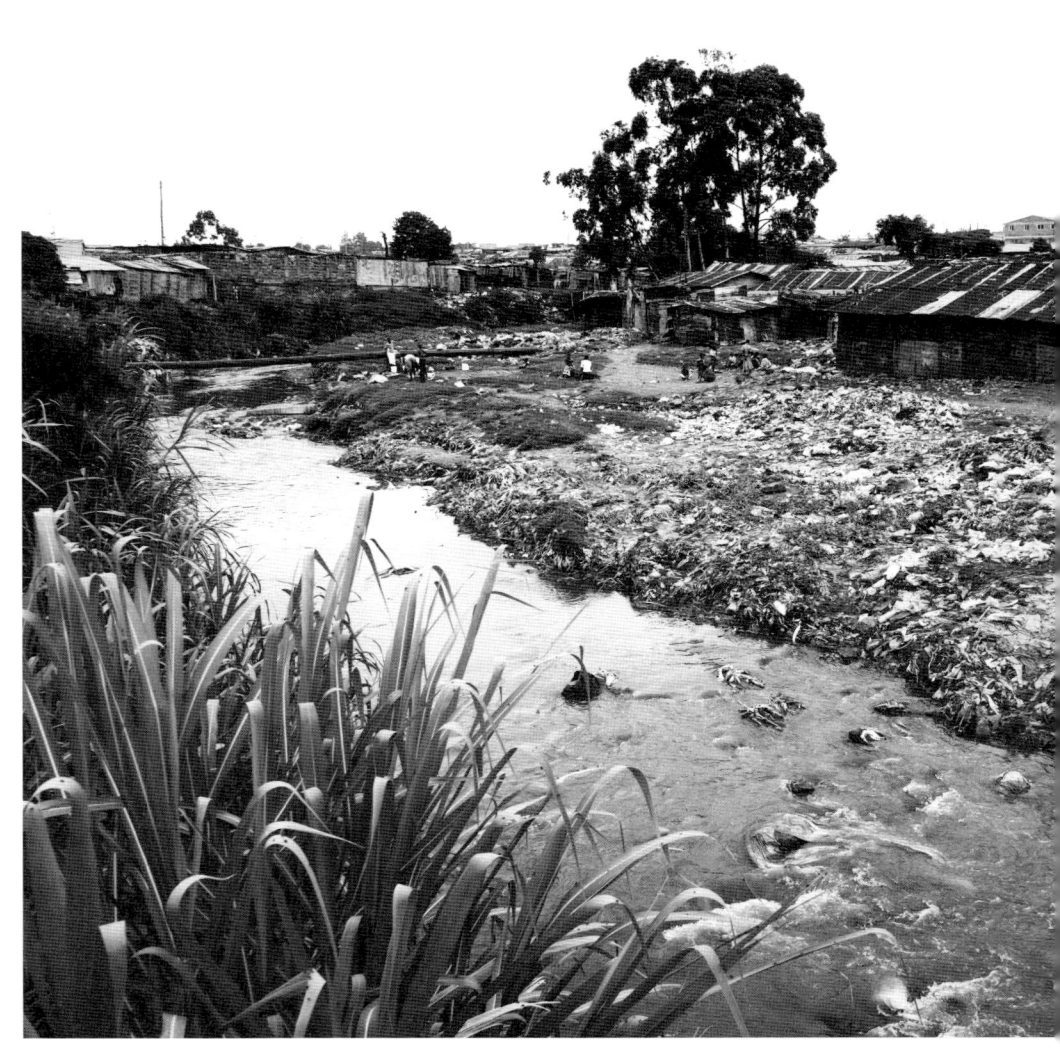

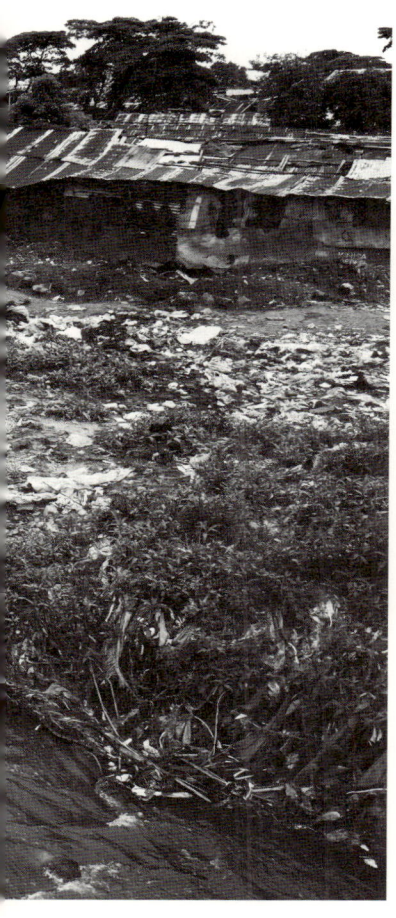

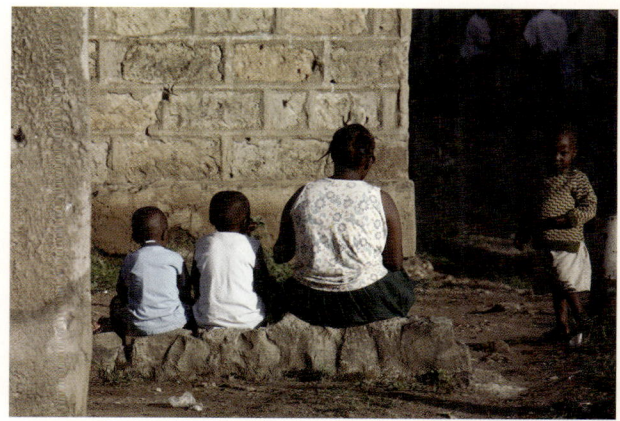

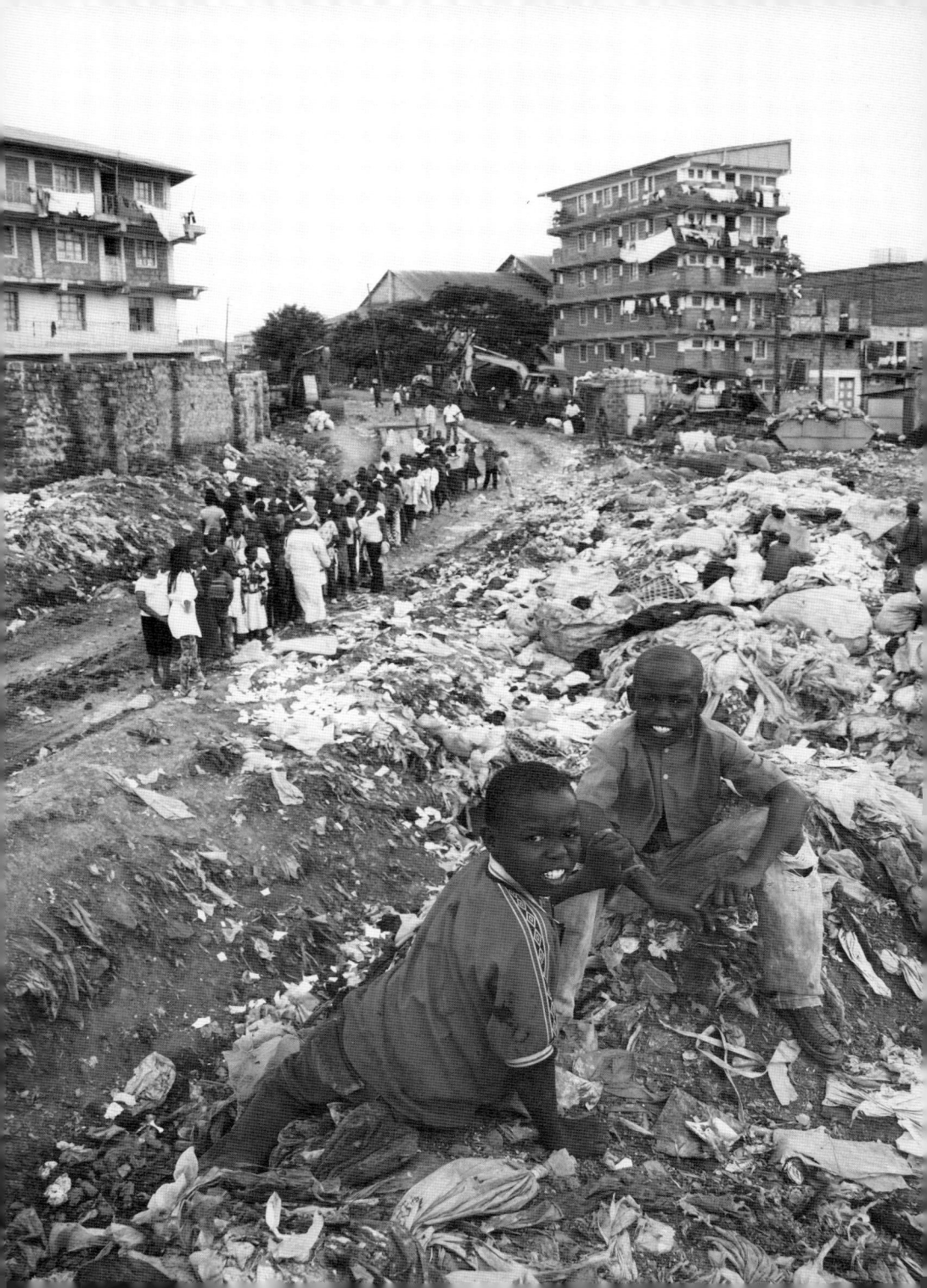

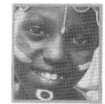

고로고초는 케냐의 수도 나이로비에서 가장 가난한 동네이다. 시내 중심지에서 차로는 불과 1시간 거리에 있지만, 두 마을의 모습과 주민들의 삶은 극단적인 대조를 보인다. 쉽게 말하면 고로고초는 나이로비 사람들이 버린 쓰레기로 생활을 이어가는 도시이다.

고로고초란 케냐 현지어인 스와힐리어로 쓰레기라는 뜻이다. 집도 없고, 일자리도 없는 사람들이 쓰레기 처리장에 하나둘 모여들기 시작했고, 얼마 지나지 않아 거대한 쓰레기 마을이 만들어졌다. 원래 마을이 아니라 쓰레기 처리장에 임시로 집을 짓다 보니, 주민들은 일 년 내내 쓰레기를 태우는 검은 연기와 구정물, 악취를 견디며 살아야 한다.

고로고초에는 매일 나이로비 전 지역에서 수거한 수백 톤의 쓰레기가 버려진다. 고로고초 사람들이 하는 일은 그 속에서 하루치 양식이나 내다 팔 물건을 찾아내는 것이다. 쓰레기 트럭이 들어오는 시간이 되면 온 동네 사람들이 쓰레기 산으로 모여든다. 먹을거리나 쓸 만한 물건을 다른 사람들보다 빨리 찾아내지 못하면 그날 하루는 굶을 수밖에 없기 때문이다.

어른들뿐만이 아니다. 깨끗한 환경에서 자유롭게 뛰어놀아야 할 아이들도 매일 먹을거리를 찾기 위해 쓰레기장을 배회한다. 아이들 주변에는 쓰레기를 파먹는 돼지, 개, 사나운 대머리황새가 맴돌고 있다. 대머리황새는 가끔 몸집이 작은 아이들을 공격해서 상처를 입히기도 한다. 사람과 동물이 서로 생존경쟁을 펼치는 것이다.

어떤 아이들은 열 살도 채 되지 않은 나이부터 한 집안의 가장 역할을 떠맡아야 한다. 이곳 남자들은 책임감이 약해서, 바람이 나 새 가정을 꾸리거나 가족을 버리고 떠나버리는 일이 흔하다. 또한 위생상태가 워낙 나쁘다 보니 말라리아나 에이즈를 비롯해 각종 질병으로 목숨을 잃는 사람들도 상당히 많다.

그렇게 부모님이 병으로 목숨을 잃거나 자신들을 버리고 떠나버리면 나이든 할아버지 할머니와 어린 동생을 돌보는 것은 아이들의 몫이다. 자기 자신도 먹을 것이 없어 굶주리면서 집에 있는 동생을 먹이기 위해 새벽부터 쓰레기 더미로 나오는 것이다.

도시 사람들이 실컷 즐기고 버린 쓰레기를 주워서 하루하루의 삶을 이어가는 아이들. 이 아이들에게 희망을 이야기한다면 너무 무책임한 것일까? 과연 어떤 사람이 그럴 자격이 있을까?

쓰레기 더미 위에서 하얀 이를 내보이며 웃고 있는 아이들의 얼굴이 그들의 현실과 겹쳐지면서 더욱 가슴 아프게 다가온다.

희망을 노래하다

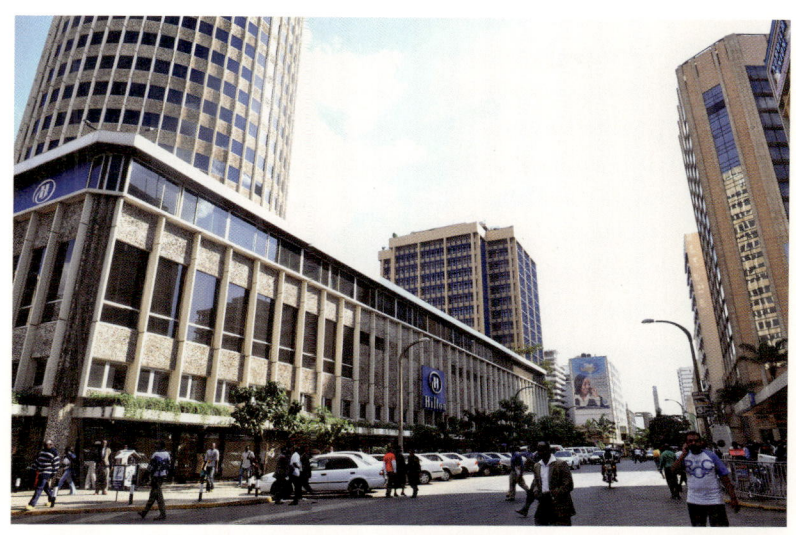

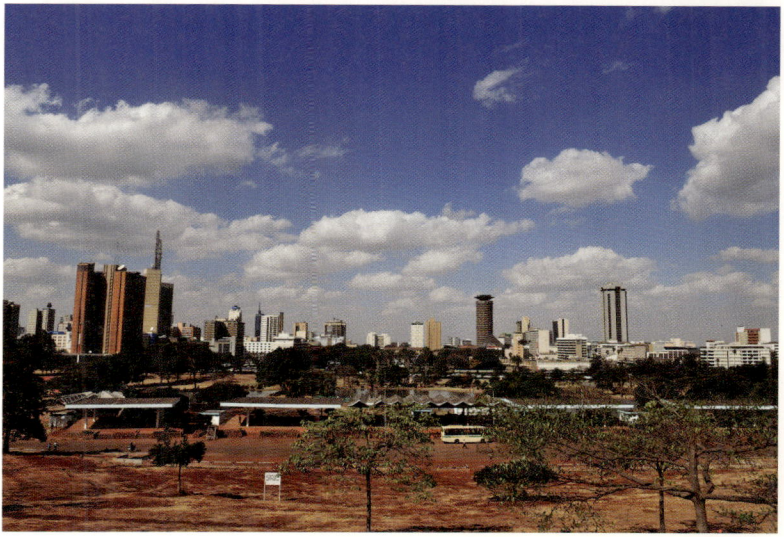

고로고초와는 너무나 다른 나이로비 시내 전경

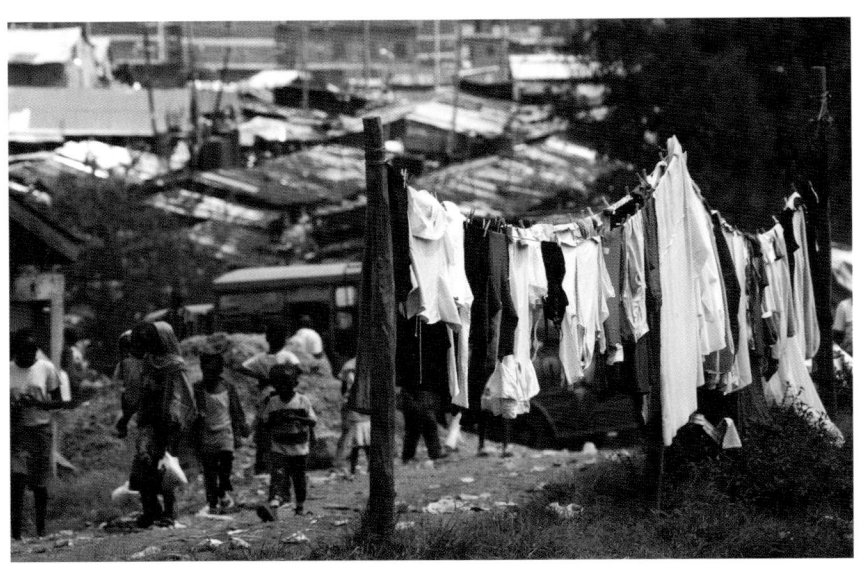

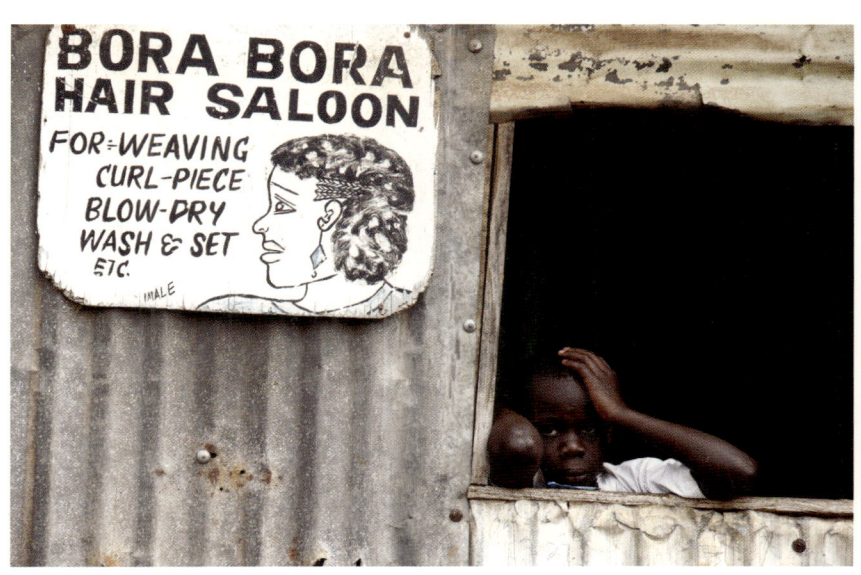

누군가에게서 절대로 **희망**을 빼앗지 말라.
그가 가진 것의 **전부**일 수도 있으니.

—잭슨 브라운 주니어 Jackson Brown Junior

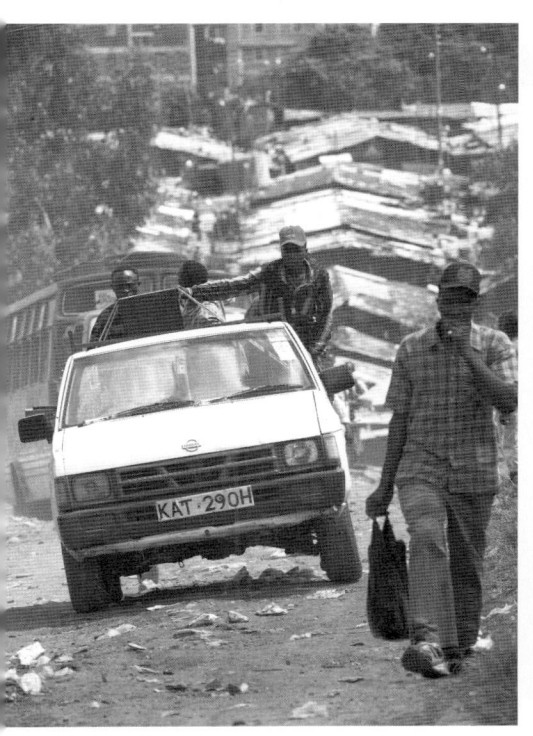
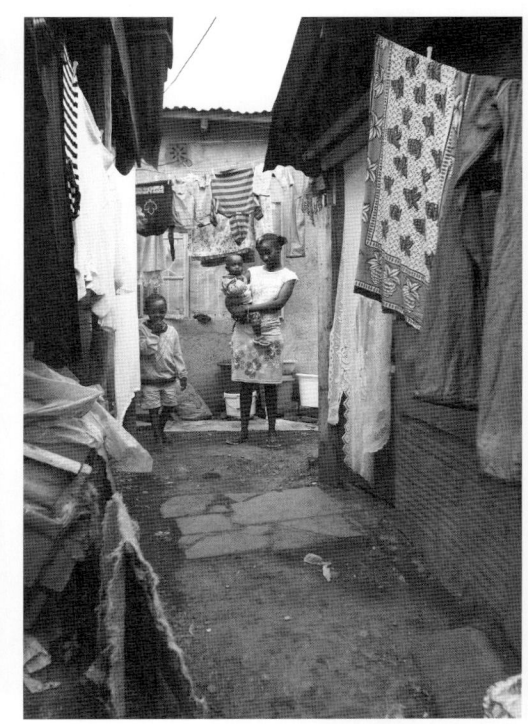
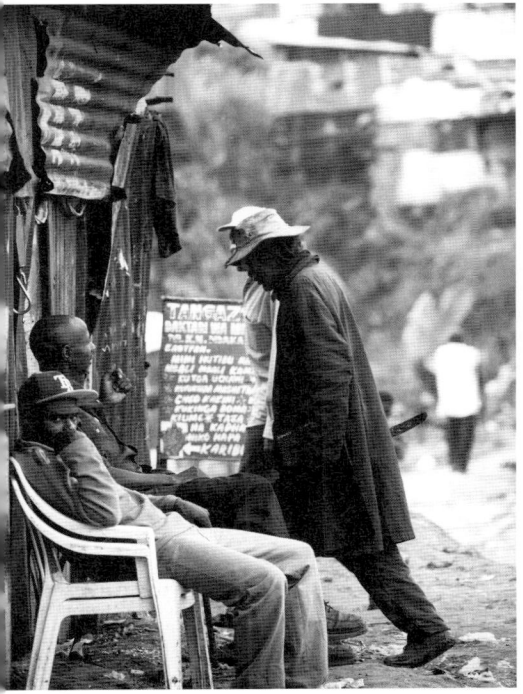
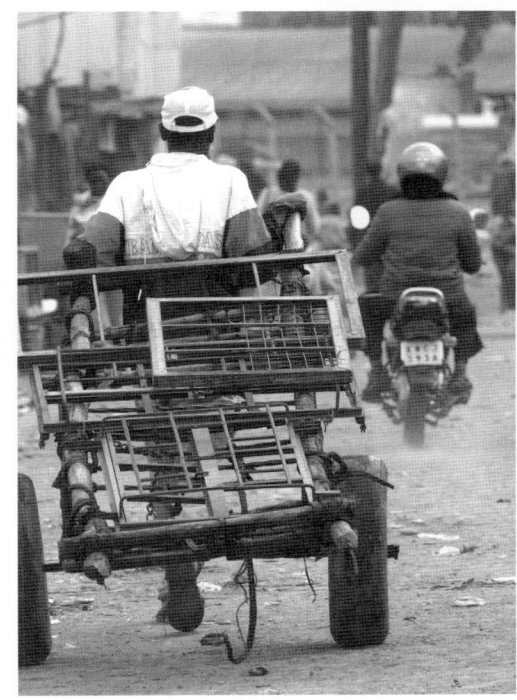

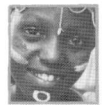

나는 넉넉지 않은 집의 열세 남매 중에서 막내로 태어났다. 송탄에서 어린 시절을 보낸 나는 그때의 추억과 그리움을 갖고 있다. 참 많이도 춥고, 배고프고, 외로웠다. 형과 누나들의 도시락 통을 대기에도 모자라 초등학교 내내 한 번도 도시락을 싸 가지 못했던 기억이 아직도 생생하다. 점심때마다 왕복 40분이 넘는 거리를 달려가 엄마가 차려놓은 밥과 김치, 새우젓 등으로 허겁지겁 늦은 점심을 먹던 그때. 어린 나이에도 엄마가 미안해하지 않도록 내색한 번 하지 않고, 혼자서 이것저것 하면서 놀던 기억……

고로고초 아이들을 보고 있자니 이런저런 기억들이 떠올랐다. 나에겐 예전의 기억들이 추억이 되어 버렸지만, 이 아이들에겐 과거를 추억할 미래가 있을까?

이곳 아이들에게 '너희들도 지금의 어려움을 추억으로 여기게 될 거야' 하고 말해주고 싶었다. 하지만 그러기에는 내가 너무 작다. 당장 이곳의 환경을 변화시킬 어떠한 힘도 없다. 다만 사진 한 장으로 웃음을 줄 수 있다면, 손짓 대화로 마음을 나눌 수 있다면, 그것으로나마 위안을 삼는다.

넉넉지 않은 어린 시절을 보냈기 때문인지, 나는 가난한 나라를 여행할 때에도 그들의 삶과 환경을 담담하게 바라볼 뿐 연민이나 동정심을 갖지 않으려

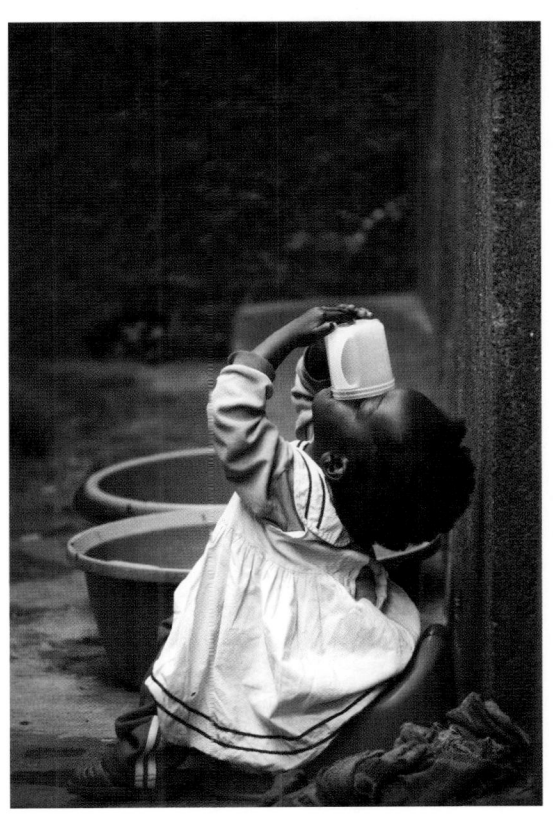

고 노력한다. 내 사진에도 슬픔과 절망보다는 희망과 행복을 담으려고 한다.

내가 할 수 있는 가장 쉬운 일은 아이들과 하나가 되어 노는 것이다. 내가 그들과 같아질 수는 없지만, 함께 놀 수는 있다. 그렇게 한참을 놀다 보면 겸허해지는 순간이 찾아온다. 머릿속이 아니라 마음으로 그들을 이해하게 되는 것이다. 그 순간에 셔터를 누른다. 이것이 내가 사진을 찍는 법이다.

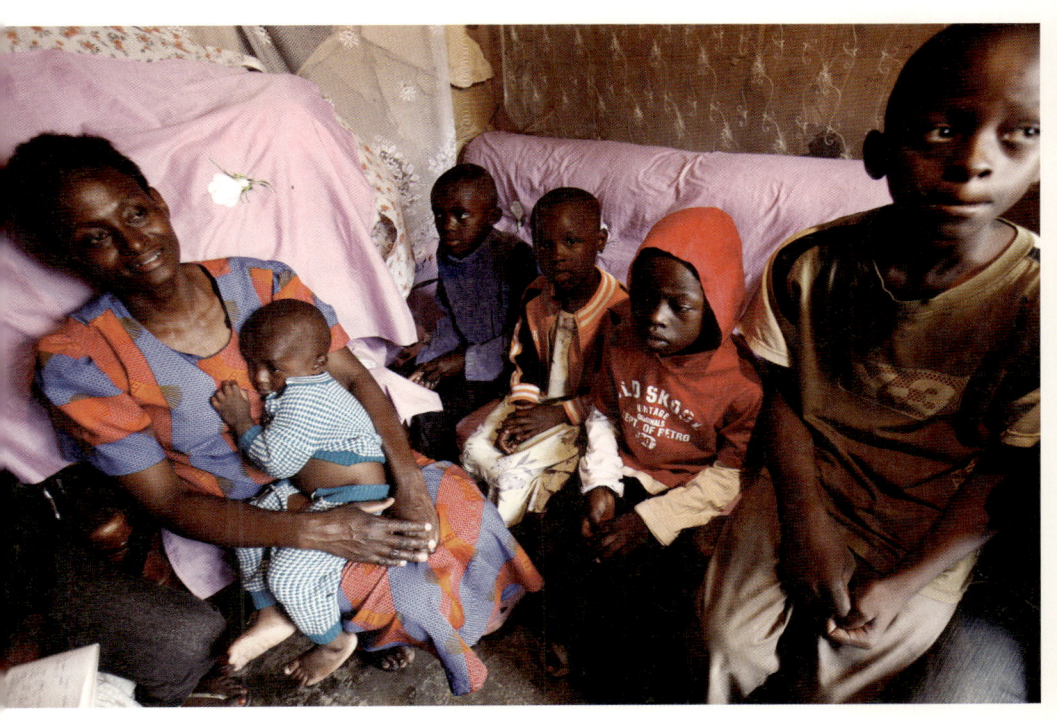

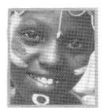

누군가의 말에 따르면 사람의 모든 기능 중에서 후각이 가장 보수적이라고 한다. 한 번 기억한 냄새는 웬만해서는 잊히지 않고, 새로운 냄새를 받아들이는 것도 쉽지 않다는 것이다.

시각과 청각은 즉각적인 반응을 이끌어내지만 시간이 지남에 따라 차츰 기억 속에서 흐릿해진다. 하지만 후각은 그보다 더 오래 남아서 당시의 기억을 두고두고 되새기게 한다. 엄마의 달콤한 젖 냄새, 하얀 쌀밥의 구수한 냄새, 깨끗하게 빨아 널어놓은 옷에서 나는 비누 냄새는 단순한 냄새가 아니라, 그 자체로 추억이고 그리움이다.

지금껏 20여 년 동안 여러 나라를 여행하면서 수많은 향을 맡았고, 그 향에 내 몸을 맡기고 빠져들기도 했었다. 시시각각 자연이 빚어내는 오묘한 향에 취해 들판을 걷고, 산을 오르고, 거리를 거닐었다. 차가운 뉴욕 거리도, 생명력이 펄떡이는 베트남의 시장도, 뜨거운 에티오피아 사막도 내게는 냄새로 먼저 기억된다.

그런데 고로고초 마을의 쓰레기가 썩어가는 냄새는 무척이나 당혹스럽고 충격적이었다. 어쩔 수 없는 생존본능 때문인지 하루 이틀 지나자 나도 조금씩 그 냄새에 적응이 되어 갔다. 하지만 평생 이런 냄새를 맡으면서 살아갈 아이들을 생각하니 가슴 한편에 묵직한 통증이 느껴졌다.

'이 세상에 얼마나 다양하고 향기로운 냄새들이 있는데, 평생 쓰레기 악취만 맡으며 살아야 한다니……'

고로고초 아이들이 더 이상 쓰레기 냄새가 아니라 다양한 냄새들을 느끼고, 맛볼 수 있기를 기도한다.

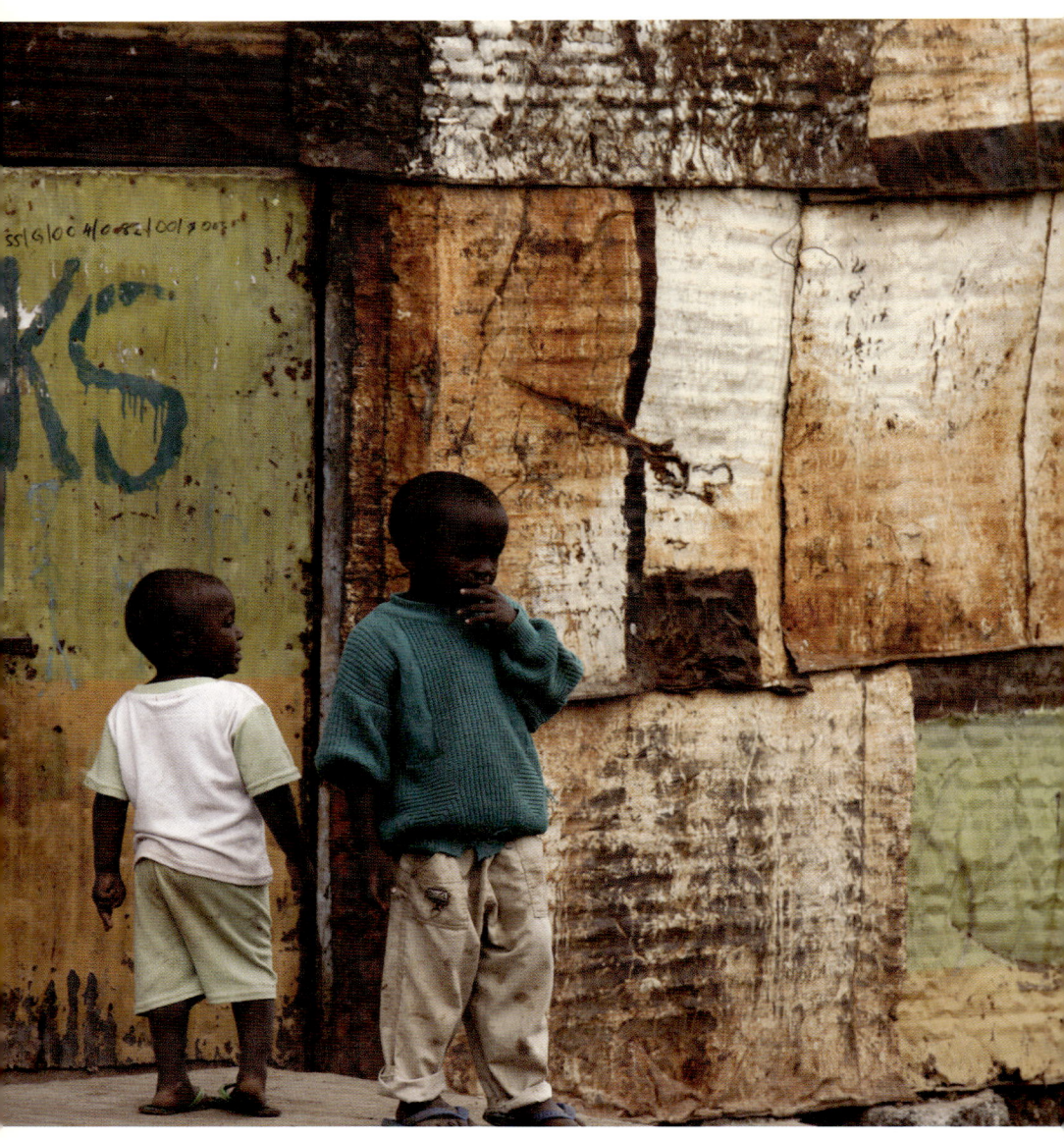

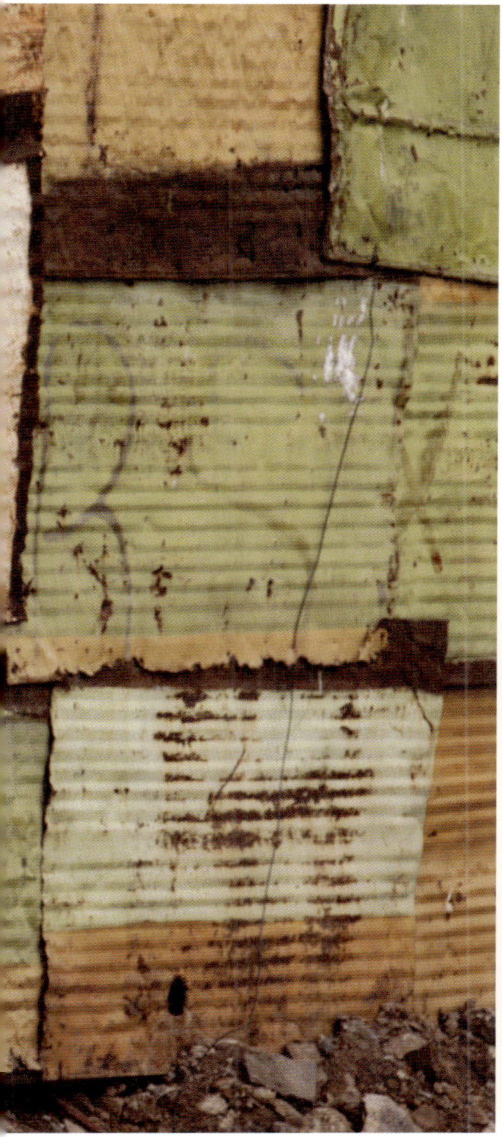

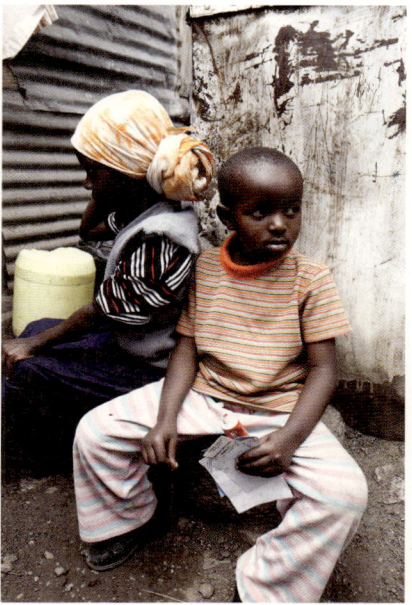

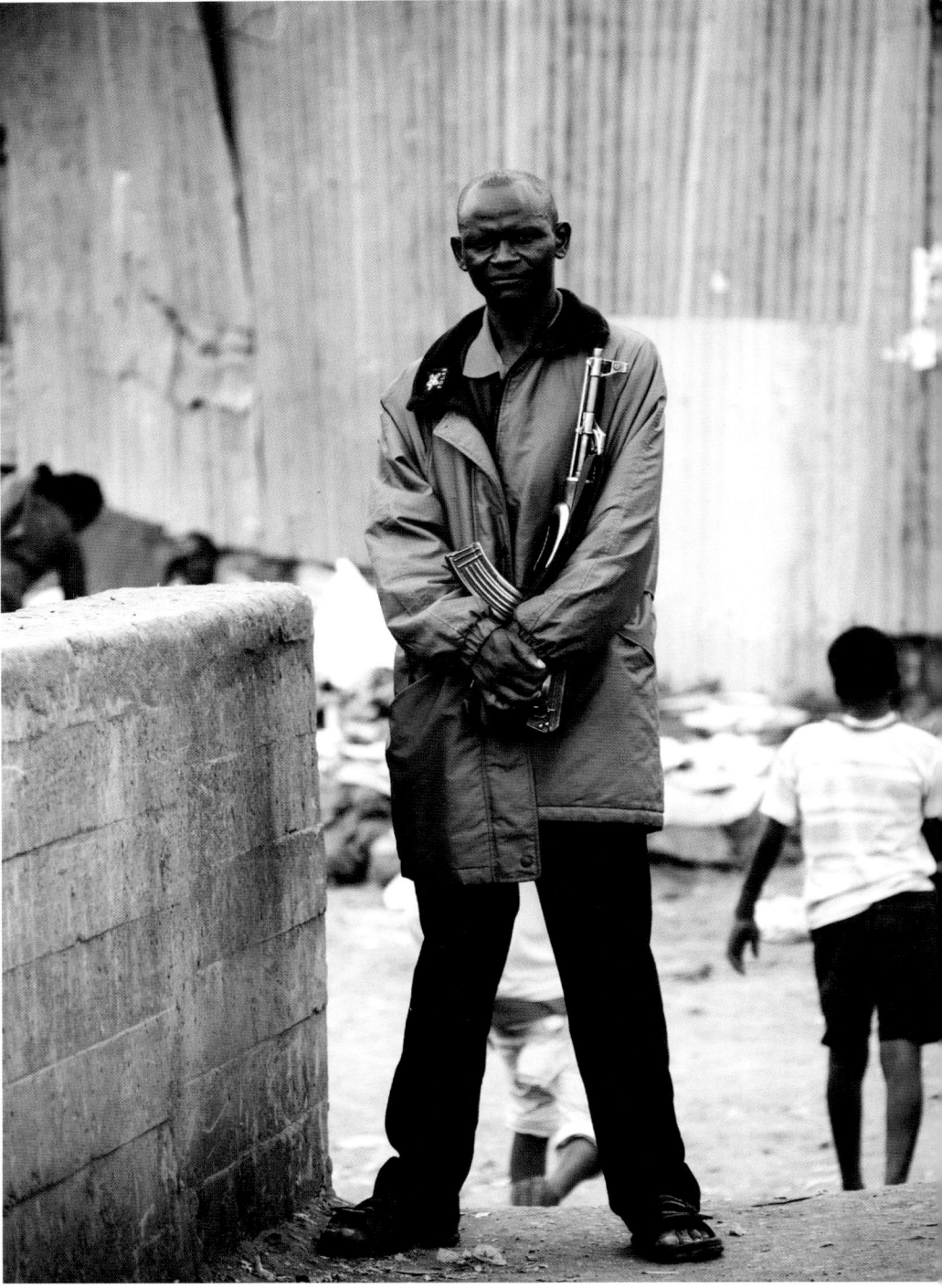

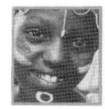

고로고초 마을에 외국인이 출입하는 것은 쉽지 않다. 이곳은 케냐에서도 가장 안전이 보장되지 않는 곳이기 때문이다. 낮에도 술이나 마약에 취한 사람들이 어떤 일을 벌일지 알 수 없다.

이곳 사람들 중에는 하루 종일 술과 마약에 취해 있는 사람들이 많다. 일자리도, 일할 만한 아무런 터전도 찾지 못한 사람들은 삶의 희망마저 놓아버리고 하루하루를 무의미하게 보내는 것이다.

케냐 정부는 고로고초 마을을 수십 년째 방치하고 있다. 대통령 선거 무렵에는 이곳 주민들을 깨끗한 지역으로 이주시키고, 일자리를 지원하겠다는 공약이 나오기도 했다고 한다. 하지만 선거가 끝나고 나자 정부는 오히려 마을을 강제 철거시키겠다며 갈 곳 없는 주민들을 협박했다. 아무 데도 갈 곳이 없어서 쓰레기 처리장으로 흘러든 사람들에게 강제 철거는 목숨을 내놓으라는 협박과 같다.

그래서 고로고초 사람들은 더 이상 정부가 자신들을 위해 무엇을 해주리라는 것을 기대하지 않는다. 이들은 매일 쏟아지는 쓰레기 외에 어떠한 것도 바라거나 꿈꿀 수 없다.

외부와의 접촉뿐만 아니라 희망과도 단절된 삶.

지독한 가난과 절망, 최소한의 인간다움조차 사치가 되는 곳, 고로고초.

그런데 몇 년 전부터 이곳 쓰레기 더미 한가운데에서 희망의 웃음소리가 울려 퍼지기 시작했다. 지라니 어린이 합창단이 노래를 부르기 시작하면서부터이다. 아이들의 웃음소리와 노랫소리는 마치 작은 꽃씨처럼 마을 여기저기 희망을 싹 틔우고 있다. 체념과 절망에 익숙해 있던 마을 사람들도 아주 조금씩 삶에 대한 희망을 품기 시작했다.

희 망 을 노 래 하 다

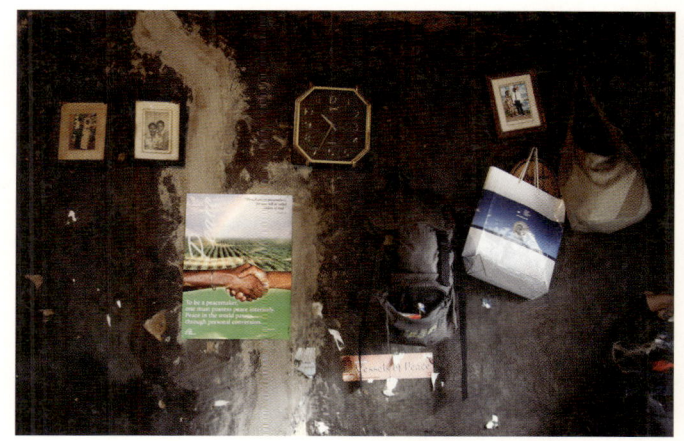

고로고초 마을에서 지라니 합창단은 희망을 넘어 기적을 만들어가고 있다.

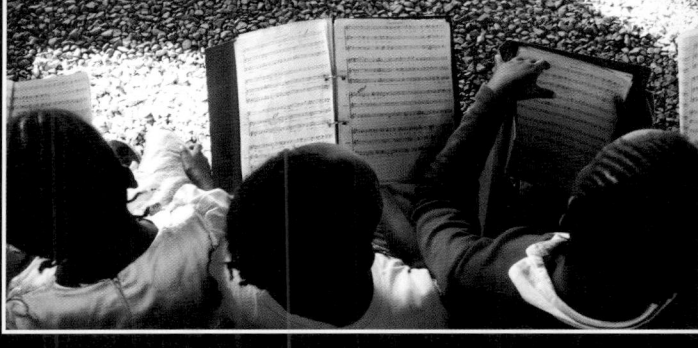

지라니 어린이 합창단
Jirani Children's Choir

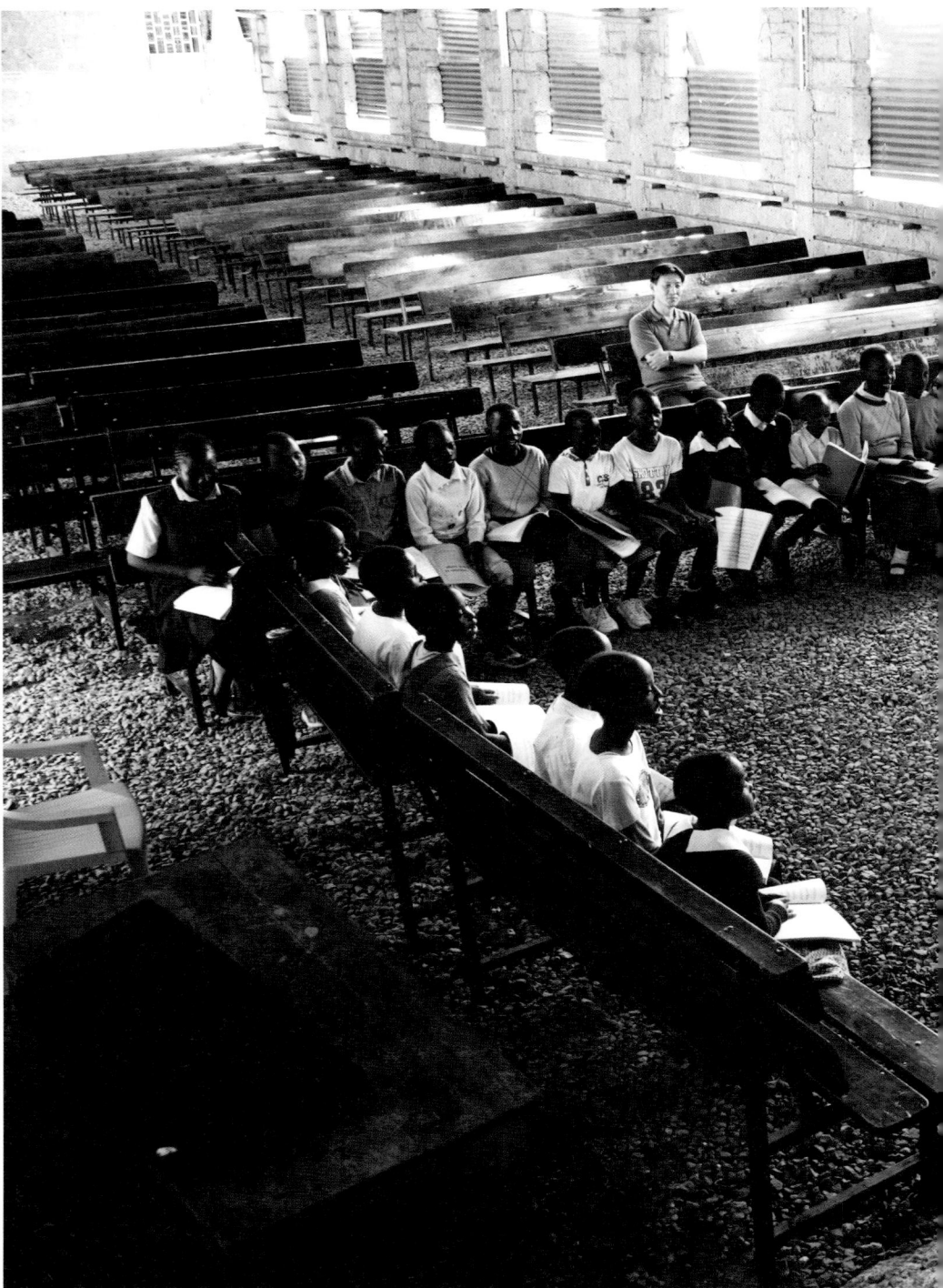

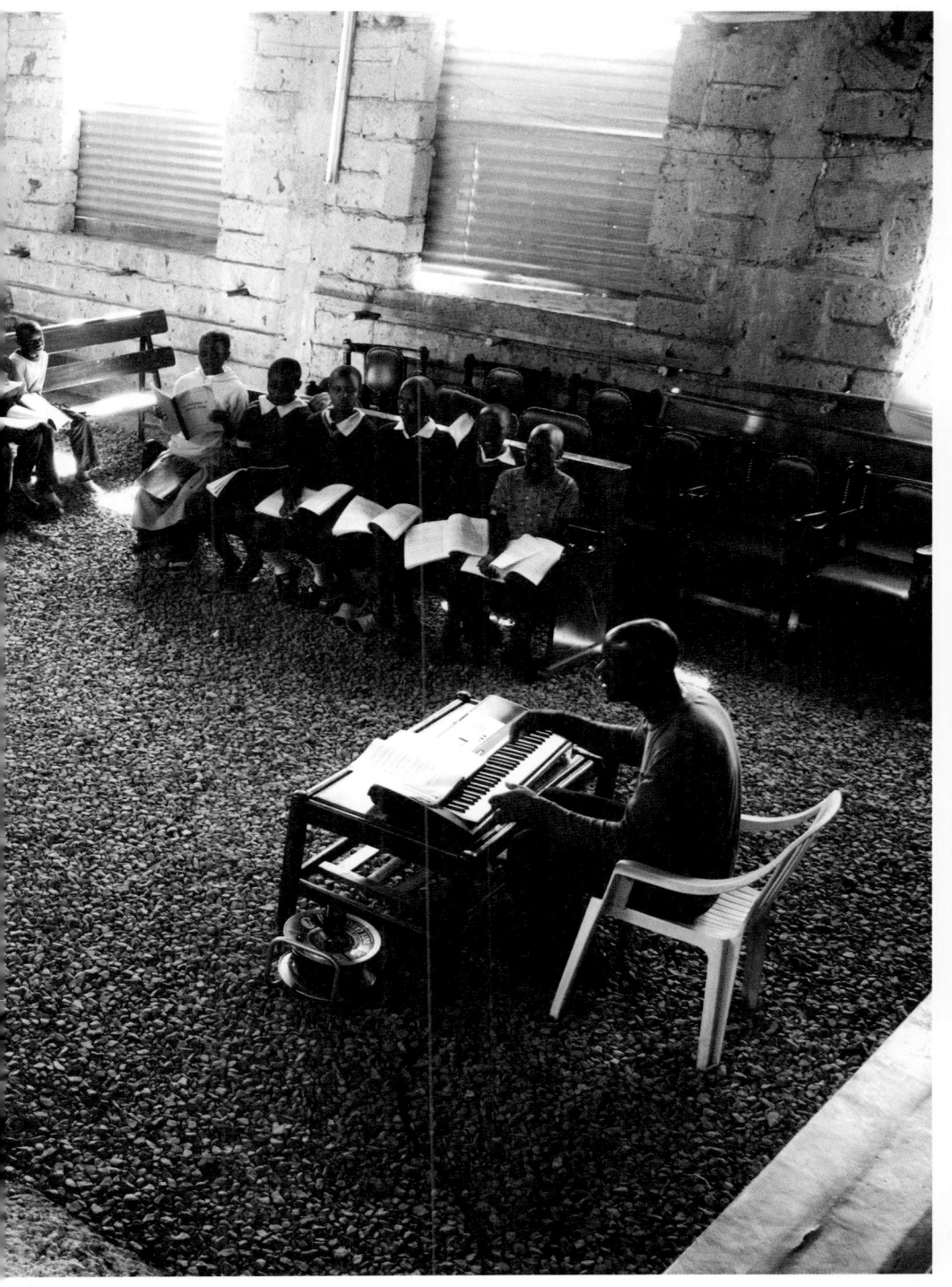

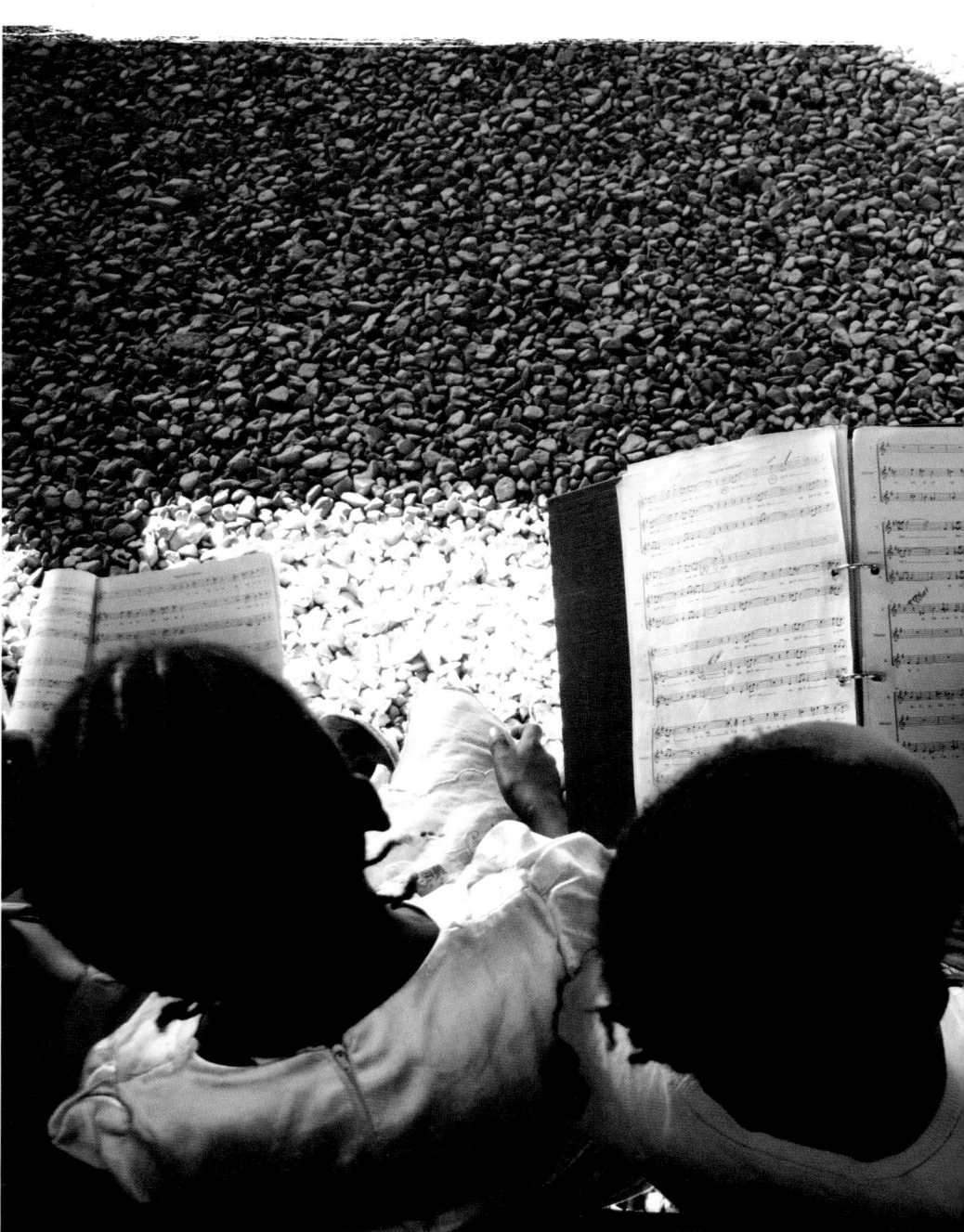

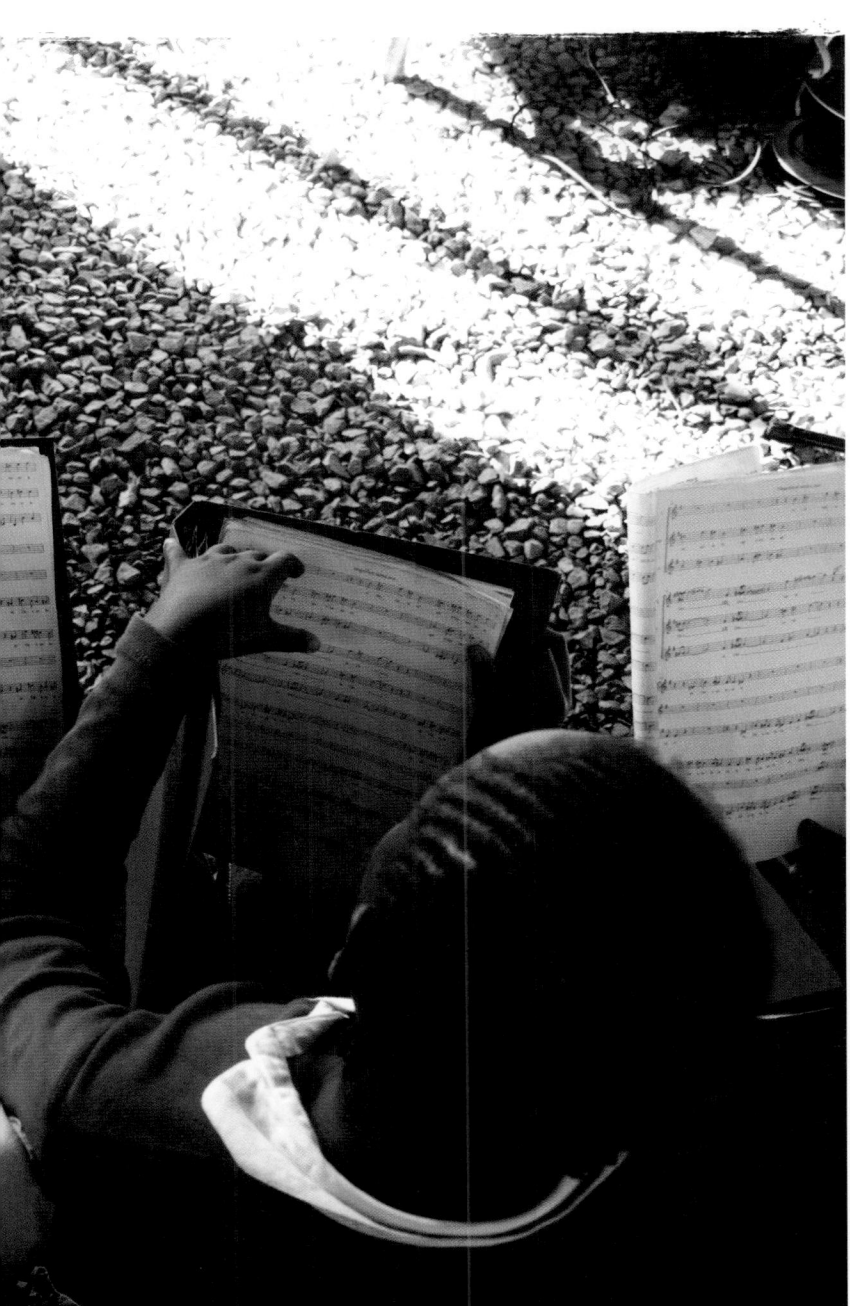

음악과 리듬은 **영혼의 비밀 장소**로 파고든다. — 플라톤 Platon

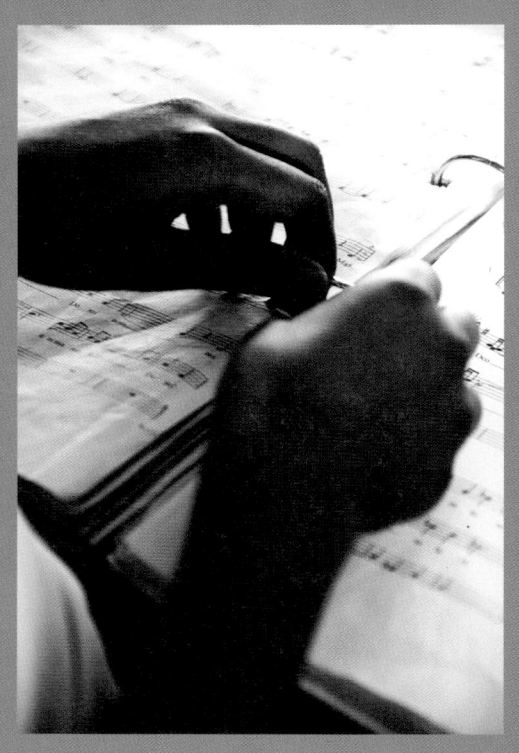

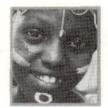

지라니(jirani)는 좋은 이웃이라는 뜻이다.

바닥을 알 수 없는 절망 속에서 하루하루의 삶을 간신히 견디고 있는 고로고초 사람들에게 좋은 이웃이라는 말은 낯설고도 아이러니하다. 이곳 사람들은 모두가 너무 가난하기 때문에 나누고 싶어도 나눌 것이 없고, 비록 쓰레기일지라도 다른 사람보다 먼저 찾아내지 못하면 자신의 생존 자체가 위태로워진다.

그런데 케냐 정부조차 외면한 이곳으로 찾아와 스스로 좋은 이웃이 되고자 한 사람이 있다. 바로 지라니 어린이 합창단을 만든 임태종 목사와 김재창 지휘자이다.

임태종 목사는 우연히 찾은 고로고초 마을에서 음식물 쓰레기를 먹고 있는 한 아이의 모습을 보고 큰 충격을 받았다고 한다. 한국으로 돌아온 이후에도 그 아이의 모습을 잊지 못하던 임태종 목사는 고로고초 아이들을 위해 할 수 있는 일을 찾기 시작했다. 태어날 때부터 꿈과 희망을 박탈당한 아이들, 사방이 쓰레기로 둘러싸인 고로고초 마을에서 태어나 어린 나이에 굶어 죽거나, 병들어 죽거나, 삶을 포기한 채 살아갈 운명을 갖게 된 아이들에게 꿈을 꾸게 하고, 희망을 갖게 하고 싶었던 것이다.

하지만 고로고초 아이들을 데리고 할 수 있는 일은 많지 않았다. 주위 사람들조차 다들 불가능한 일이라고, 절대 성공할 수 없다고 말리기만 할 뿐이었다. 오랜 고민 끝에 임태종 목사가 생각해낸 것은 합창단이었다. 아프리카 사람들은 핏속에 음악이 흐른다고 할 정도로 음악적 재능을 타고난 사람이 많다. 신께서 주신 그들의 재능을 이끌어내는 것이야말로 현실적인 지원이 절대적으로 부족한 상황에서 고로고초 아이들을 위해 할 수 있는 가장 자연스러운 일이었던 것이다.

임태종 목사가 가장 먼저 한 일은 유능한 지휘자를 찾는 것이었다. 최고의 합창단을 만들기 위해서는 합창단을 이끌고 지도해줄 뛰어난 리더가 필요하기 때문이다. 임태종 목사가 삼고초려를 한 끝에 국제 대회에서 여러 번 수상한 경력을 가진 뛰어난 실력의 김재창 지휘자가 고로고초 아이들을 맡게 되었다.

물론 그 과정은 쉽지 않았다. 처음 고로고초 마을에 와 본 김재창 지휘자는 임태종 목사의 제안을 강력하게 거절했다고 한다. 실제로 이곳에 와 본 사람들은 누구나 그 이유를 쉽게 알 수 있을 것이다. 고로고초 마을에서 세계적인 합창단을 만든다는 것은 북극에서 아름다운 장미가 피기를 기대하는 것만큼이나 상상하기 힘든 일이다. 지라니 합창단이 생기기 전인 2006년에는 아마도 상황이 지금보다 몇 배는 더 좋지 않았을 것이다.

운명이었는지, 하나님의 뜻이었는지 처음에는 강력하게 반대하던 김재창 지휘자가 지라니 합창단을 맡기로 하면서 두 사람은 본격적으로 합창단을 꾸리기 시작했다. 수십 번의 오디션 끝에 합창단 아이들을 뽑고, 현지 노래 선생님을 채용하고, 지라니 합창단 연습실과 사무실을 지었다. 한 번도 노래를 배우지 않은 아이들에게 악보를 읽게 하고, 줄 서기조차 해보지 않은 아이들을 데리고 합창 연습을 시작했다.

가난과 무기력한 삶에 익숙한 아이들은 처음에 제대로 된 발성은커녕 목소

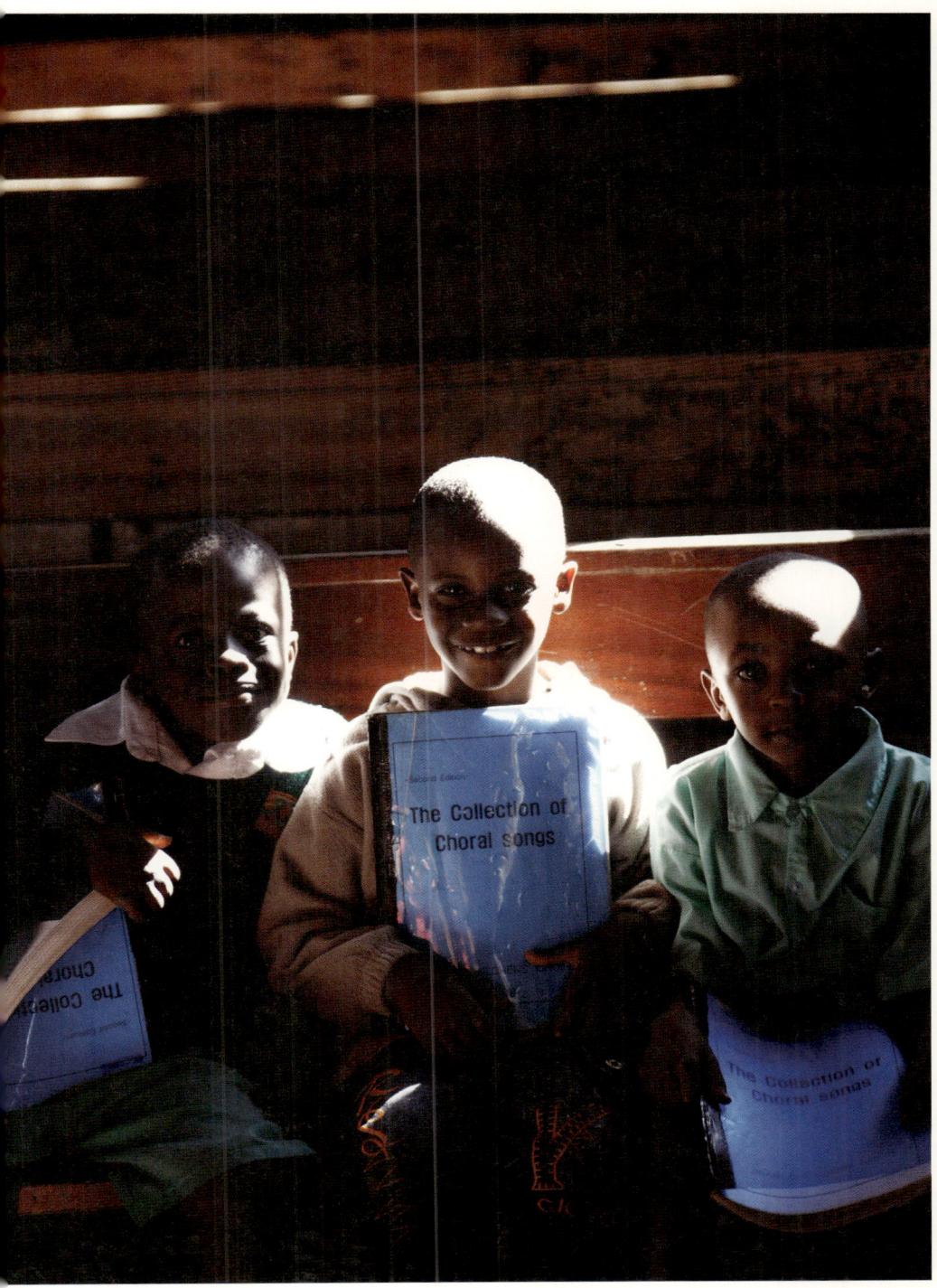

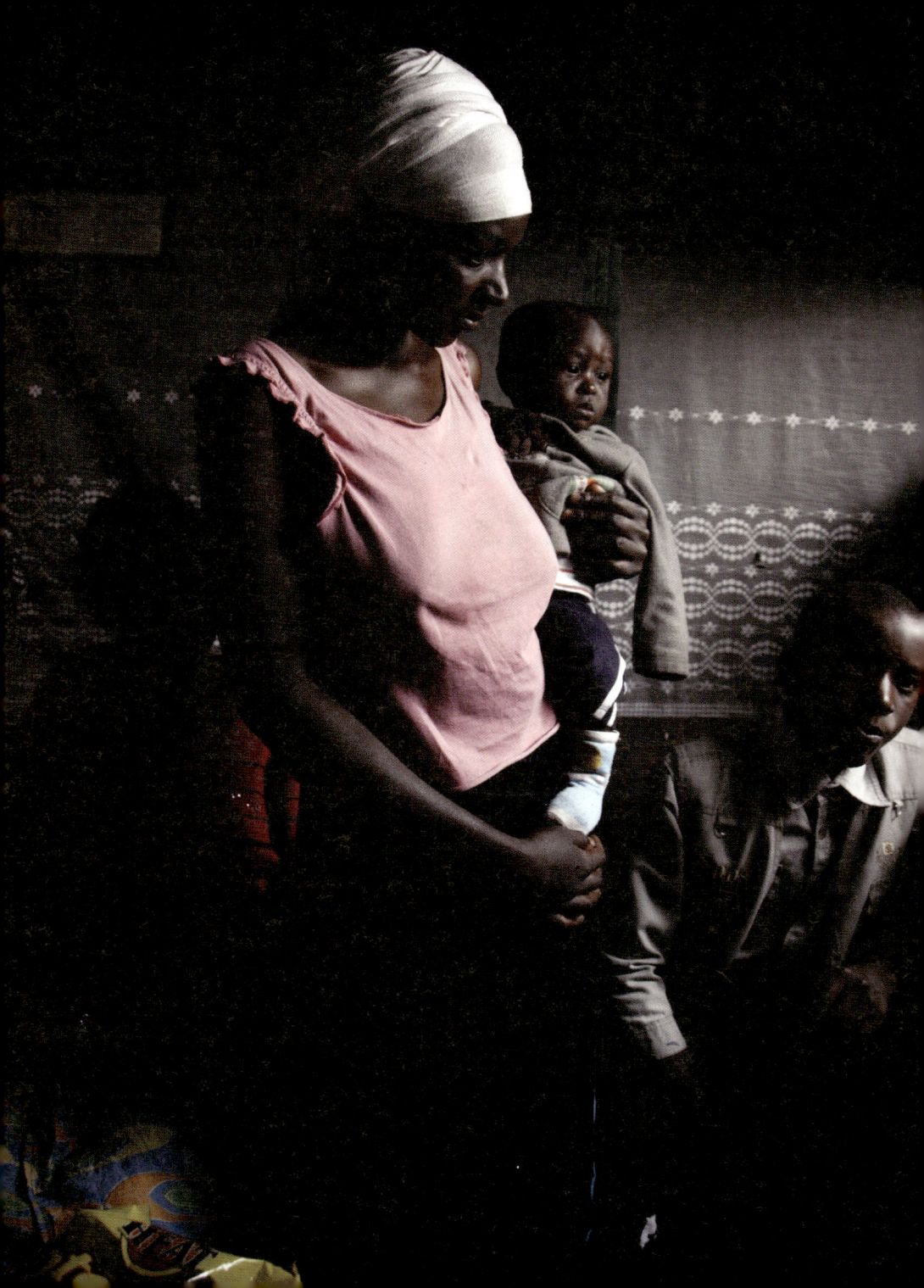

리조차 자신 있게 내지 못했다고 한다. '목소리도 제대로 내지 못하는 아이들을 데리고 합창단을 할 수 있을까?', '아프리카 음악의 음정과 박자에만 익숙한 아이들이 현대음악을 부를 수 있을까?' …… 매일 '과연 해낼 수 있을까?' 라는 물음과 싸움을 치르는 날들이 이어졌다.

　엄격한 교육을 받아본 적 없는 아이들도 합창단 연습을 하면서 긴장하기는 마찬가지였다. 태어나서 음악수업을 한 번도 받아본 적 없는 아이들이었다. 하지만 아이들은 고맙게도 합창단 선생님들을 믿고 따라주었고, 모든 것이 부족한 상황에서도 스탭들은 헌신적으로 일해 주었다.

　그러던 어느 순간 아이들이 아름다운 화음을 만들어내기 시작했다. 목소리에 힘이 붙고 자유롭게 리듬을 타기 시작했다. 긴장한 채 굳어 있던 얼굴에도 자연스럽게 미소가 떠올랐다. 그리고 노래 연습을 시작한 지 불과 2개월 만인 2006년 12월 드디어 케냐 나이로비 국립극장에서 지라니 합창단의 첫 공연이 이루어졌다. 지라니 합창단은 이후 미국 뉴욕과 시카고 등지에서 공연을 했고, 매년 우리나라를 찾아 감동을 전하고 있다.

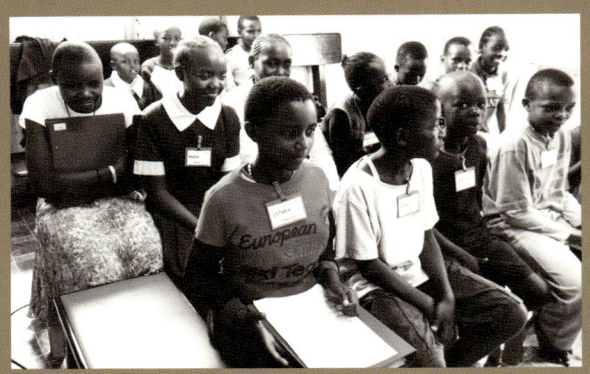

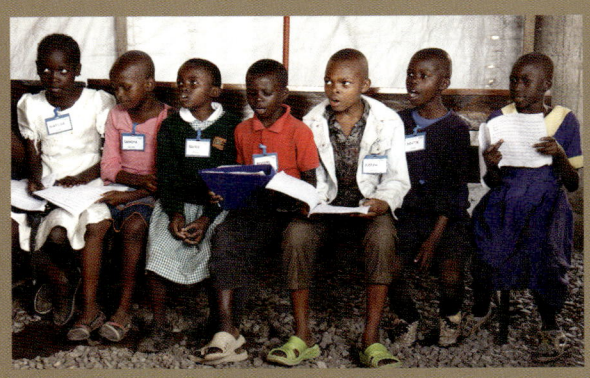

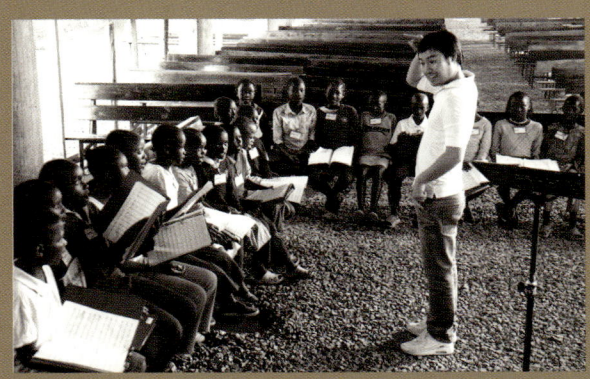

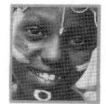

아이들은 무슨 생각으로 합창단에 들어왔을까? 놀 곳이 없어서? 한 끼 식사를 해결하려고? 그저 노래하는 것이 좋아서? 좀 더 좋은 교육을 받고 싶어서? 이 모두가 다 이유이다.

하지만 지라니 합창단의 존재가 감동을 주는 가장 큰 이유는 아무 것도 할일이 없던 아이들에게 매일 노래할 수 있는 기회를 주었다는 사실이다. 고로고초 아이들은 대부분 2～3평 정도의 쪽방에서 산다. 전기도 안 들어오고, 수도 시설도 부족한 곳에서 보통 5～6명의 가족이 함께 지낸다. 너무 좁고 어두워서 집 안에서는 할 수 있는 게 아무것도 없다. 놀 수도, 공부를 할 수도 없다. 그래서 아이들은 대부분 쓰레기 더미를 뒤지거나 동네를 배회한다.

하루 종일 쓰레기 주위를 배회하는 아이와 매일 4시간씩 노래를 하는 아이의 감성은 결코 같을 수 없다. 같은 학교에 가고, 같은 집에서 자라더라도 매일 노래를 하는 아이에게는 변화가 일어나기 시작했다. 그저 오늘 하루 어떻게 보낼 것인지만 생각하던 아이들이 노래를 부르기 시작하면서 조금씩 미래를 생각하고 희망을 갖게 되었다. 음악 훈련을 받고, 여러 사람과 생활하는 법을 배우고, 외국 공연을 통해 더 넓은 세상을 만나게 되면서 점점 더 큰 꿈을 갖게 된 것이다.

합창단원이 되기 전에는 아무것도 하지 않던 아이가 이젠 동생을 돌보고, 엄마의 일을 도와준다. 책임감이 생기고 다른 사람을 배려하게 된 것이다. 고작 트럭 운전사가 되는 것이 꿈이던 아이는 이제 의사가 되려고 공부를 시작한다. 주위의 아픈 사람들을 돕겠다는 것이다.

이처럼 지라니 합창단은 아이들에게 정서적인 환경을 만들어주었다는 점에서 물질적인 지원이나 눈에 보이는 변화보다 더 큰 기적을 만들어가고 있다.

현재의 환경과 상황이 절망적이라고 해서 아이들까지 모두 무기력하기만한 것은 아니다. 배우고자 하는 열망, 좀 더 나은 사람이 되고자 하는 욕심은 모든 인간의 본능이다. 지라니 합창단은 고로고초 아이들에게 그것을 불러일으켜주었다.

내가 아이들의 작은 손을 붙잡고 앞으로 무엇을 하고 싶으냐고, 어떤 사람이 되고 싶으냐고 물으면, 아무 계획이 없을 것 같은 아이들도 모두 미래에 대한 꿈을 말한다. 늘 천진하고 즐겁게 노래하는 아이들의 마음속에 그렇게 야무진 꿈이 생겼다는 사실에 놀란다. 그 진지한 자세가 마음이 아프면서도 한편으로 감동으로 다가온다.

희망을 노래하다

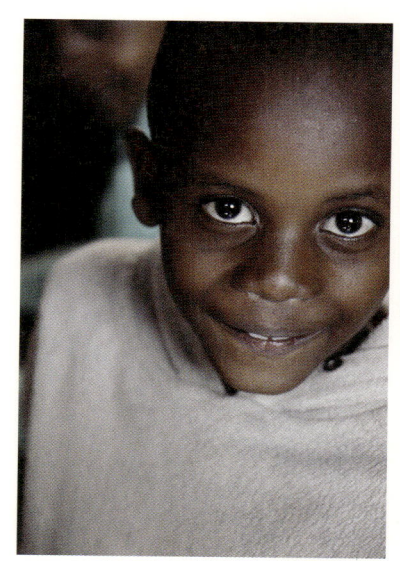

마 이 클

마이클의 장래희망은 의사이다. 꿈을 갖게 된 것은 얼마 전부터이다. 아빠는 병으로 세상을 떠났고, 누나는 시집을 가서 지금은 엄마와 단둘이 살고 있다. 지라니 합창단에 들어오기 전에 마이클은 의사가 어떤 사람인지 알지 못했다. 되고 싶은 것도, 하고 싶은 것도 없었다. 하지만 지금은 의사가 되어서 엄마처럼 가난하고 아픈 사람들을 돕고 싶어한다.

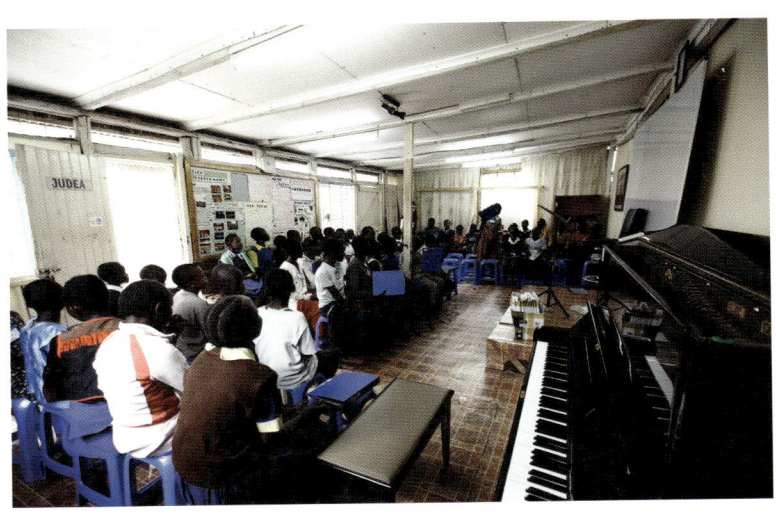

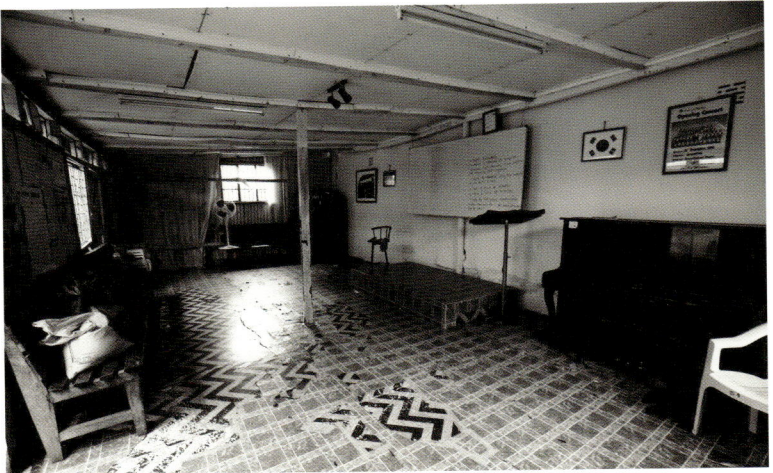

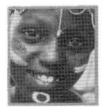

지라니 합창단의 연습실은 허름한 교회의 창고를 개조해서 사용하고 있다. 사진에서는 잘 드러나지 않지만 실제로 보면 허름하다는 말로는 전달하기 어려울 정도로 열악한 모습이다. 다 찌그러진 양철 지붕으로 한낮의 뜨거운 열기가 그대로 쏟아져 들어오고, 제대로 된 문과 벽이 없어서 연습하는 내내 쓰레기 태우는 연기가 눈과 목을 괴롭힌다. 물건이라고는 여러 개의 긴 나무의자와 피아노 한 대가 전부이다.

지라니 합창단의 오디션 현장은 우리가 생각하는 것과 많이 다르다. 아이들에게 즉석에서 노래를 가르쳐준 뒤에 노래를 불러 보게 하는 방식으로 진행된다. 고로고초 아이들은 학교에서 음악을 배운 적도, 현대음악을 불러본 적이 없기 때문이다. 아이들이 부르는 노래라고는 구전민요나 전통음악을 흥얼거리는 정도이다. 이런 아이들이 세계적인 수준의 합창을 만들어낸다는 사실은 그 자체로 기적이다. 재즈, 블루스부터 로큰롤, R&B, 펑크, 힙합까지 웬만한 현대음악이 아프리카 음악의 영향을 받았다는 것을 생각해보면 이 아이들의 핏속에 흐르는 음악적 재능이 그것을 가능하게 만드는 것이리라.

고로고초 아이들은 환경 탓인지 대부분 수줍어하고 소극적이다. 하지만 간혹 자신만만하게 엉덩이를 흔들어대며 오디션을 보는 아이도 있는데, 이 아이는 합격할 가능성이 높다! 지라니 합창단 공연에는 신나는 노래와 함께 율동이 필수이기 때문이다.

처음에는 합창단원이 되는 것을 반대하는 부모들도 많았지만 지금은 오디션 경쟁률이 상당히 높다. 모두의 인식이 변한 것이다.

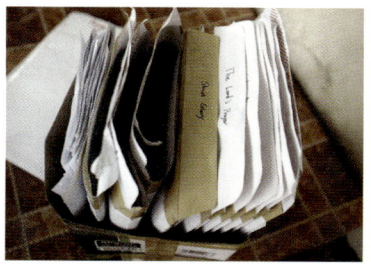

희 망 을 노 래 하 다

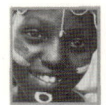

합창단 아이들이 연습실에 와서 가장 먼저 하는 일은 밥을 먹는 것이다. 연습실이 좁기 때문에 아이들은 연습실 앞마당이나 뒤편에서 삼삼오오 모여 앉아 밥을 먹는다. 하루 4시간 이상씩 큰 목소리로 노래 연습을 하는 것은 웬만한 체력이 없으면 불가능하다. 그래서 지라니 사무실 측은 쌀밥에 감자, 콩 등을 듬뿍 넣은 영양 식단을 제공한다.

아이들이 식사하는 모습을 처음 봤을 때 나는 아이들이 먹는 밥의 양 때문에 무척 놀랐다. 열 살도 안 된 아이들도 웬만한 어른들보다 더 많은 양을 먹는다. 대부분 합창단에서 먹는 한 끼가 하루 동안 먹을 수 있는 음식의 전부이기 때문이다.

지금껏 많은 곳을 여행했지만 아직도 나는 낯선 나라의 음식을 먹는 것이 쉽지 않다. 처음 지라니 합창단 식당에서 케냐 현지식이 점심으로 나왔을 때에도 선뜻 손이 가지 않았다. 하지만 합창단 아이들이 밥 먹는 모습을 가만히 보고 있자니 내가 받아든 밥 접시가 다른 느낌으로 와 닿았다.

배고픔의 고통을 절절하게 느껴본 이곳 아이들에게 합창단에서 먹는 점심 한 끼는 생존을 위한 일용할 양식이다. 그래서 이곳 아이들에게 밥을 먹는 시간은 평범한 식사시간이 아니라 겸허한 감사의 순간이다. 친구들과 재잘재잘

이야기를 나누며 즐겁게 밥을 먹는 합창단 아이들 모습이 식사에 대한 감사의
마을을 불러일으켰다.

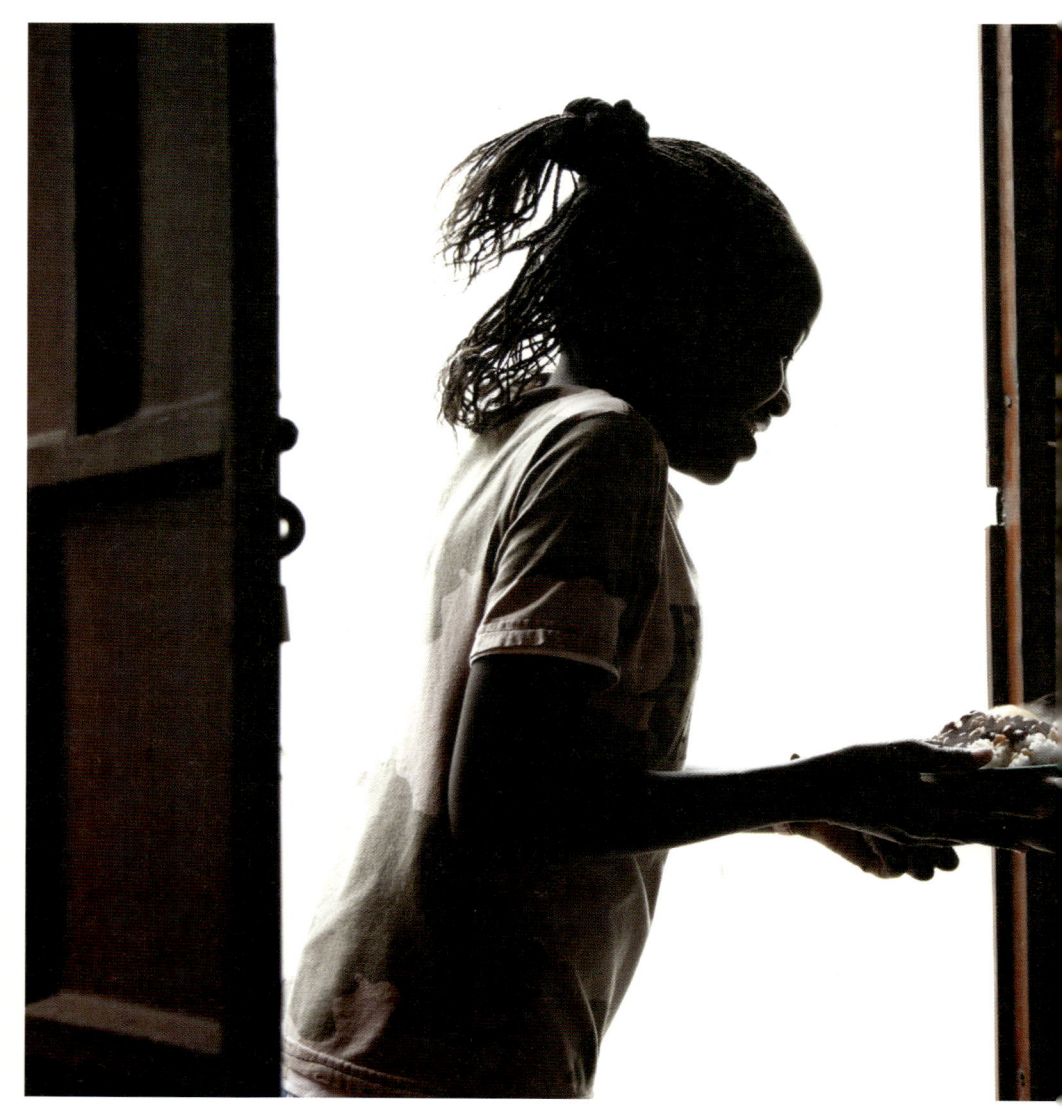

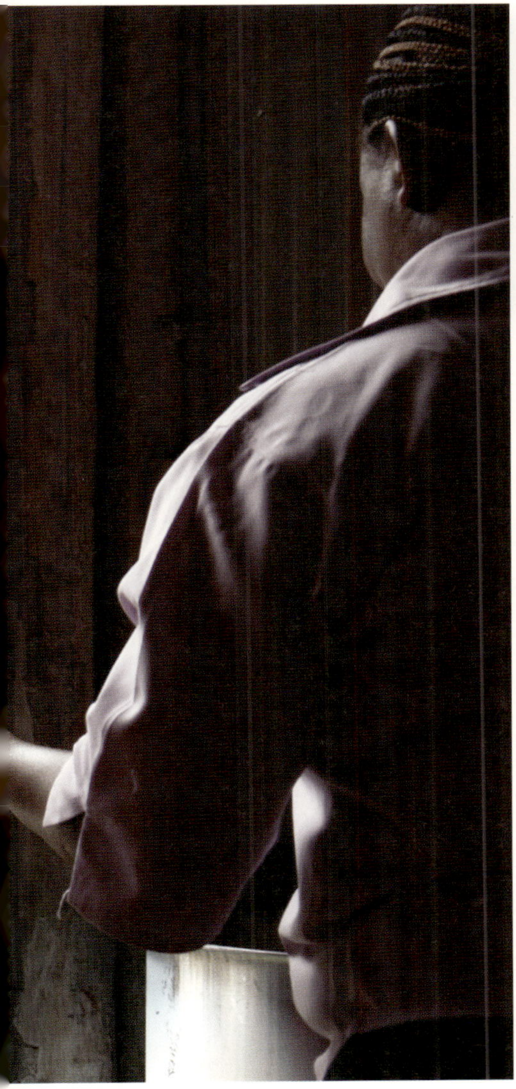

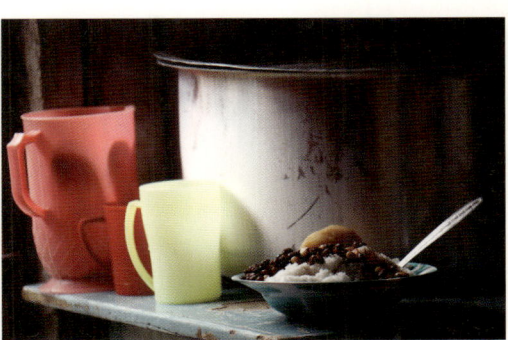

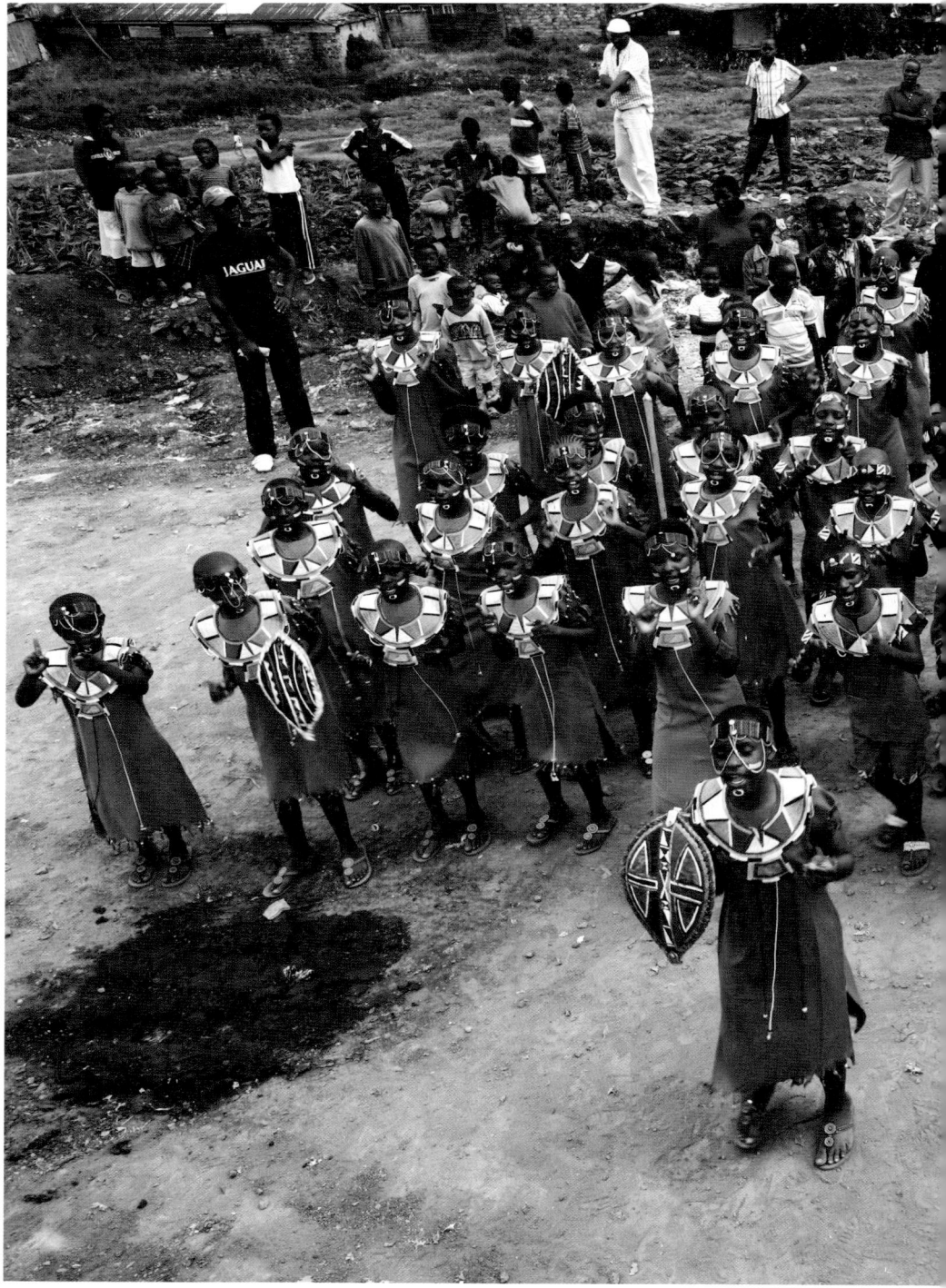

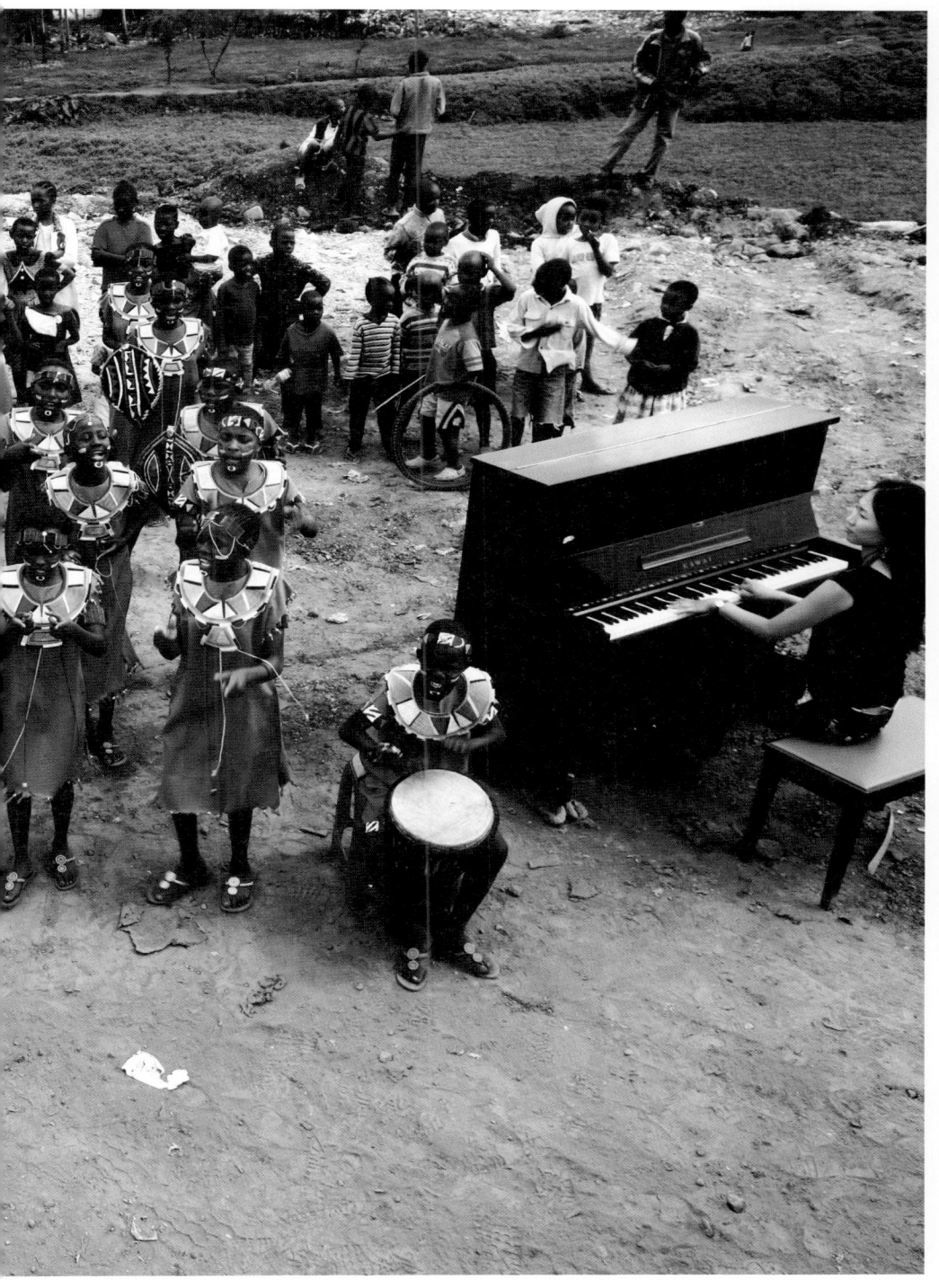

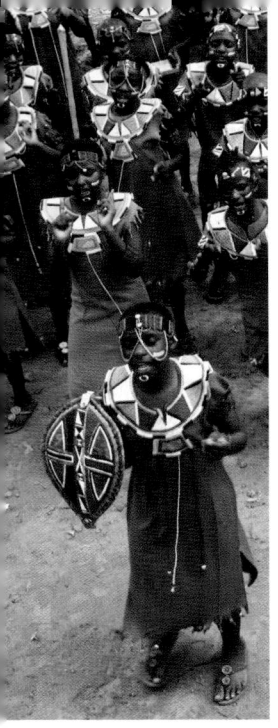

노래하는 장소가 맨땅이면 어떤가!

크고 깨끗하게 울려 퍼지는 좋은 스피커가 없으면 어떤가!

화려한 공연장과 수많은 관객이 없다고 노래를 못할까?

이것이 지라니 합창단이 노래하는 방식이다.

합창단 아이들의 공연을 보고 있으면 이들의 몸속에 흐르는 음악에 대한 열정과 쓰레기 마을이라는 현실을 벗어나 더 나은 세계로 나아가야 한다는 간절한 동기가 전해진다.

비록 하루에 한 끼밖에 먹지 못할 때가 많지만 아이들은 노래를 할 때만큼은 그 어느 순간보다 충만함을 느낀다. 이들의 조상들이 마을에 모여 밤 새워 노래하고 춤추며 인생을 즐겼듯이, 아이들도 춤과 음악을 즐기는 행복 유전자를 갖고 있다. 아이들은 주위 사람들의 평가나 판단을 의식하지 않고, 자기 자신조차 의식하지 않은 채 자연스럽게 몸을 움직인다.

이들의 노래와 몸짓에서는 하드 트레이닝을 받은 중국 무예단처럼 정교하고 계산된 인위성이 전혀 없다. 이들은 단순하지만 강렬한 자연의 생명력을 온 몸으로 전할 뿐이다.

아이들의 공연을 보면서 나도 아이들을 따라 몸을 움직여봤다. 마음과 다르게 워낙 리듬감이 없고 둔한 내 몸짓은 카메라 셔터를 누를 타이밍에 신경을 쓰느라 더 우스워졌다. 내 몸은 왜 아이들처럼 자유롭지 못한가? 나는 왜 아이의 마음으로 돌아가지 못하는가? 아이들과 더 가까워지고 싶었다. 지금 이 순간만큼은 아이들과 하나가 되고 싶었다.

맨땅에 서서 이리저리 몸을 흔들며 흥에 겨워 노래하는 아이들의 모습이 환하게 피어오르는 들꽃무더기 같아 보였다.

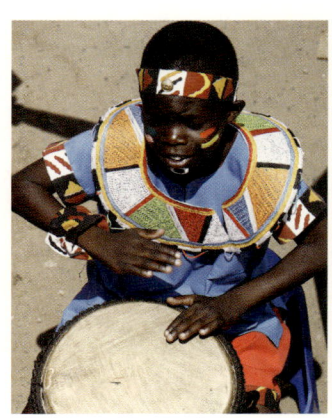

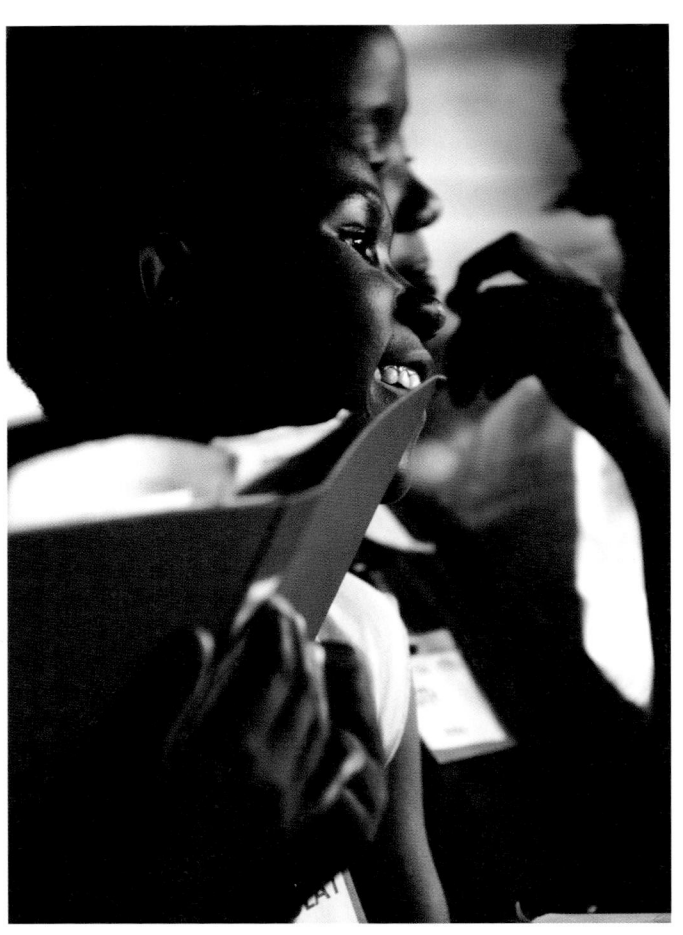

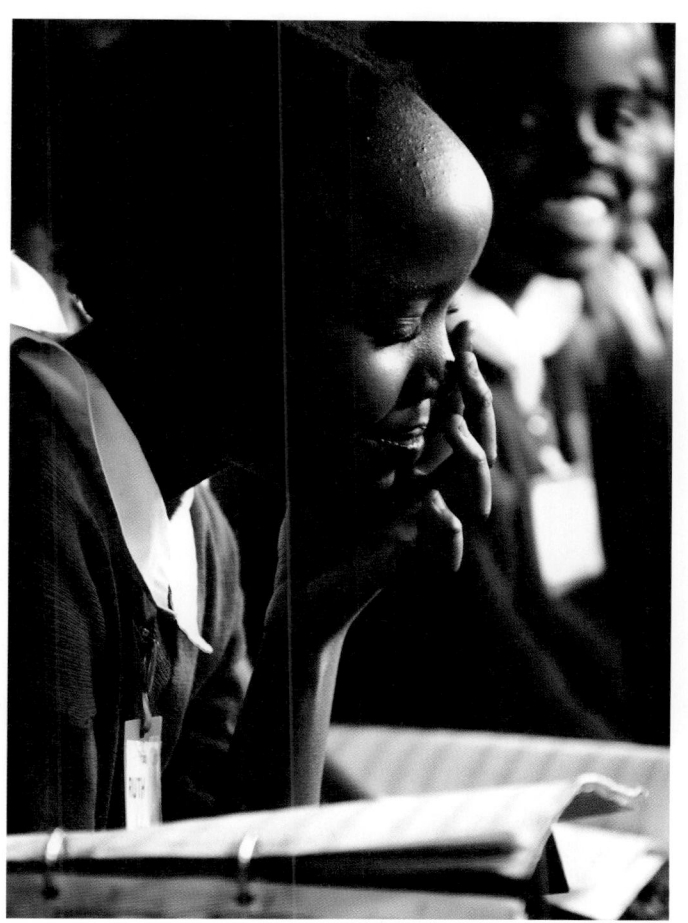

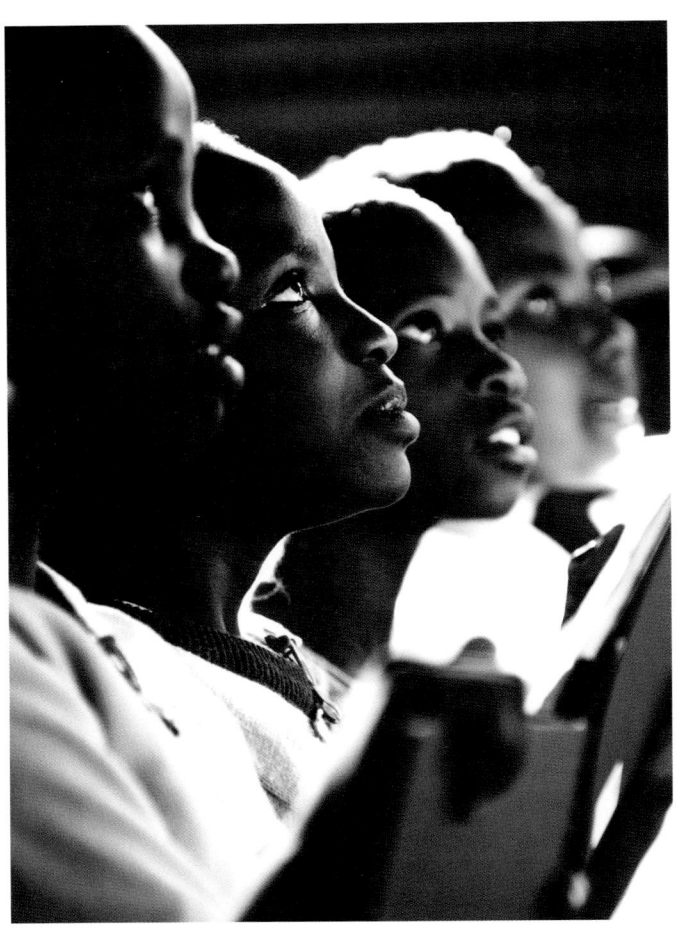

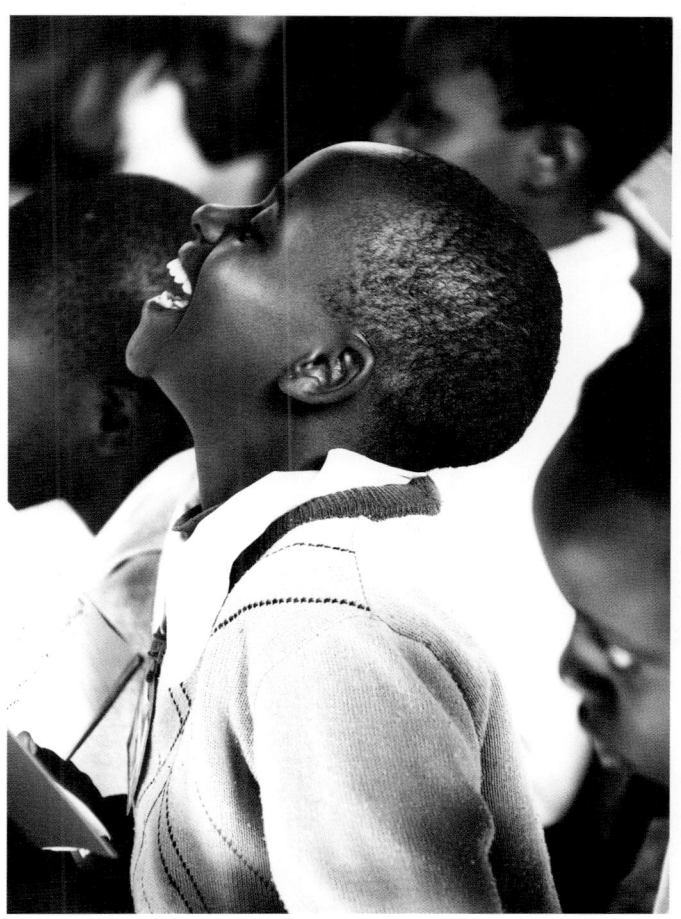

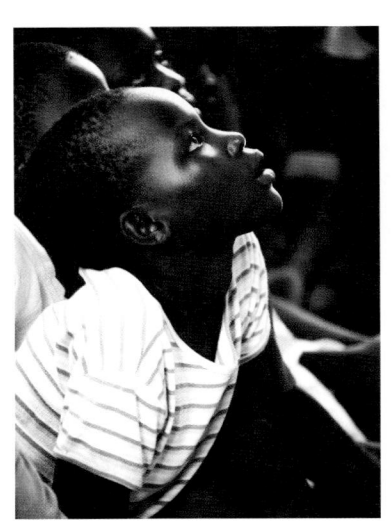
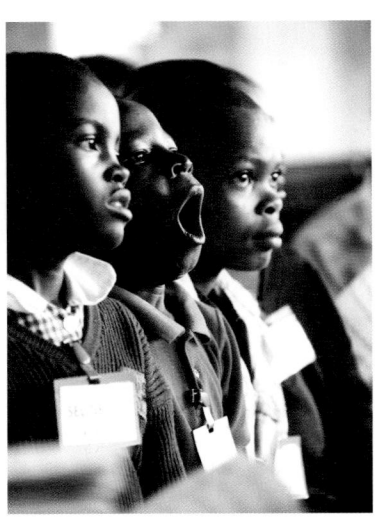

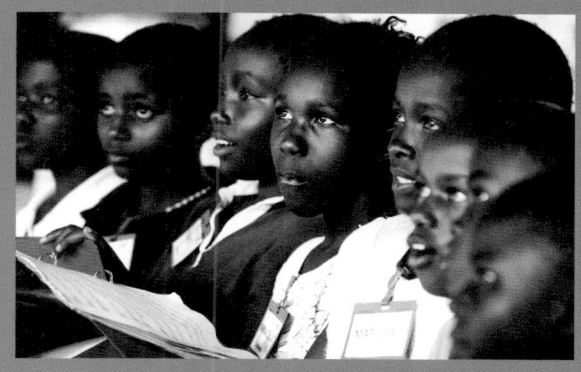

우리가 **최선**을 다해야 하는 이유는
사람들을 감동시키기 위해서가 아니다.
최선을 다할 때만이 **자신이 즐겁기 때문**이다.

—앤드류 매튜스 Andrew Matthews

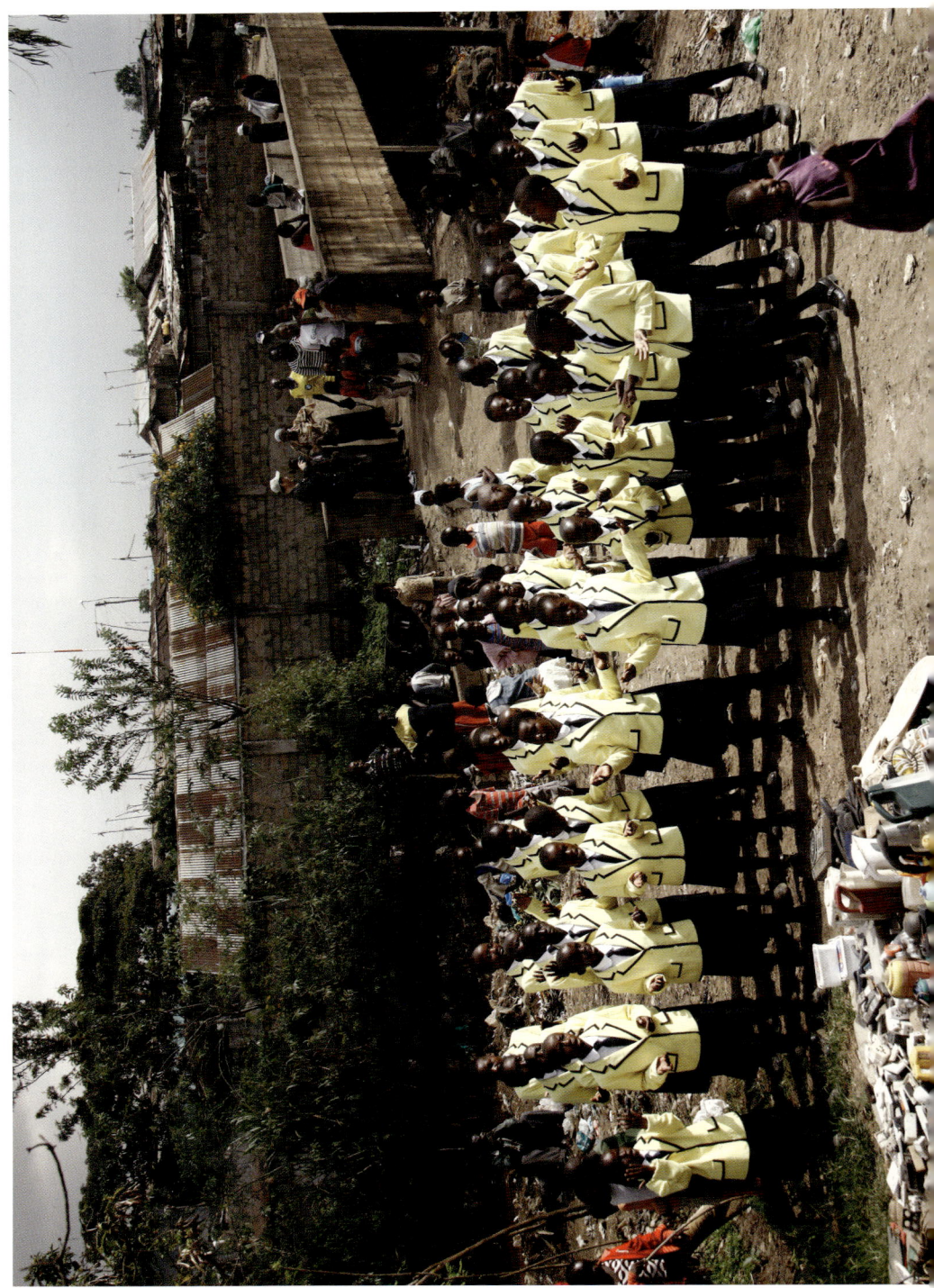

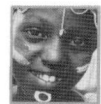

지라니 합창단은 세계적으로 유명해졌지만 정작 고로고초 마을 사람들은 지라니 합창단의 정식 공연을 본 적이 없다. 정장 단복을 입은 아이들의 합창 사진을 찍기로 하면서 마을 사람들에게도 합창단의 멋진 공연을 감상할 기회를 주고 싶었다. 처음으로 눈앞에서 아이들의 공연을 본 마을 사람들은 너무 좋아하며 아이들과 함께 노래하고 춤을 췄다.

밝은 노란색 옷을 입은 합창단 앞뒤로 쓰레기 더미가 가득하다. 이 모습이 현실이 아니라 마치 영화 속 한 장면처럼 비현실적으로 느껴졌다. 차라리 영화라면……. 쓰레기 더미의 악취는 지독하지만, 노래를 부르는 아이들의 표정은 편안하고 행복해 보이기까지 한다. 쓰레기 마을의 절망과 아이들이 만들어내는 아름다운 노래 사이의 간극이 너무나 커서 순간 혼돈스러웠다.

이 아이들은 음악이 있기 때문에 현실을 잊을 수 있다. 아니, 현실을 뛰어넘을 용기를 얻는다. 쓰레기 한가운데서 시작된 감동이 깊고 넓은 파장으로 퍼져나가기를 기도한다.

우리는
작은 변화가 시작될 때

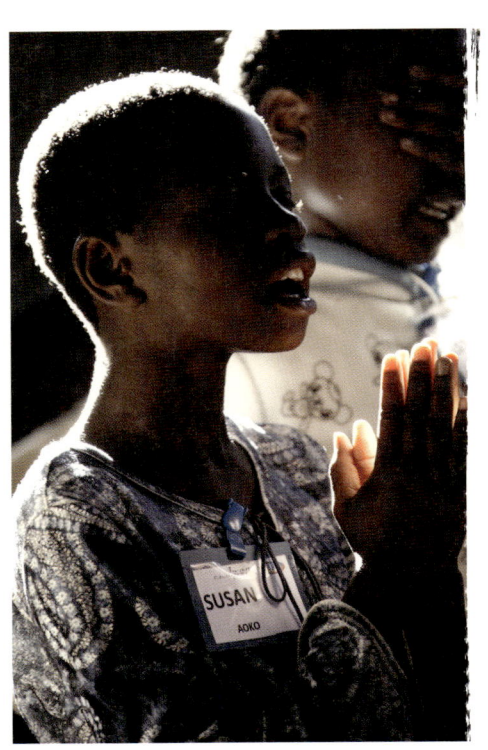

진
정
한

삶을 살게 된다.

— 톨스토이

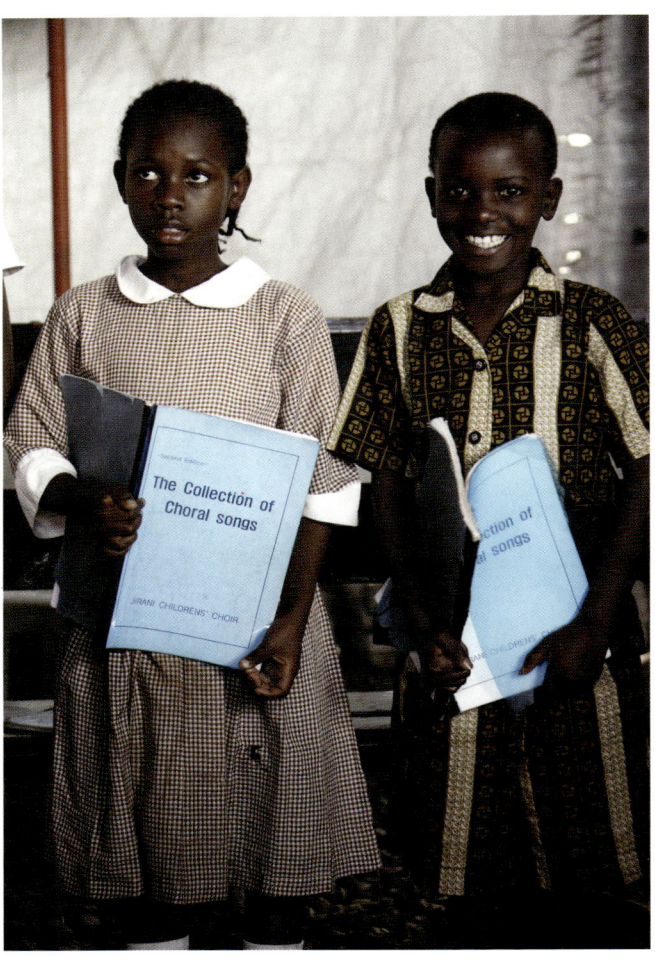

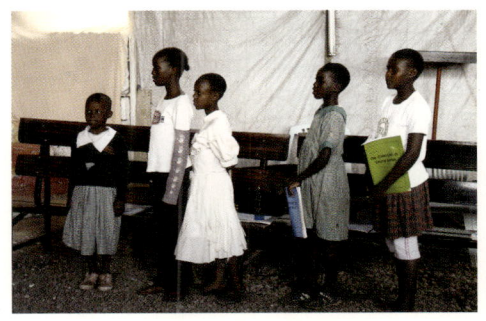

음악은 우리의 영혼에서 일상의 먼지를 씻어낸다.

—레드 아워백 Red Auerbach

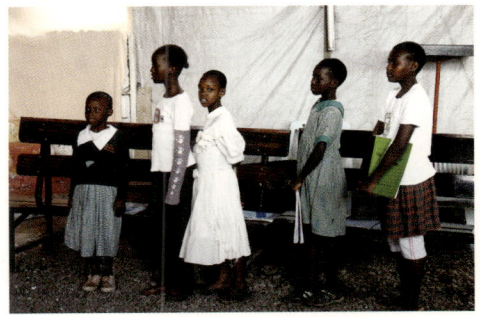

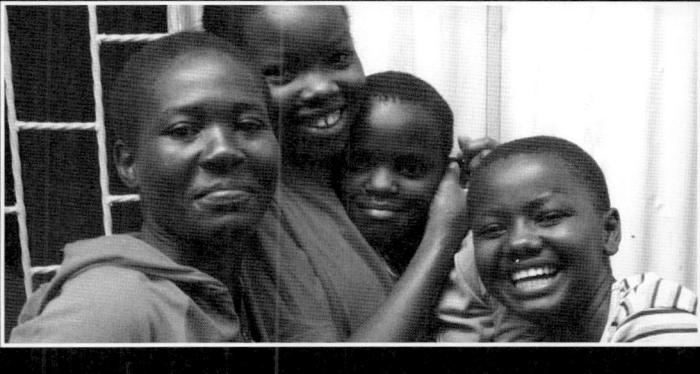

아이들
Children

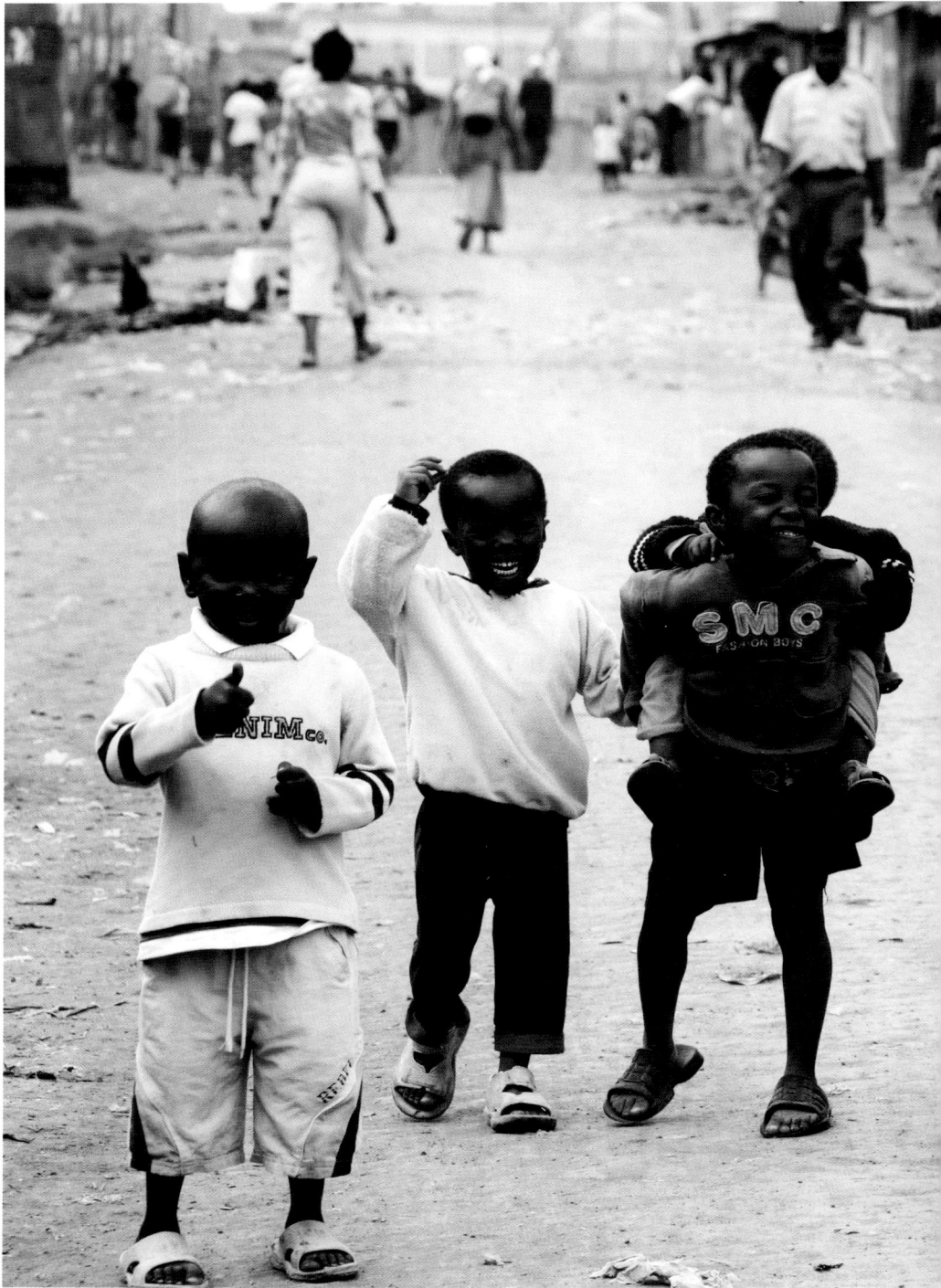

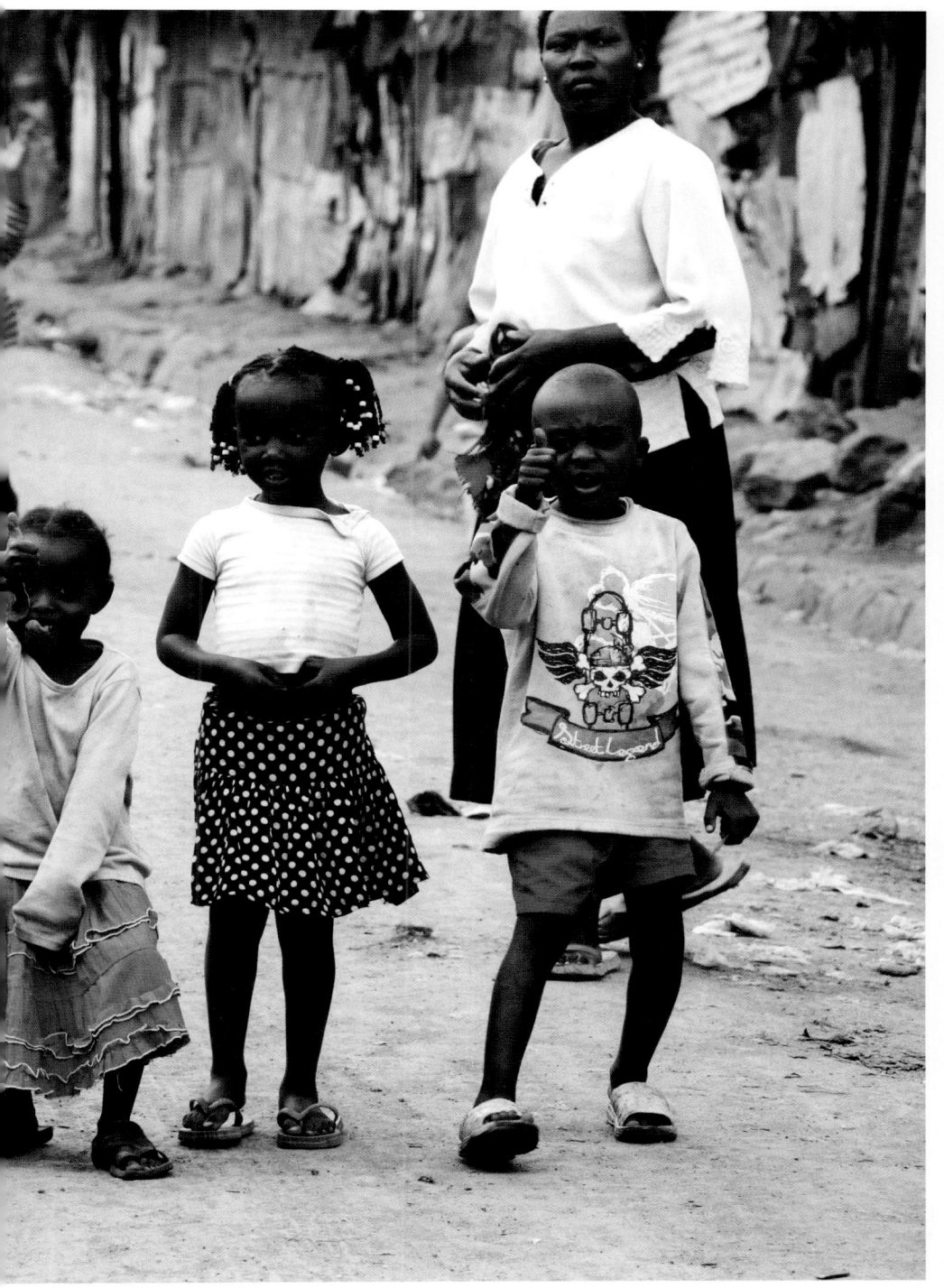

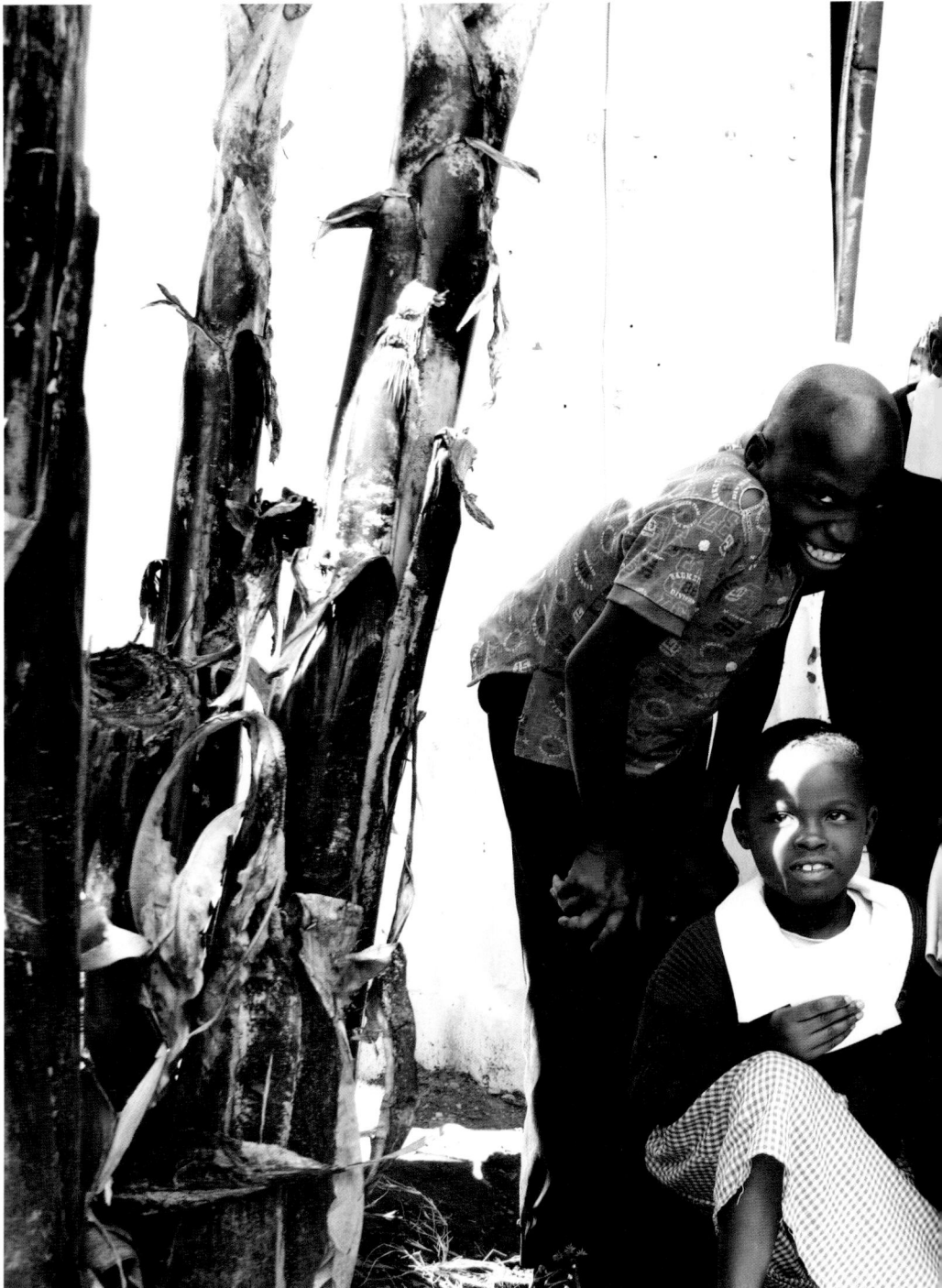

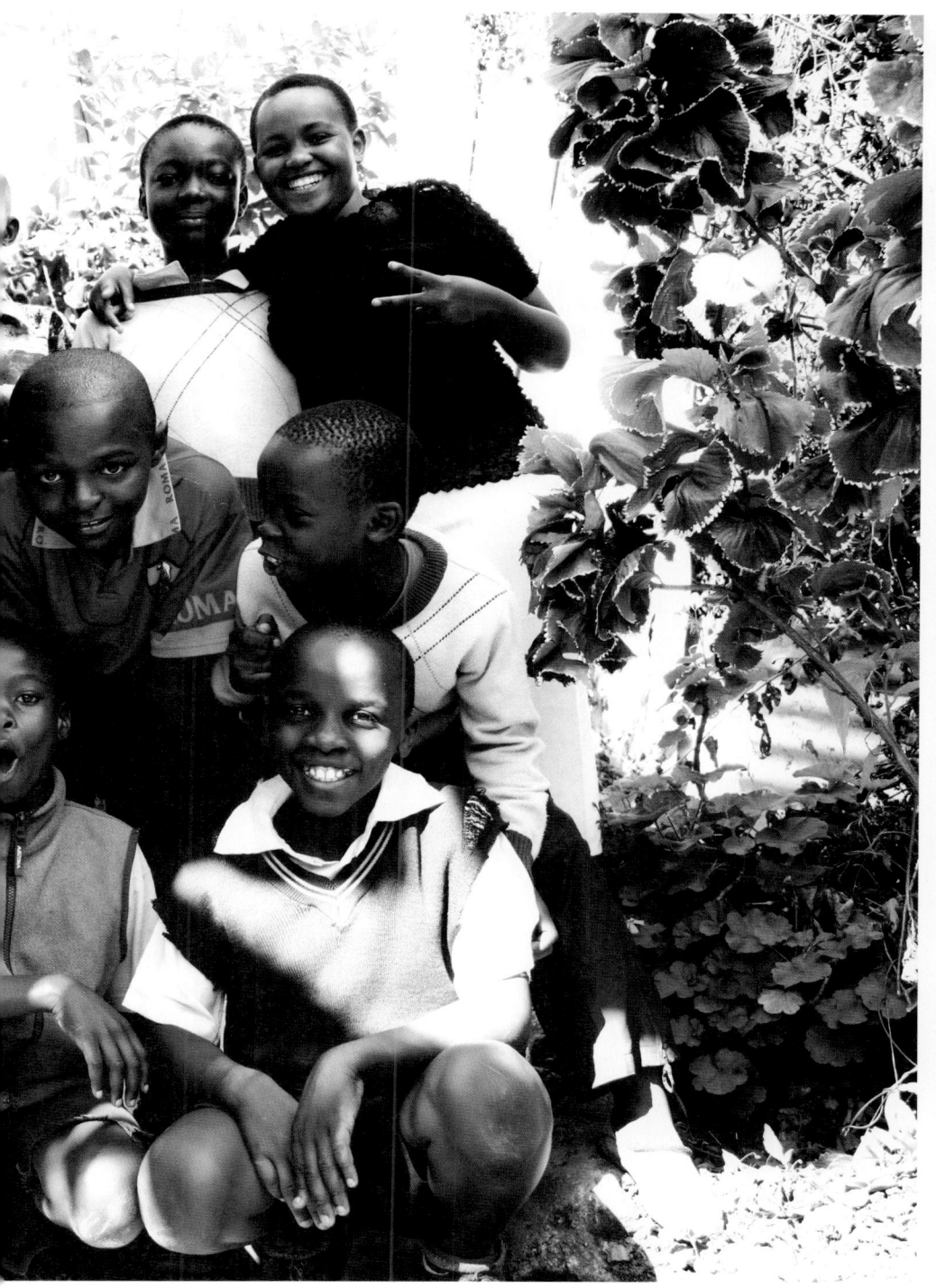

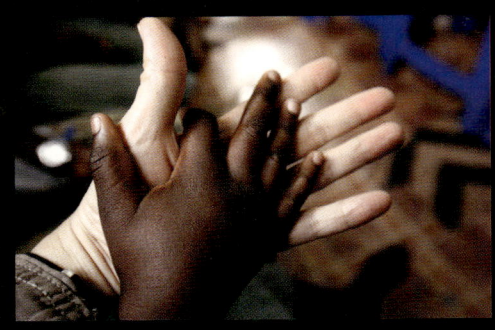
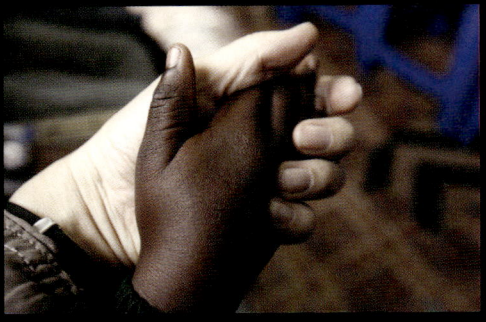

아이들과 **함께 있으면** 영혼이 치유된다.

—도스토예프스키| Dostoevski

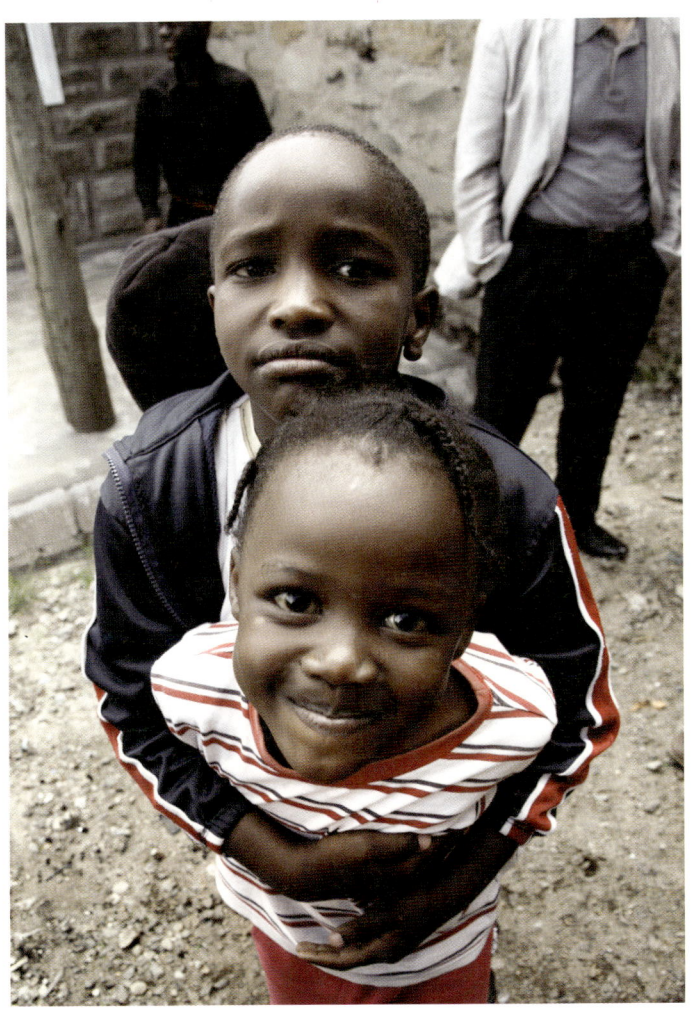

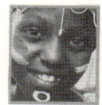

아이들은 내 사진과 여행의 소중한 일부이다. 일부러 아이들을 찍기 위해 여행을 가는 것은 아니지만 언제나 내 사진 속에는 아이들이 가장 중심에 있다. 그리고 아이들과의 추억 덕분에 내 여행이 더욱 빛나곤 한다.

케냐 행 비행기 안에서, 고로고초 마을로 향하는 차 안에서 줄곧 지라니 합창단 아이들의 모습을 상상했다.

합창단 사무실에 들어서는데 단원 하나가 다가와 또렷한 한국말로 "안녕하세요?" 하며 배꼽인사를 한다.

그 이후에 만난 아이들도 모두 그렇게 낯선 외부인에게 예의를 갖춰 인사를 했다. 얼굴엔 미소를 가득 머금은 채.

교육을 잘 받았다는 느낌이 들 정도로 아이들은 공손했고, 한편으로는 천진난만하고 자유로웠다. 내가 다가갈 사이도 없이 아이들이 먼저 나에게 다가와주고 친절을 베풀어주었다. 덕분에 나는 생전 처음 본 거대한 쓰레기 마을 고로고초의 충격적인 모습과 주민들의 비참한 현실에도 쉽게 적응할 수 있었다.

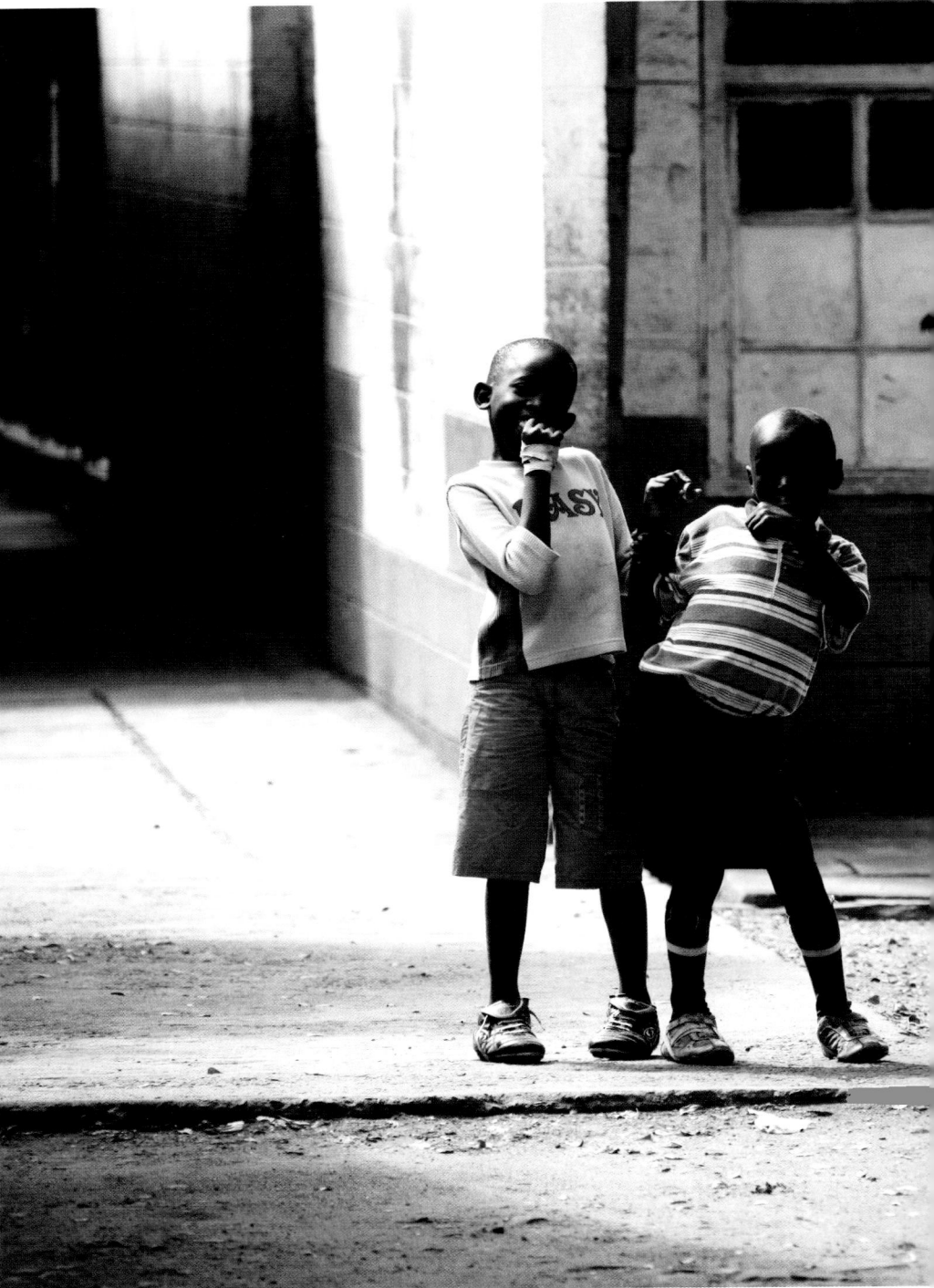

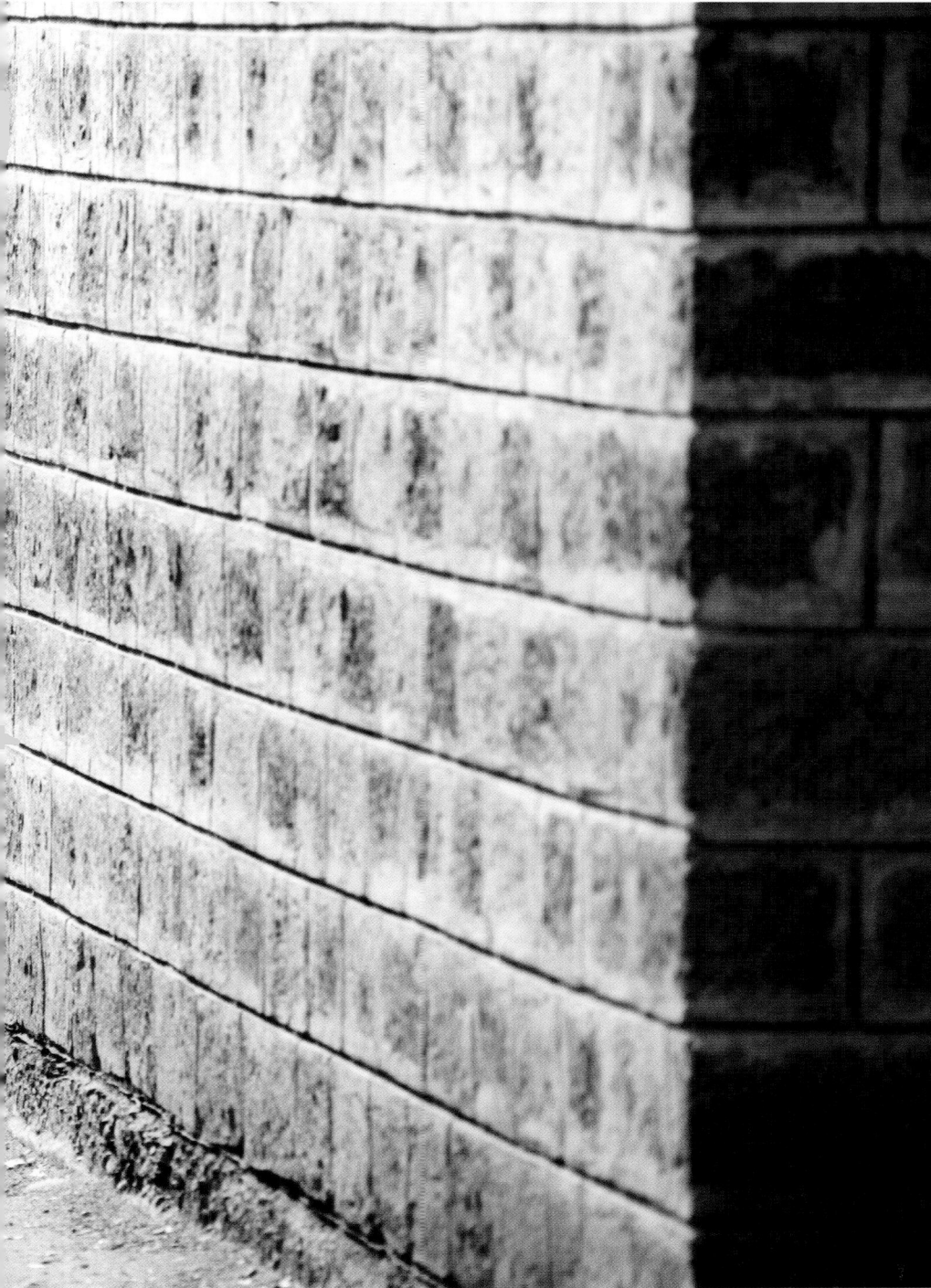

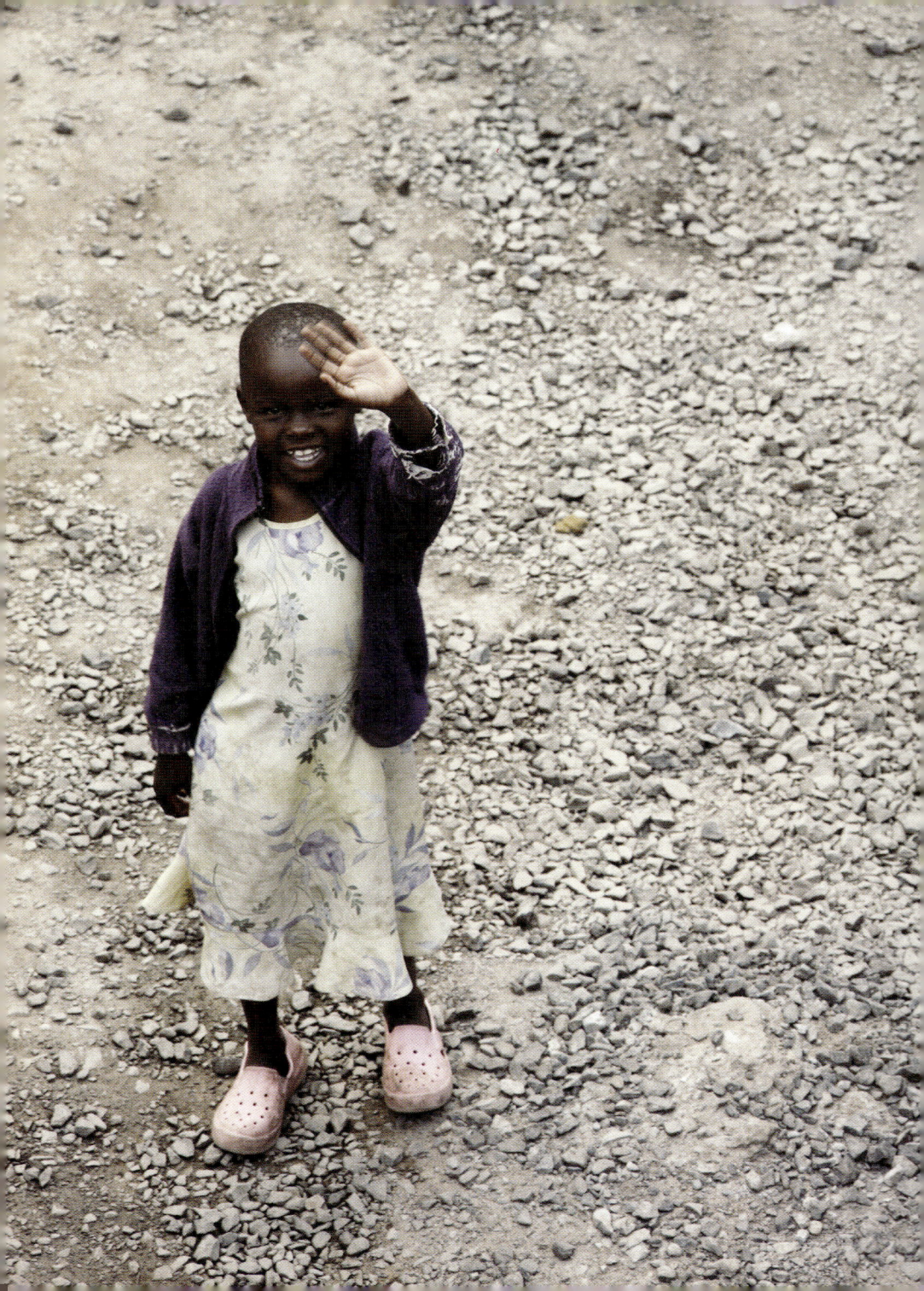

암 부 레 스

암부레스는 합창단의 귀여운 막내 단원이다. 암부레스의 아빠는 무책임하게 집을 나가 버렸고, 고정적인 직업이 없는 엄마가 근근이 네 남매를 키우고 있다. 그나마 다행인 것은 네 명의 형제 중 암부레스를 포함해 세 명이 모두 합창단원이라 식사를 해결할 수 있다는 것이다.

　암부레스는 처음부터 내 시선을 끌었다. 좀 못생긴 듯한 얼굴이지만, 노래에 몰두할 때의 표정과 해맑게 웃는 모습을 보고 있으면 나도 모르게 빙그레 미소가 지어졌다. 암부레스는 처음에는 나를 이리저리 피해 다니기만 하더니 자신을 찍은 사진을 출력해서 주자 그 뒤부터 내 뒤를 졸졸 따라다니기 시작했다. 노래를 연습하는 중에도 틈틈이 사진을 찍는 나를 바라보느라 결국 노래 선생님인 모세에게 집중력이 없다고 야단을 맞기도 했다. 하지만 그 뒤에도 암부레스의 시선은 나에게 고정되어 있었다. 내가 프린트해준 사진을 보물처럼 꼭 쥔 채.

　가난한 나라를 여행할 때면 항상 신중해야 하는 것이 있다. 유난히 예쁜 아이가 있다고 해서, 아이들의 삶이 너무 안쓰럽다고 해서 함부로 돈이나 비싼

아 이 들

선물을 주면 안 된다는 것이다. 나의 사소한 행동 하나로 오랫동안 유지해온 그들의 질서가 깨질 수 있기 때문이다.

그래서 나는 여행을 할 때면 항상 풍선과 사진 프린터를 챙겨온다. 평소 풍선을 볼 기회가 거의 없는 아프리카 아이들은 즉석에서 풍선을 불어주면 신기해하면서 낯선 외국인에게 쉽게 마음을 연다. 그리고 사진가로서 가장 쉽게, 그리고 가장 정성을 담아 줄 수 있는 선물은 사진을 찍어 출력해주는 것이다.

암부레스에게도 여러 장의 사진을 선물해주고 왔다. 지금 암부레스의 방 안에는 내가 출력해준 사진이 소중하게 걸려 있을 것이다.

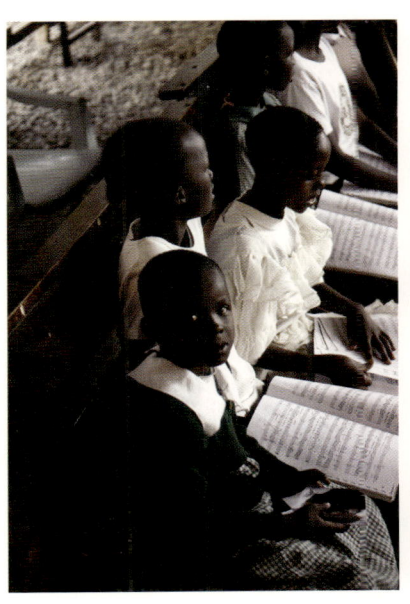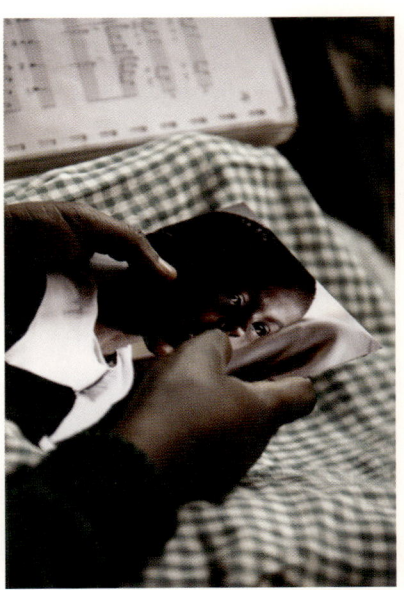

노래할 때 아이들의 표정은 사뭇 진지하지만, 쉬는 시간에는 한없이 맑고 명랑하다. 허름한 창문으로 쏟아지는 자연광 속에 아이들의 얼굴이 즐겁고 평화로워 보인다.

아이들이 얼굴 가득 함박웃음을 머금고 달려온다.

나는 그저 그들을 안을 수 있게 손을 벌리고 있으면 된다.

그러면 아이들은 차례차례 내 품을 파고들어 온다.

그들을 가슴에 안고 가만히 등을 토닥여준다.

이렇게 쉬운 일을 하면서 행복을 느낄 수 있다는 것이 얼마나 큰 축복인가! 아이들의 귀에 대고 사랑한다고 말해주면 더욱 좋겠지.

천진난만한 아이들 사이에서 내 안의 묵은 때가 정화되는 것을 느낀다.

행복해지는 방법 중에서 가장 쉬운 일은 아이들과 함께 노는 것이다. 같이 웃고, 뒹굴고, 노래하는 것이다.

웃으면 복이 온다는 말이 있다.

이곳 아이들을 볼 때마다 나는 그 평범한 말을 믿고 싶다.

그렇게 해서라도 이 아이들에게 행복이 찾아온다면 얼마나 좋을까?

아이들의 아름다운 미소가 행복을 불러오길 기도한다.

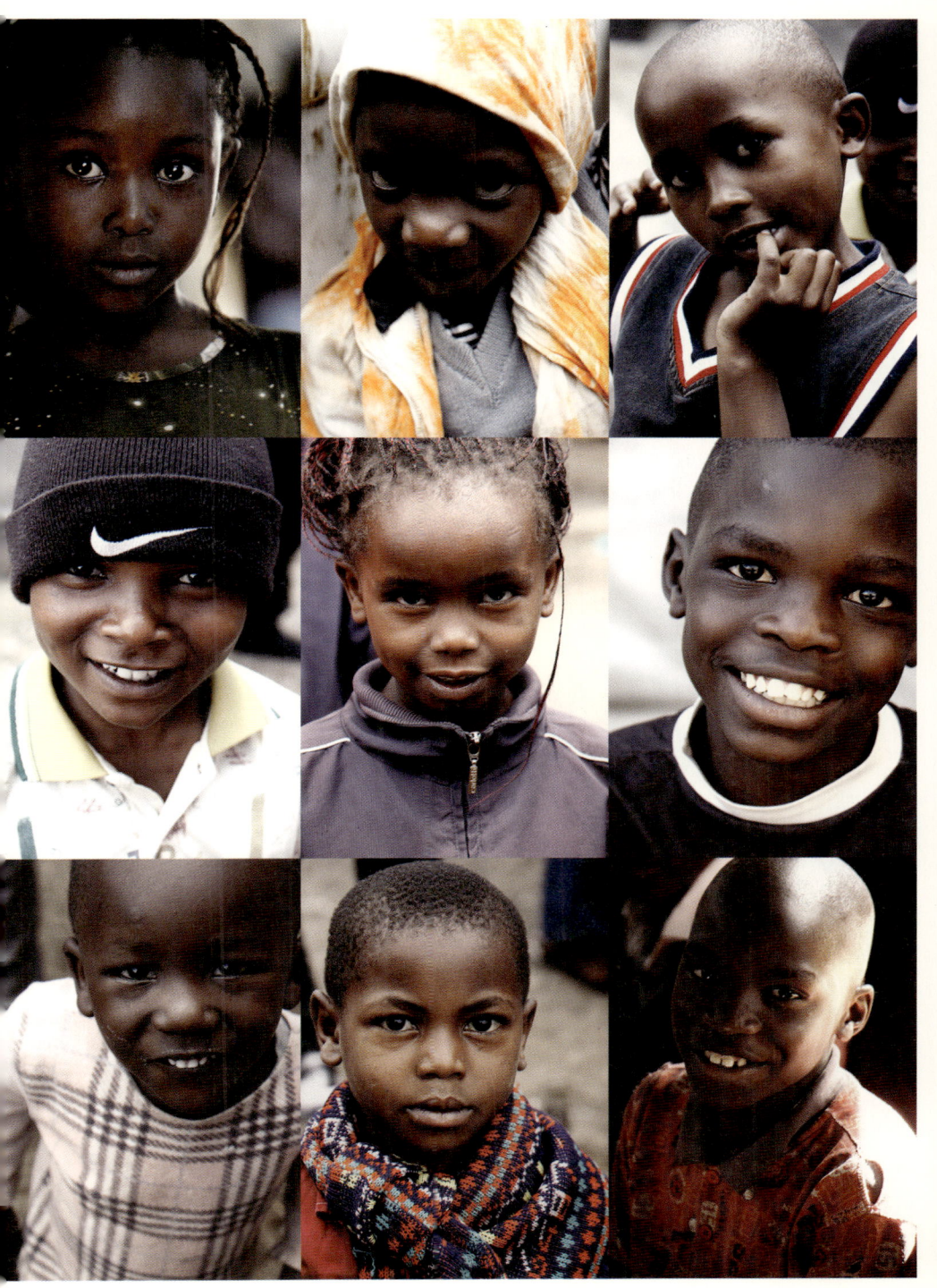

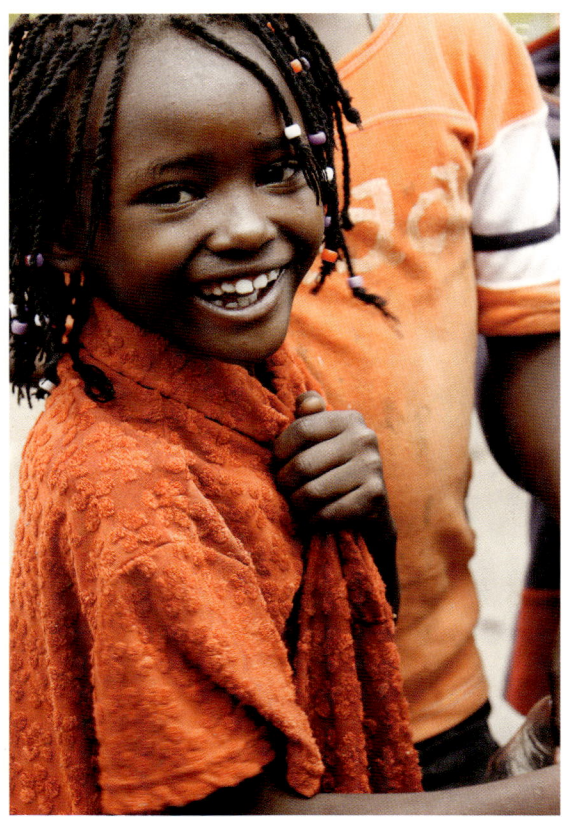

꽃에 햇볕이 필요하듯이,

인간에게는 **미소**가 필요하다.

— 토머스 에디슨 Thomas Alva Edison

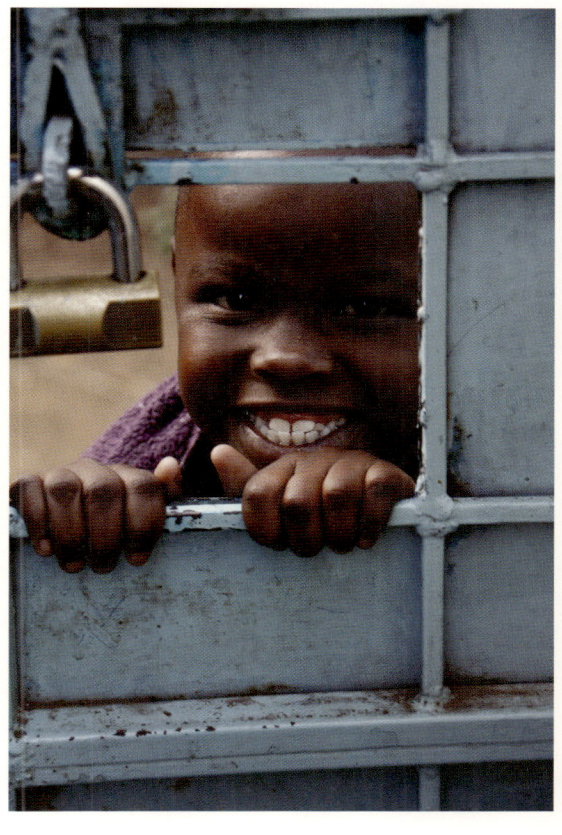

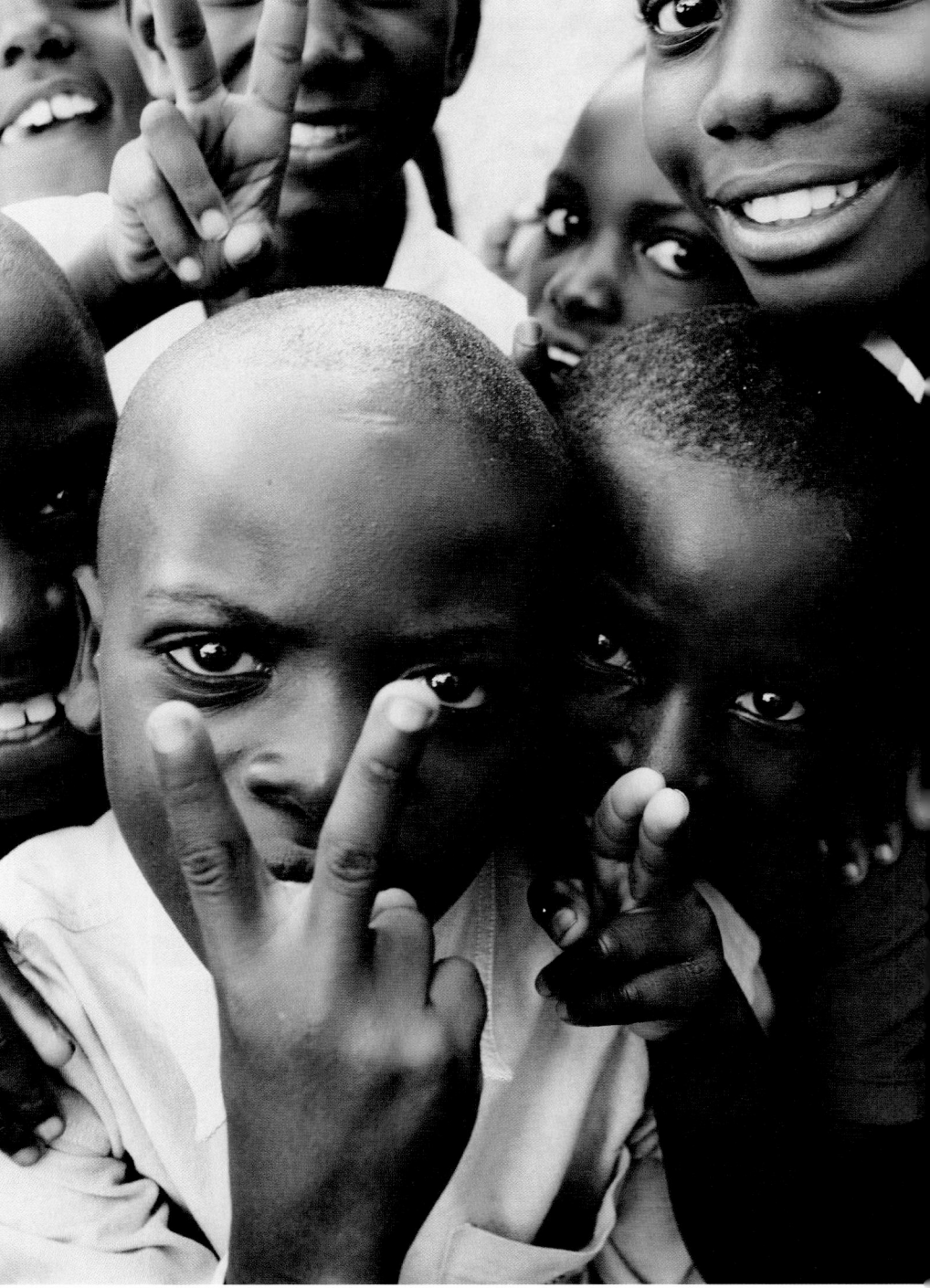

"미스터, 신!"

고로고초 아이들과 지내는 시간이 많아지자 쭈뼛쭈뼛 눈치만 보던 아이들이 장난치듯 나를 부르며 다가왔다. 사진을 찍어달라고도 하고, 같이 놀아달라고도 하면서 내 주위를 맴돌았다. 마음과 마음이 통하기 시작한 순간이다.

여행을 가면 나는 아이들과 어울려 논다. 사진을 찍어주고, 아이들을 만지고, 아이들을 안으면서 그렇게 논다. 그러면 아이들이 속으로 하는 말이 들리는 것 같다.

'저 아저씨~ 정말 웃긴다.'

나는 아이들에게 웃긴 사람이면 좋겠다. 아이들에게 만만한 사람이면 좋겠다.

아이들의 자지러지는 듯한 경쾌한 웃음소리를 들으며 숨을 참는다.

나에겐 가장 행복한 순간이면서 동시에 셔터를 누르는 시간이다.

오늘 내가 만난 고로고초 아이들이 던져준 웃음소리는 여행자에겐 특별한 선물이다. 언어가 달라도 전해지는 마음과 마음의 대화이다.

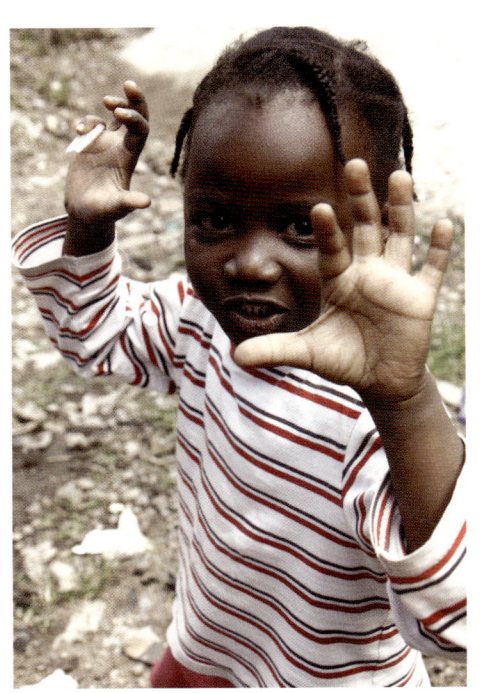

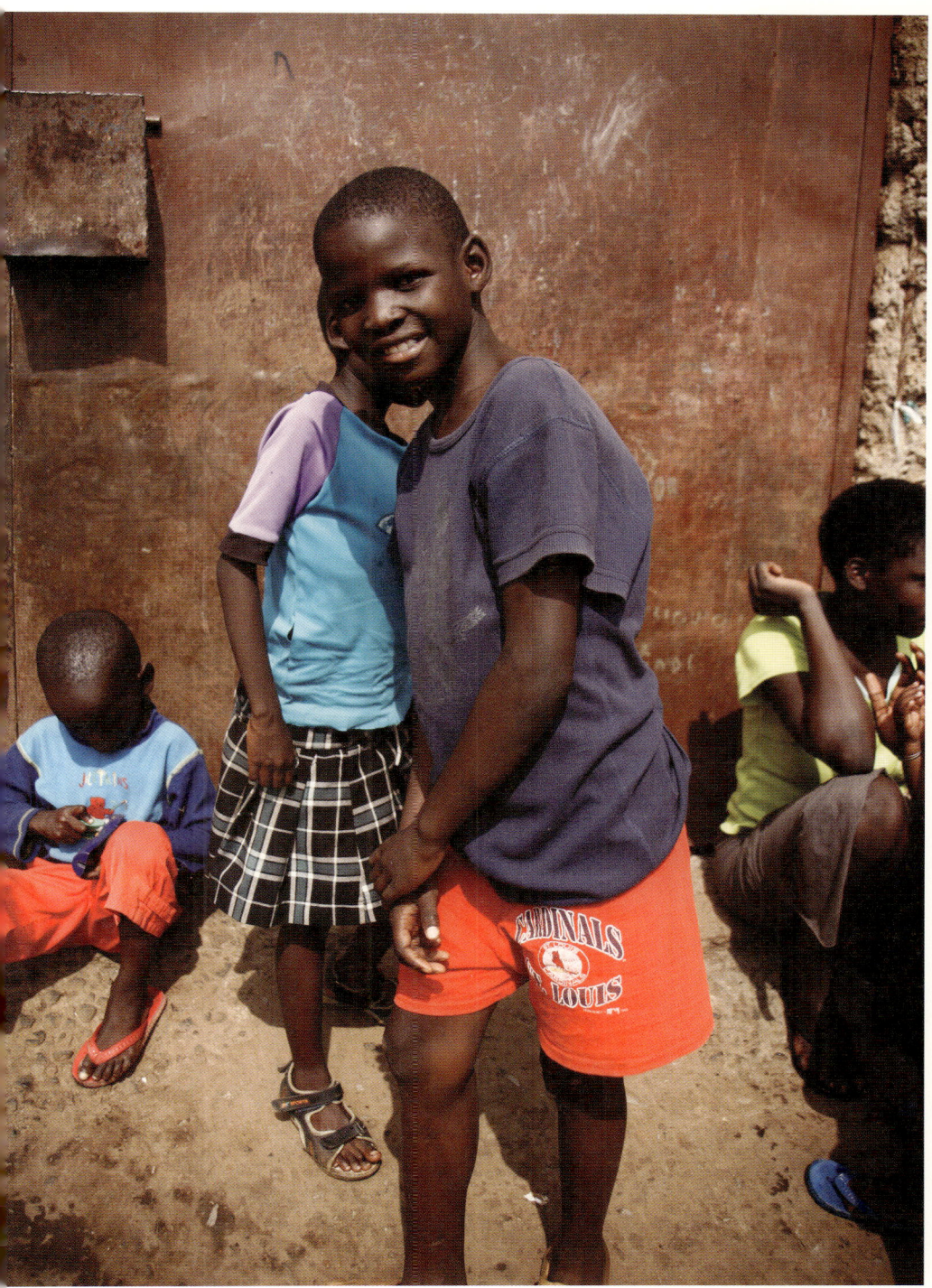

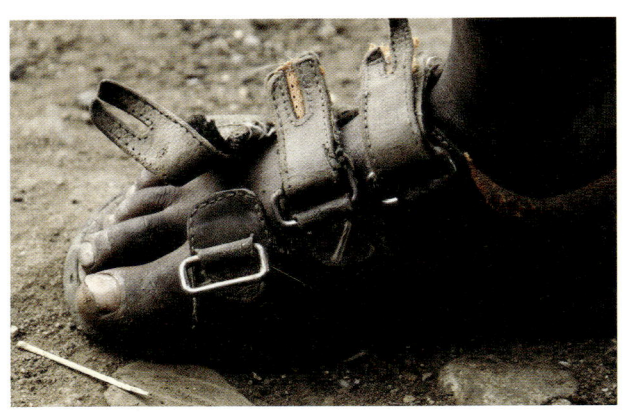

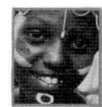

나는 여행할 때 맨발로 흙바닥을 걷거나 손으로 흙을 만져보는 것을 좋아한다. 에티오피아의 뜨거운 소금사막을 걸을 때 소금 알갱이들이 발바닥을 자극하던 느낌, 볼리비아 우유니 사막을 걸을 때 차갑고도 부드러운 소금 알갱이들이 발바닥을 감싸던 감촉은 아직도 내 마음속에 진한 추억으로 남아 있다.

나는 사람들의 맨발을 찍는 것을 좋아한다. 한 사람의 삶의 무게를 고스란히 담고 있는 발을 보고 있으면 아무런 이유 없이 카메라 셔터가 눌러진다.

사람의 몸에서 가장 낮은 곳에 있는 발은 그 사람의 몸을 온전히 지탱해주는 역할을 한다. 그래서 발을 보고 있으면 그 사람의 삶의 무게가 나에게도 전해지는 것 같다. 나는 그 미묘한 감정을 사랑한다. 아마도 그 사람에게 좀 더 가까이 다가가고 싶은 감정일 것이다.

고로고초 아이들은 맨발로 다니는 경우도 있지만 대부분은 고무창으로 된 슬리퍼를 신고 다닌다. 이곳에는 어디를 가든 쓰레기와 구정물이 바닥을 덮고 있기 때문에 맨발로 다니면 세균에 감염될 가능성이 높다. 그리고 운이 나빠 자칫 빈병이나 깡통 같은 날카로운 쓰레기에 발을 베기라도 하면 큰 병으로 발전할 수 있다.

어느 연구단체에서 발표한 자료에 의하면 아프리카 사람들에게 신발을 제대로 신길 수만 있어도 사망률이 지금보다 20%는 줄어들 것이라고 한다. 유행이 지나서, 싫증이 나서 우리가 버리는 신발이 아프리카 사람들에게는 생명과 연결되는 중요한 물건인 것이다.

고로고초 아이들의 발을 보고 있으니 새삼 이 아이들의 삶의 무게가 내게도 전해지는 것 같았다.

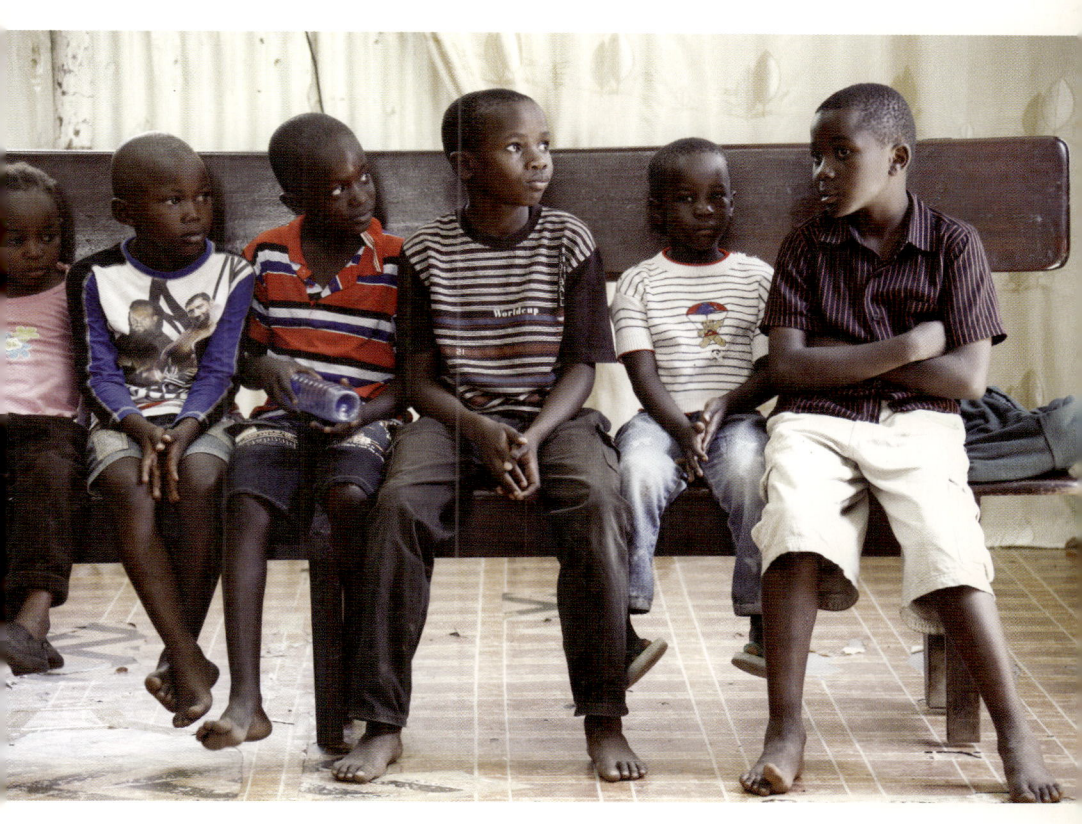

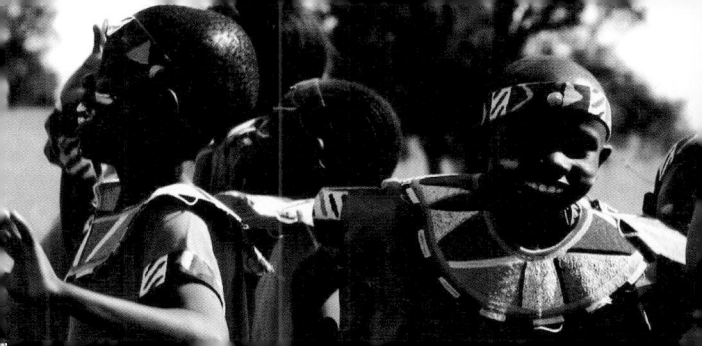

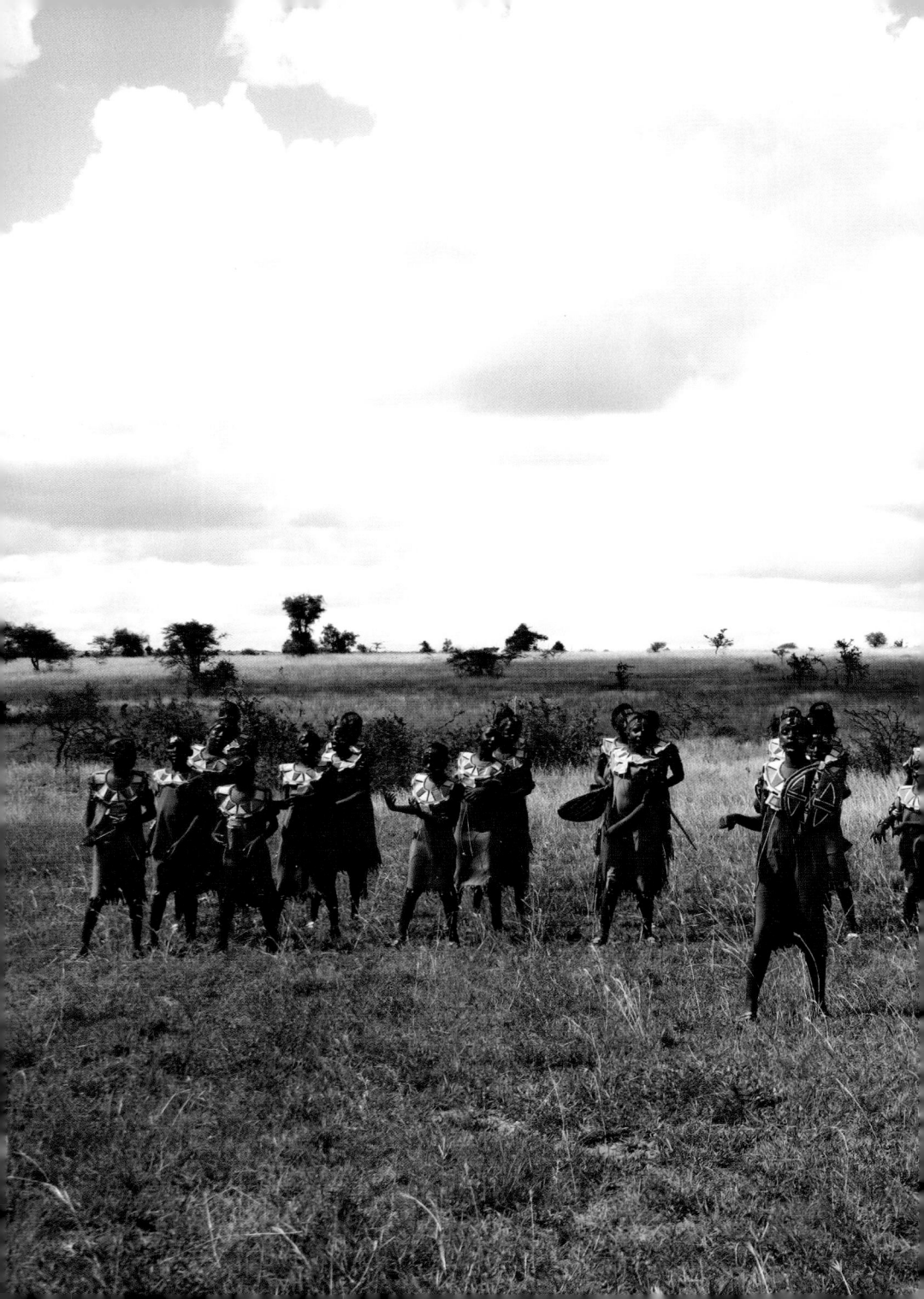

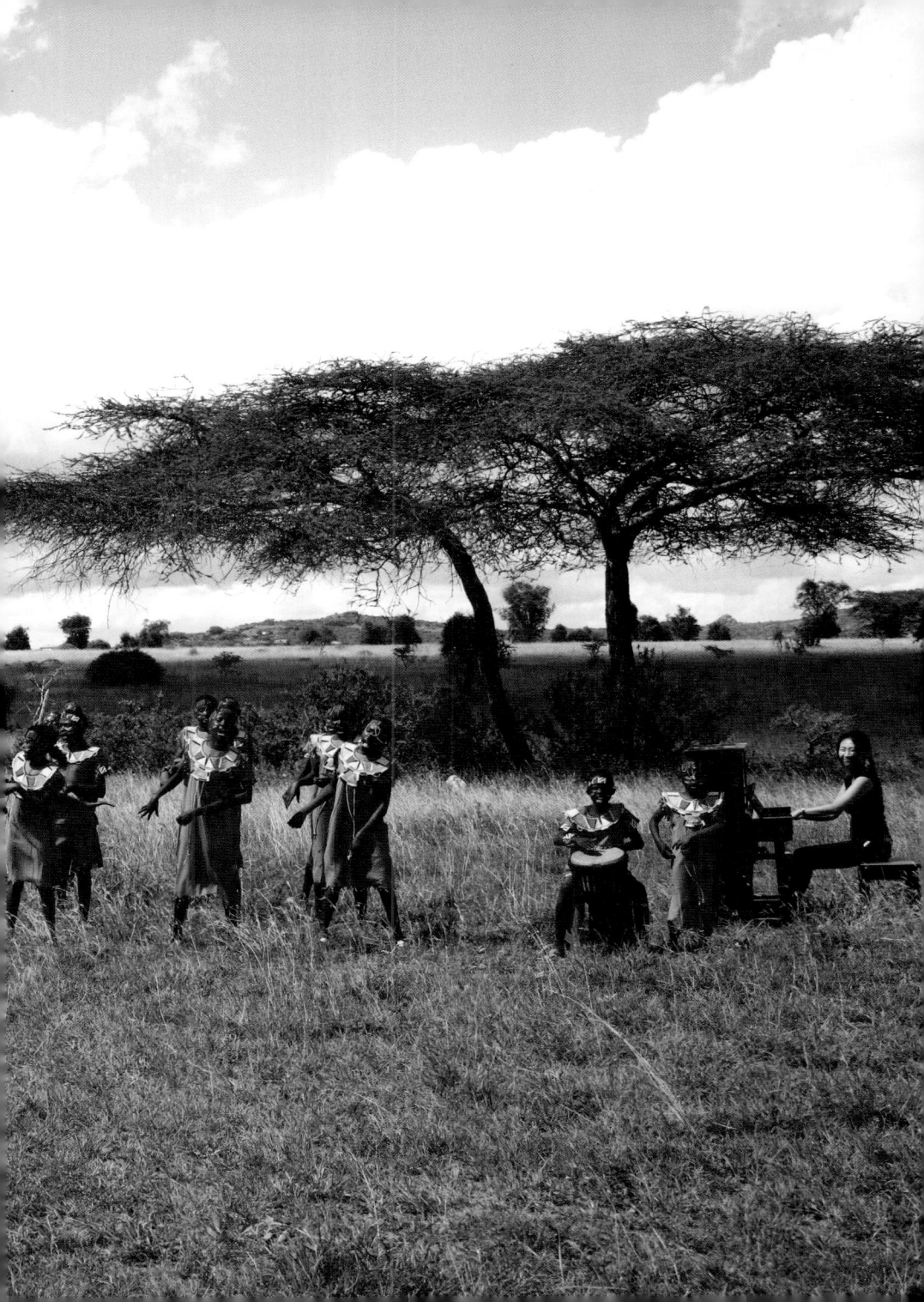

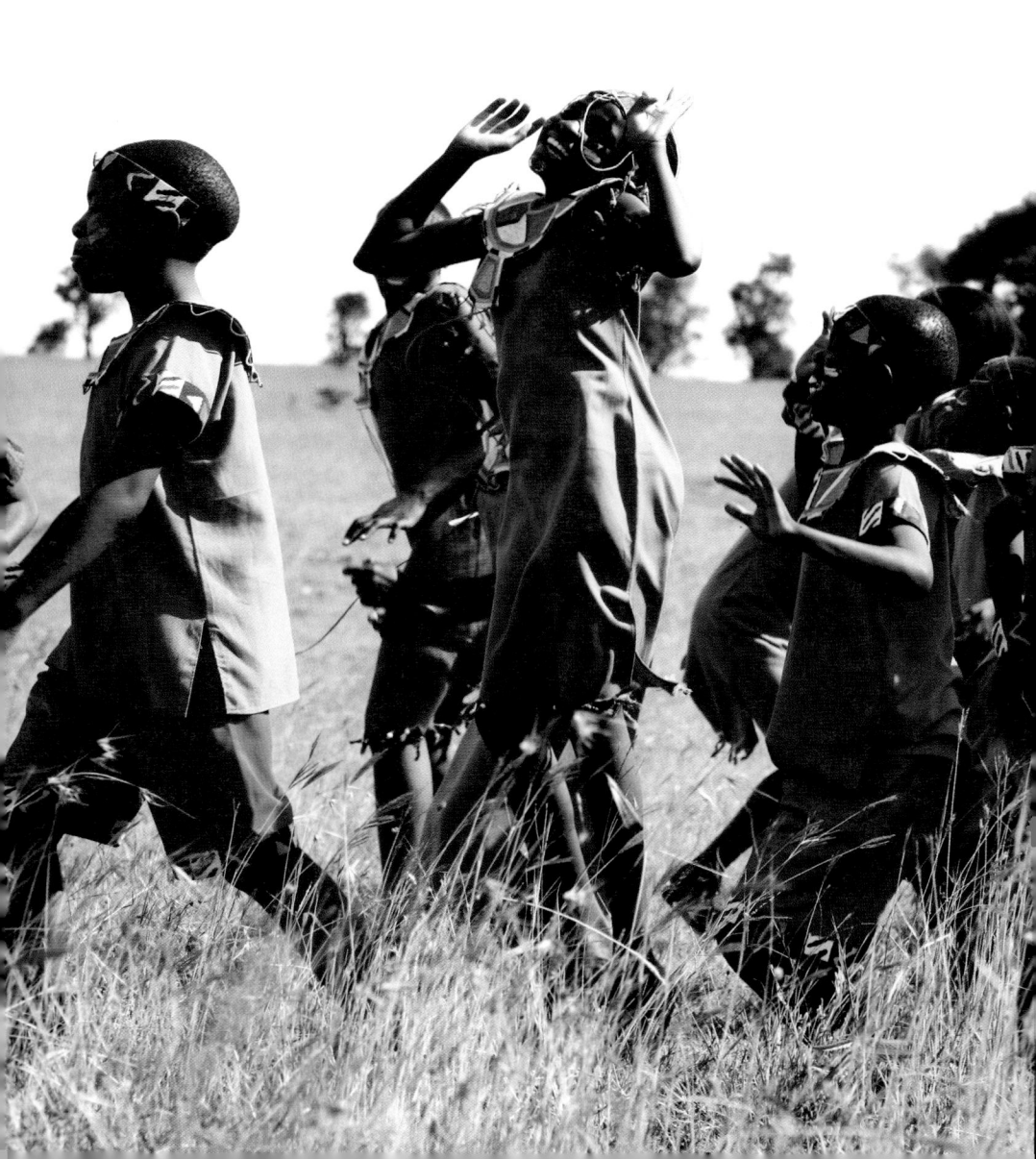

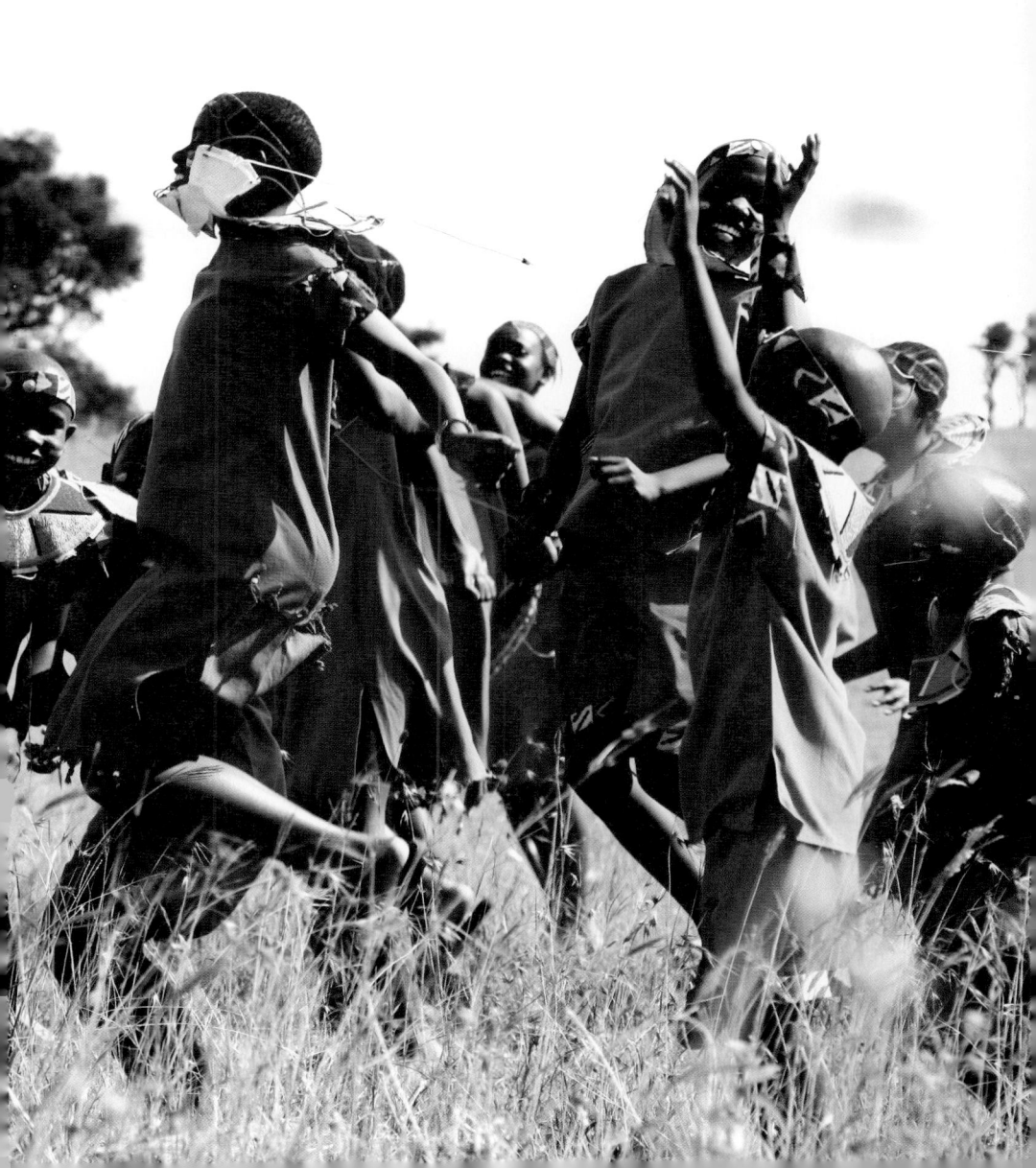

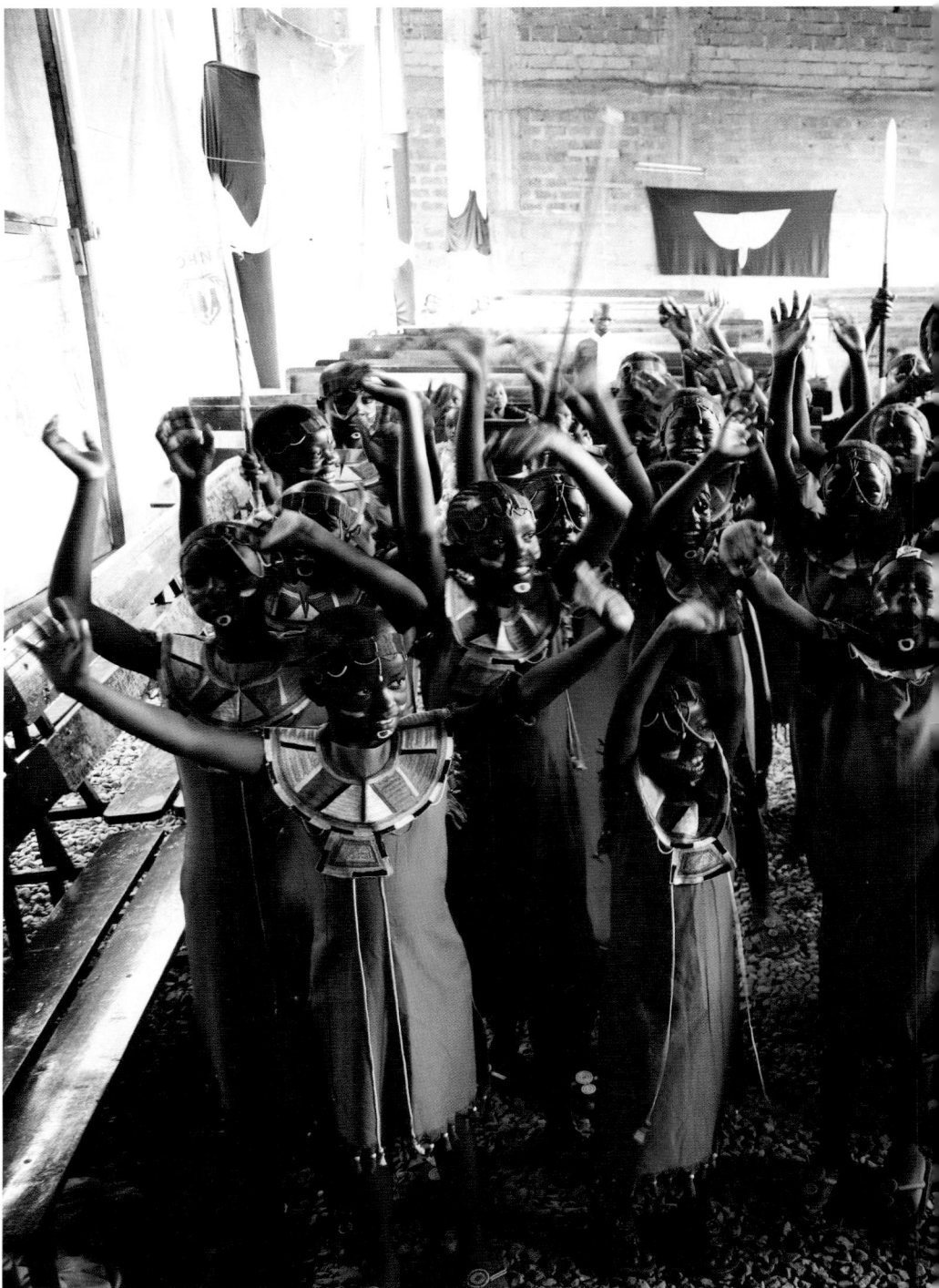

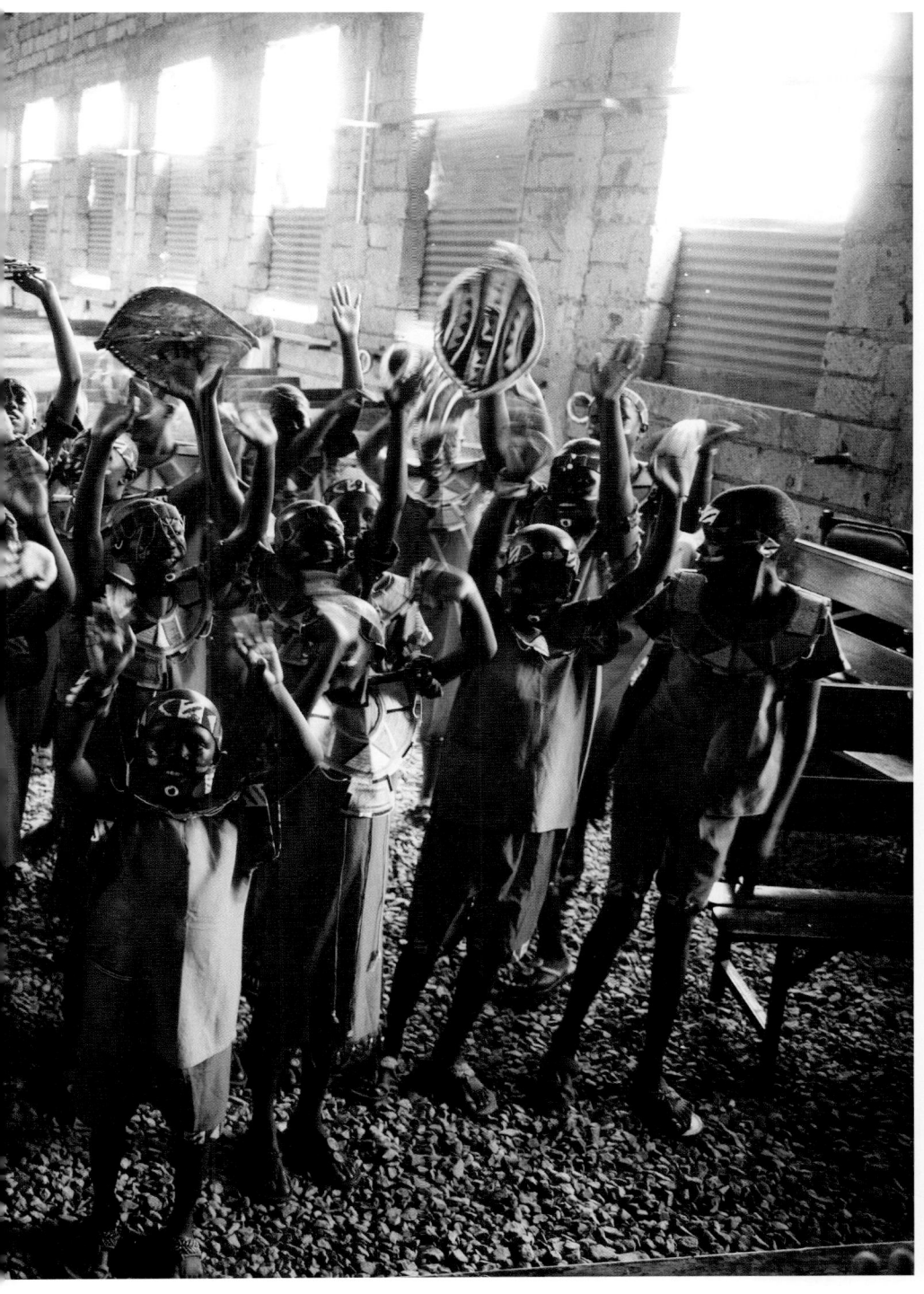

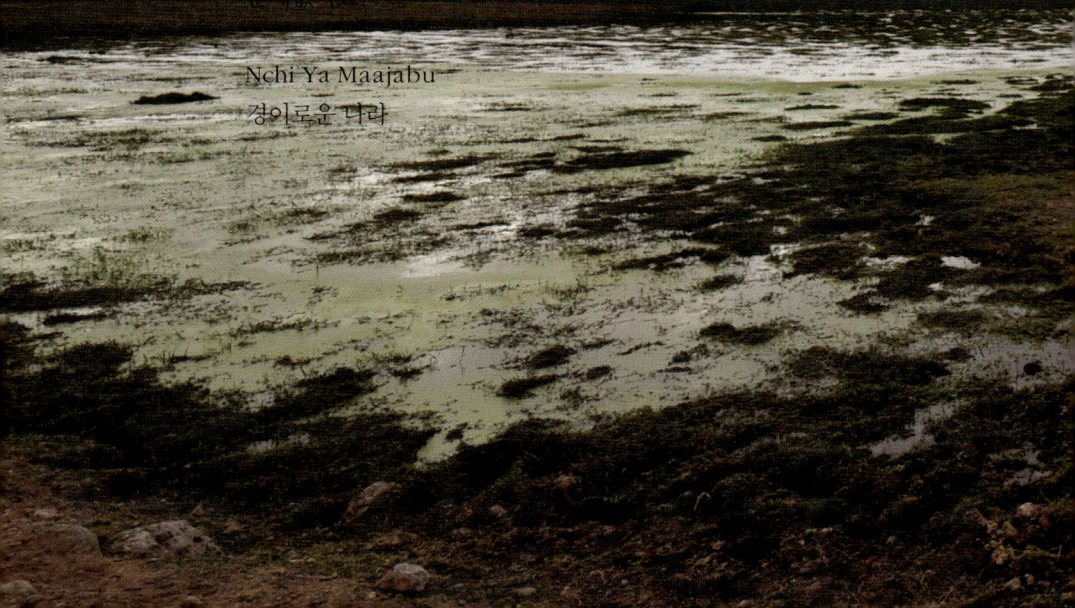

Hujambo, Hujambo Bwana!
안녕, 안녕 선생님!

Habari Gani? Nzuri sana!
잘 지내세요? 정말 좋아요!

Wageni wakaribishwa
우리의 손님들, 환영합니다.

Kenya Yetu Hakuna Matata
우리나라 케냐는 아무 문제없어요.

Kenya Nchi Nzuri
케냐는 아름다운 나라

Hakuna Matata
문제없어요!

Nchi Ya Maajabu
경이로운 나라

Hakuna Matata
문제없어요!

Nchi Yenye Furaha
행복이 가득한 나라

Hakuna Matata
문제없어요!

Nchi Yenye wanyama
동물의 왕국

Hakuna Matata
문제없어요!

Nchi Yenye Amani
평화가 깃든 나라

Hakuna Matata
문제없어요!

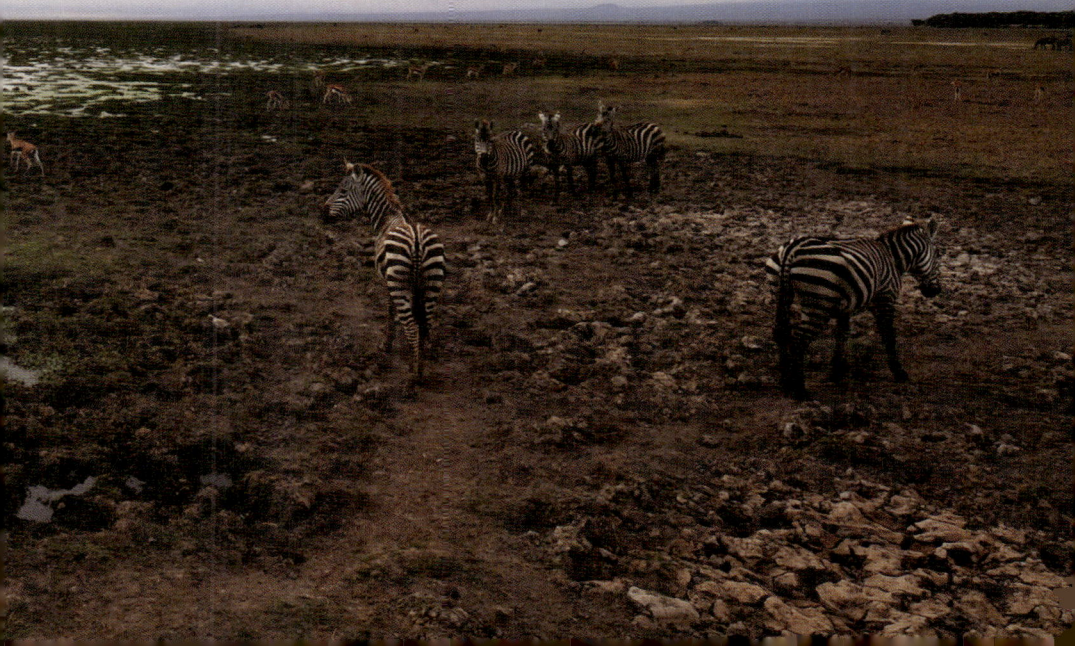

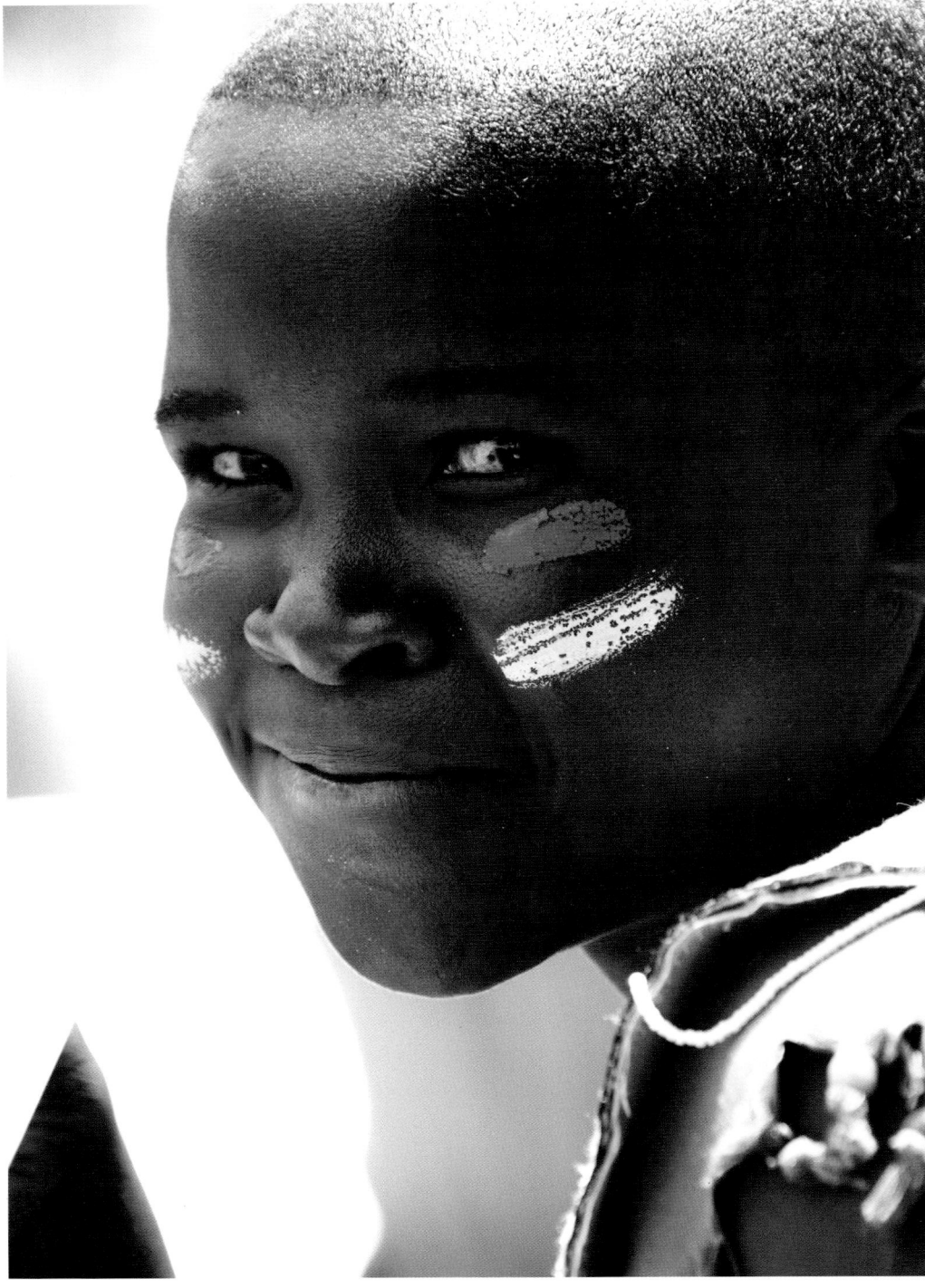

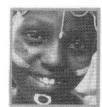

　"Hakuna Matata 하쿠나 마타타~"

　"Hakuna Matata 하쿠나 마타타~"

지라니 합창단의 대표곡인 후잠보 송은 "하쿠나 마타타"라는 후렴이 계속 반복된다. 하쿠나 마타타는 스와힐리어로 "아무 문제없어", "걱정 없어"라는 뜻으로, 애니메이션 영화 〈라이언 킹〉에 사용되면서 더욱 유명해진 말이다.

　양철 지붕을 뚫고 들어오는 뜨거운 열기와 매캐한 쓰레기 연기 사이로 힘차게 뻗어나가는 아이들의 노래는 그 뜻 때문에 더욱 가슴을 울린다. 아이들의 힘찬 목소리에는 아프리카 초원의 생명력이 담긴 듯하다.

　내가 지금껏 인생을 살면서 깨달은 가장 중요한 사실은 세상의 모든 일은 결국 마음에서부터 오는 울림이라는 것이다. 절대로 못 견딜 것 같은 상황을 견디게 하는 힘은 다른 무엇이 아니라 바로 내 안에 있다. 내가 내 삶을 부정하고 외면하는 순간 세상의 그 어떤 것도 나를 구원할 수 없다.

　그래서 아무리 하찮고 보잘것없다 하더라도 내 삶의 이유를 찾고, 찬양하는 것이 중요하다. 그러한 마음과 생각이 나를 살아갈 수 있게 해주기 때문이다. "괜찮아, 아무 문제없어"라는 후렴을 끊임없이 반복하는 후잠보 송은 이러한 점에서 가장 중요한 삶의 진실을 담고 있다.

누군가는 고로고초 사람들에게 그렇게 현재의 삶을 인정하고 받아들이는 것은 비겁한 일이라고, 좀 더 요구하고 노력해서 인간다운 삶을 살아가라고 말할지 모른다. 또 누군가는 세상은 너무나 불공평하다고, 우리는 더 이상 그들을 쓰레기 더미 속에서 살도록 내버려두어서는 안 된다고 목소리를 높일지도 모른다. 또 다른 사람은 그들은 그렇게 살아갈 운명이라고, 나와 상관없는 일이라고 외면할지도 모른다.

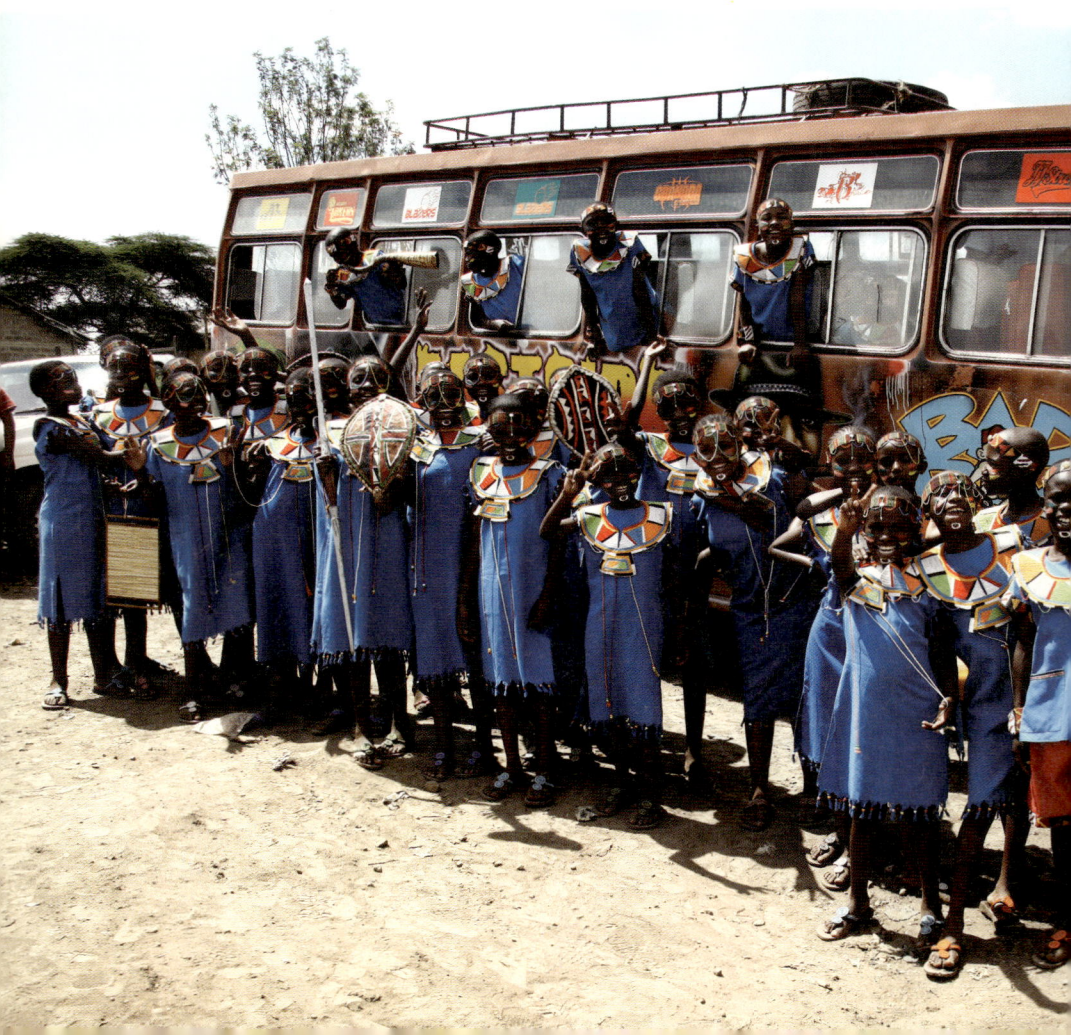

하지만 분명한 사실은, 현재 고로고초 사람들은 가난과 폭력, 절망 속에서 살고 있지만 삶에 대한 열정만은 간직하고 있다는 것이다. "하쿠나 마타타"를 반복하는 지라니 합창단의 힘찬 노래가 그것을 대변해준다.

지라니 합창단 공연 중에서 가장 반응이 좋은 곡이 바로 후잠보 송이다. 아마도 가사에서 전해지는 지라니 합창단의 삶에 대한 열정과 생명력이 관객에게도 전해지기 때문일 것이다.

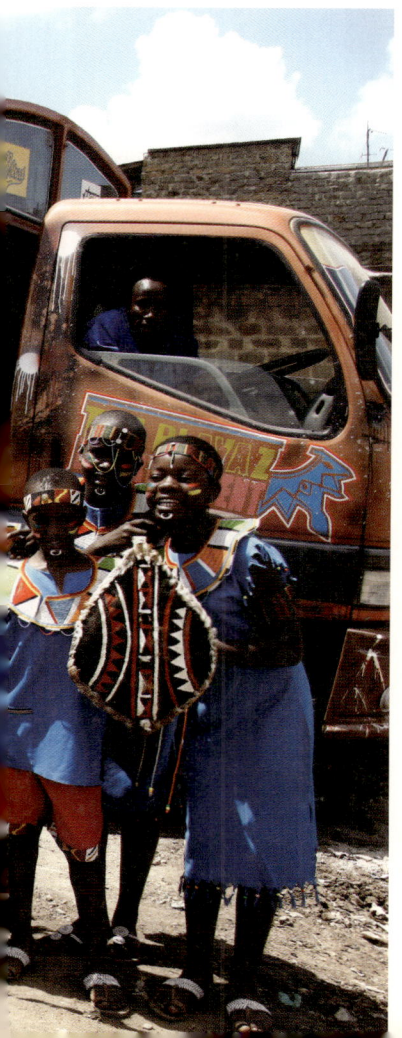

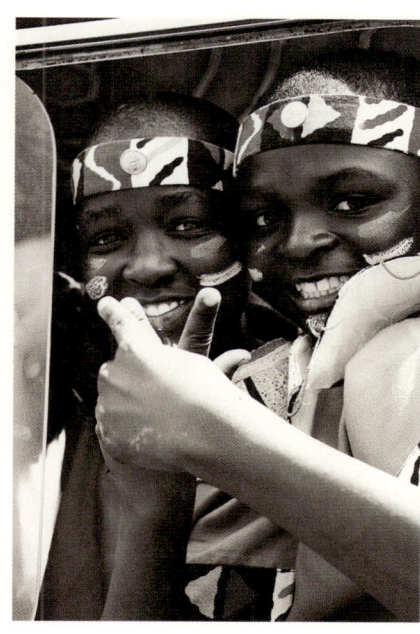

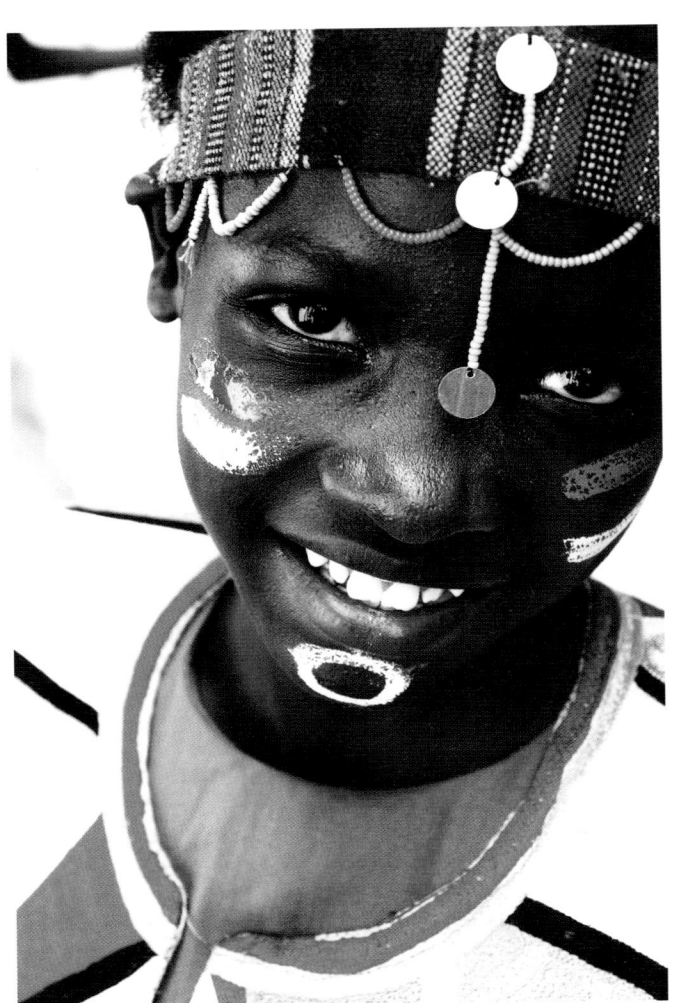

음악은 **천사의 언어**이다. —토머스 칼라일 Thomas Carlyle

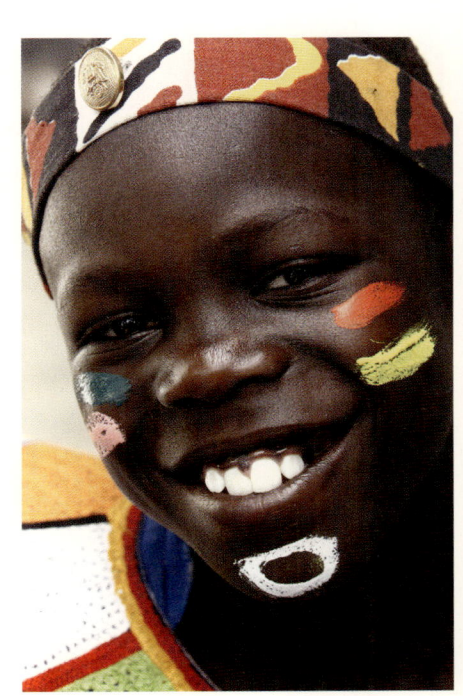

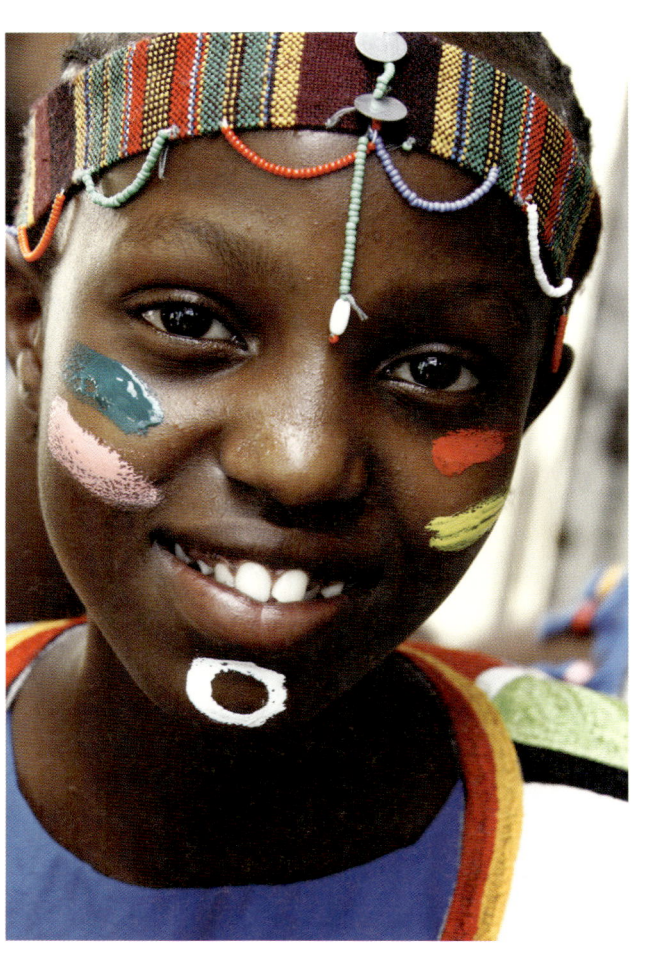

음악은 비극적인 이 세상에 대한 **가장 큰 구원**이다. ─쇼펜하우어 Schopenhauer

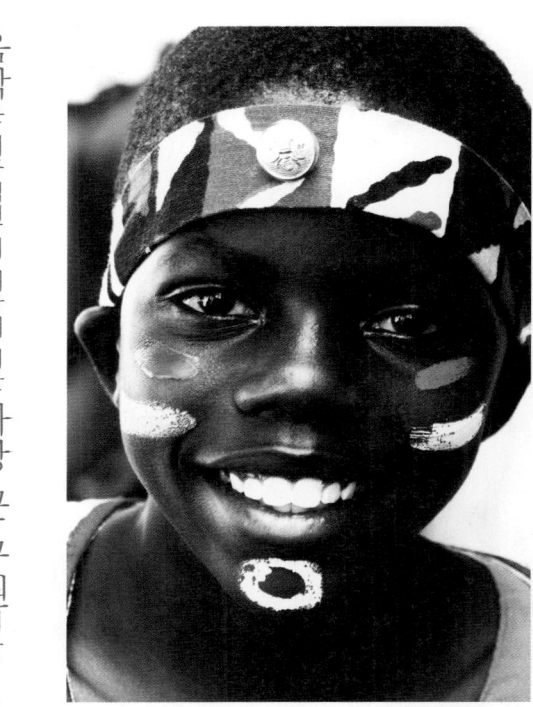

때로는 **기쁨**이 미소의 근원이 되기도 하지만,

때로는 **미소**가 기쁨의 근원이 되기도 한다.

—틱 낫한 Thich Nhat Hanh

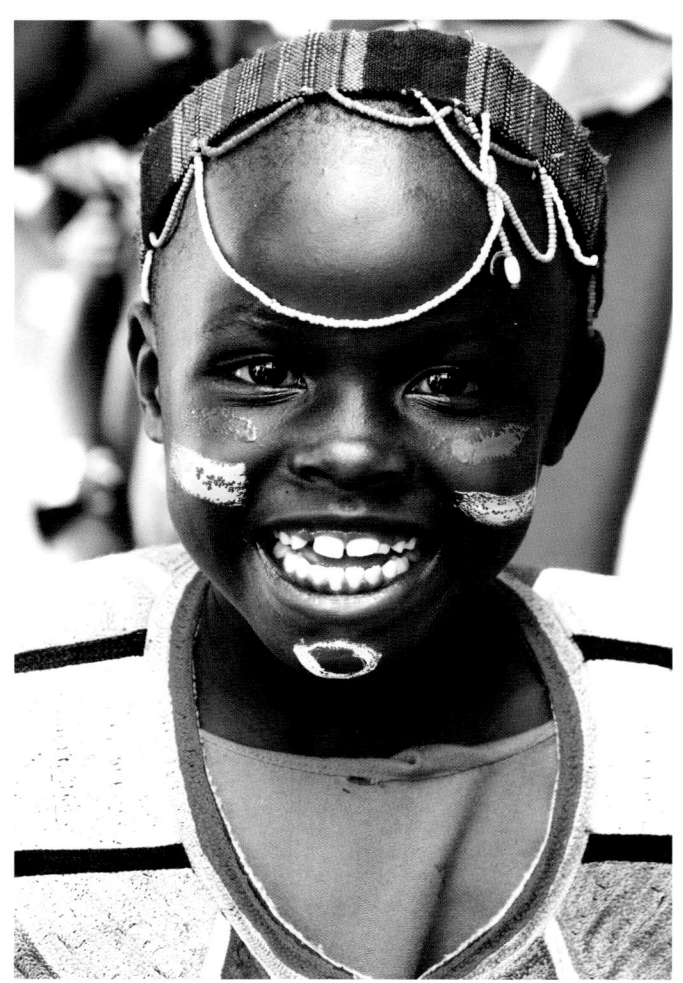

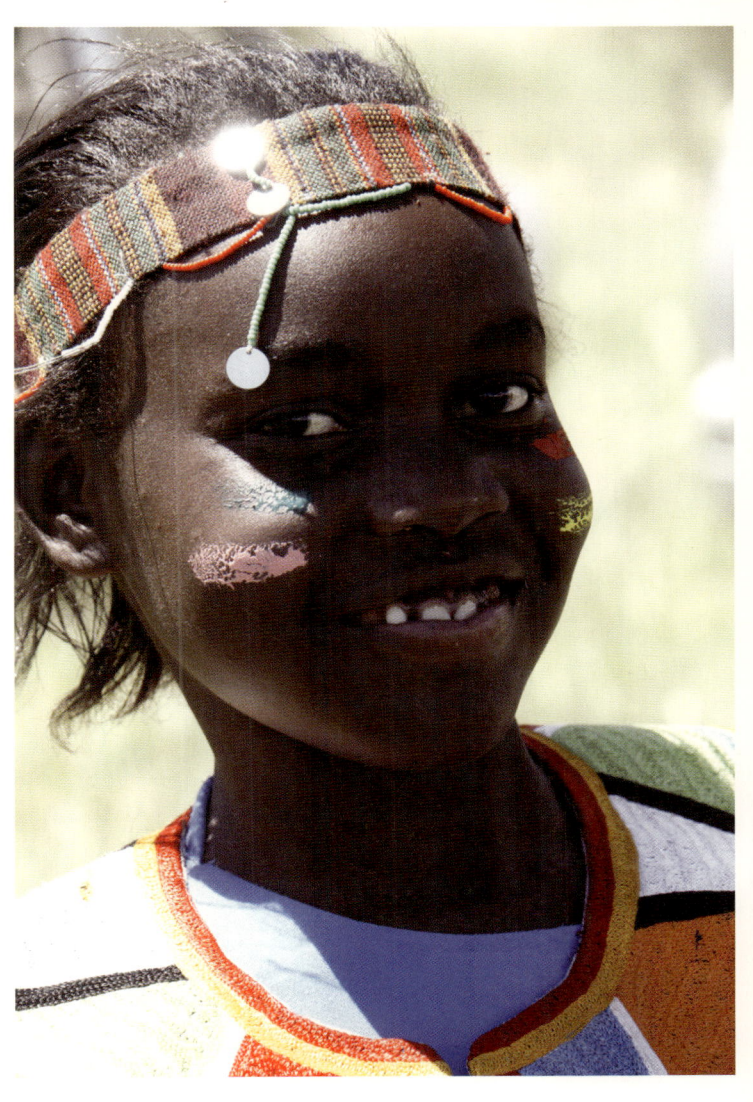

좋은 일을 생각하면 **좋은 일**이 생긴다.

나쁜 일을 생각하면 **나쁜 일**이 생긴다.

우리는 우리가 하루 종일 생각하고 있는 **바로 그것**이다.

—조셉 머피 Joseph Murphy

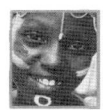

매일 생존과 싸우는 고로고초 마을에서도, 사람들은 하루하루 묵묵히 자신의 삶을 꾸려가고 있다. 가족을 위해, 자신을 위해 매일 음식을 하고, 빨래를 하고, 아이들을 돌본다. 나는 한껏 경계심을 품고 다가지만 그들은 아무렇지도 않게 나를 맞아준다.

처음에는 쓰레기 악취와 연기 때문에 이곳 사람들과 나 사이에 너무나 큰 장벽이 가로놓인 것 같은 기분이었다. 그들의 삶이 비현실적으로 느껴졌고, 이런 곳에서 살아간다는 사실이 이해되지 않았다. 막힌 눈과 코 때문에 그들을 제대로 보고 느낄 수 없었다.

하지만 고로고초 마을 곳곳을 사진에 담으면서 사람 사는 곳은 모두 비슷하다는 것을 알게 되었다. 깨끗하게 빨아서 널어놓은 옷가지와 신발, 감자와 바나나 등을 파는 청과물 가게, 아프리카 사람들이 좋아하는 화려한 원피스를 진열해놓은 옷가게, 당장 들어가고 싶은 마음이 들도록 멋진 간판을 달아놓은 미장원이 모두 친근하게 느껴졌다.

객관적인 기준에서 보면 그들은 너무나 비참한 생활을 하고 있지만, 그 속에서도 인간다운 삶을 유지하기 위해 노력하고 애쓴 흔적들을 찾을 수 있다. 이런 것이야말로 케냐 사람들의 '하쿠나 마타타' 정신일 것이다.

내가 만나본 아프리카 사람들은 비록 가난하지만, 낙천적이고 특유의 흥을 지니고 있었다. 작은 것에도 만족하고 행복지수도 우리가 생각하는 것보다 훨씬 높다. 특히 아프리카의 아이들은 그들의 빛나는 눈빛만큼이나 맑고, 자유로운 성정을 가지고 있다. 그들은 특유의 순수함으로 누구에게도 쉽게 마음을 열고 친구가 된다.

하루빨리 고로고초 사람들이 더 나은 환경에서 생활하기를 간절하게 기도한다.

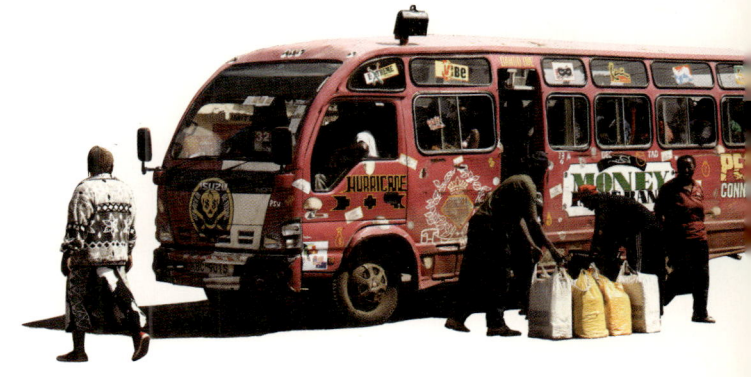

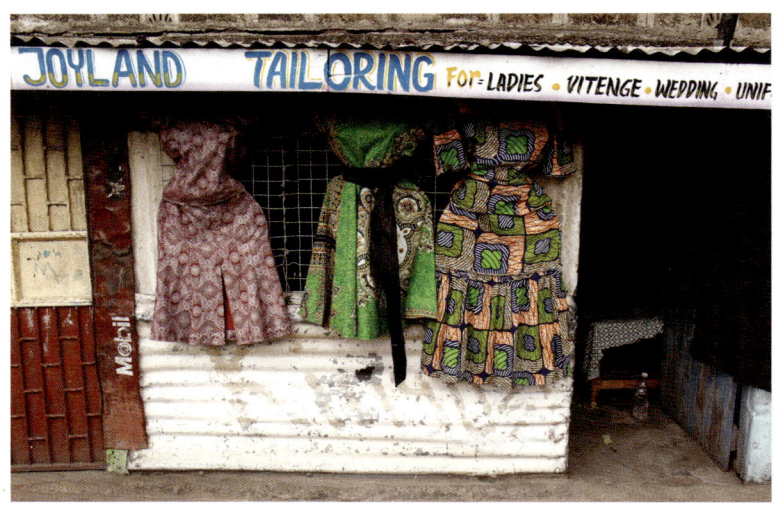

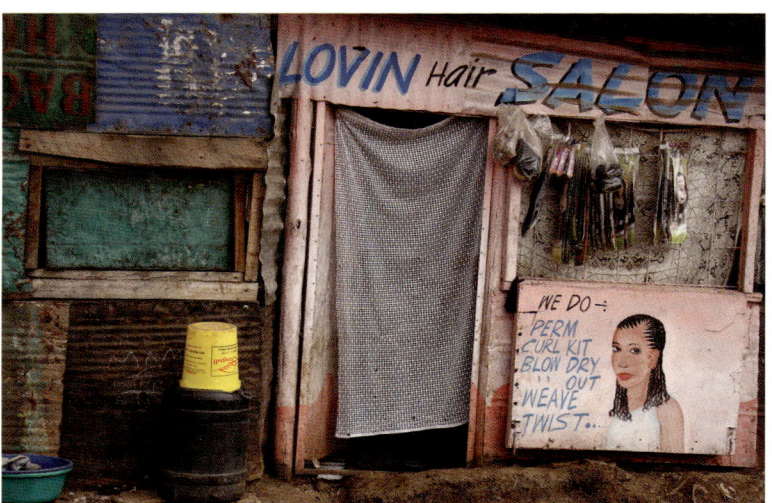

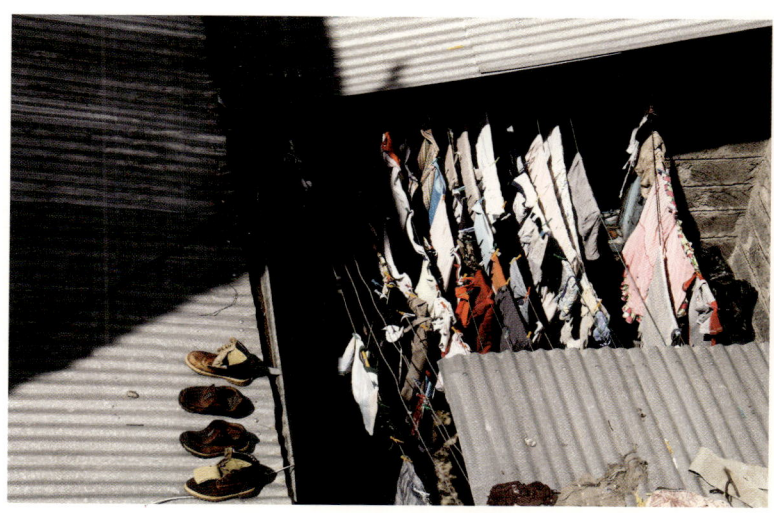

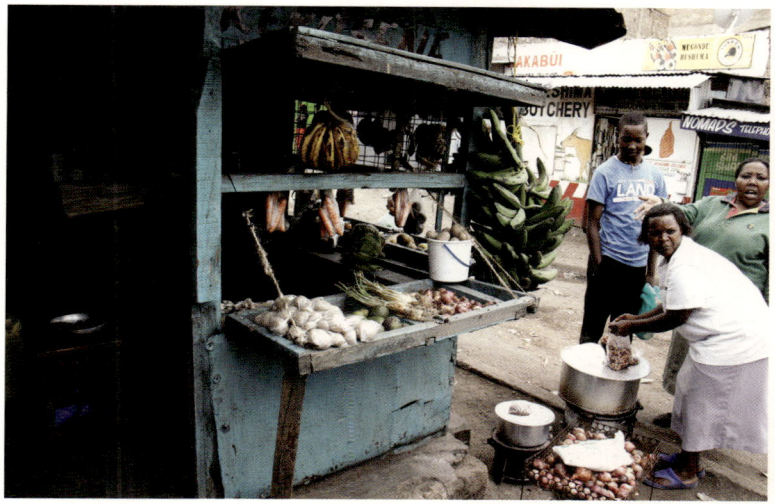

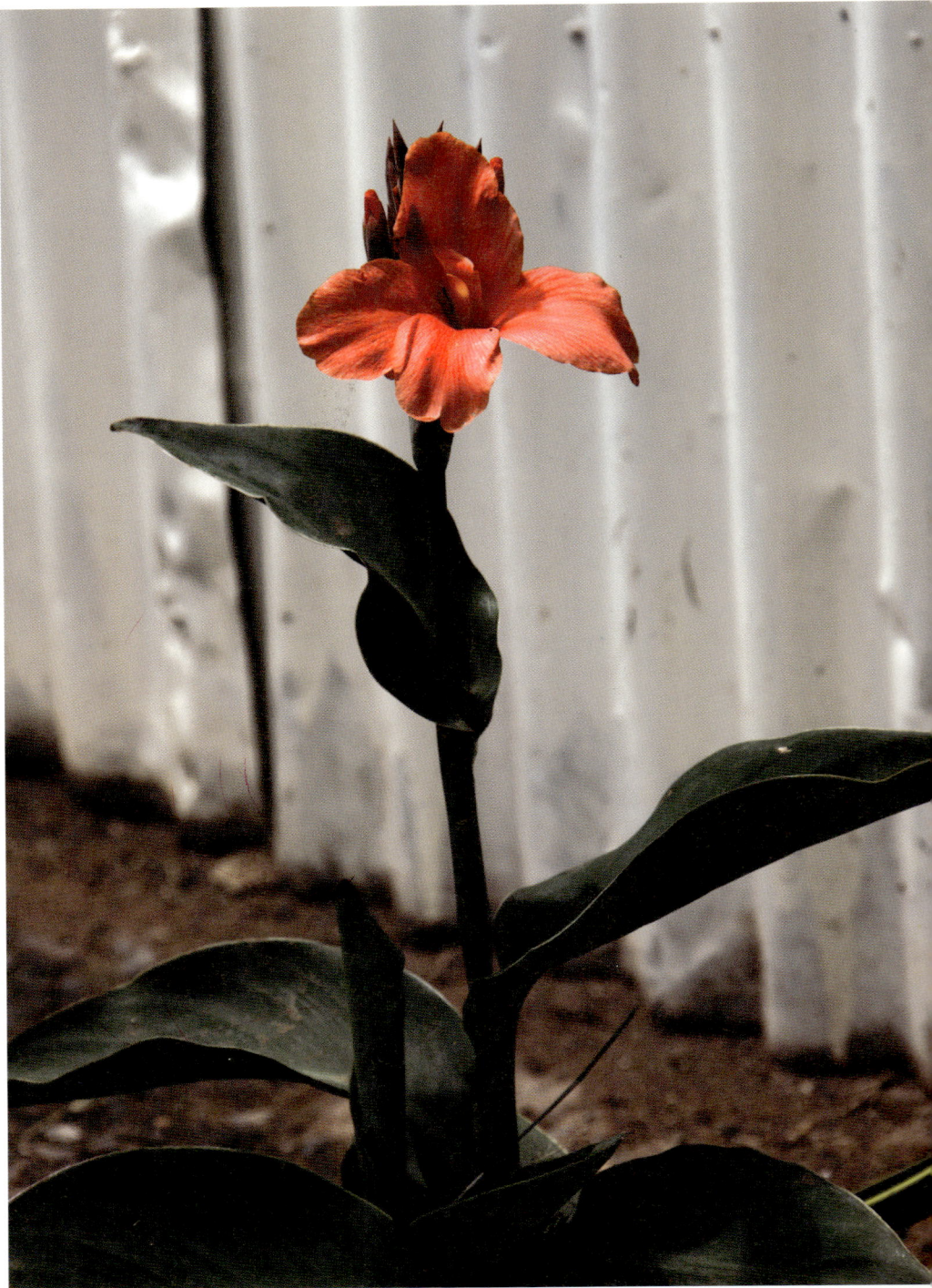

나는 언제나 모든 일의 좋은 면만을 본다.

매사에 걱정거리가 되는 어두운 면만 보는 사람이 있지만

나는 그렇지 않다. 비록 엄청난 고통에 짓눌린다 해도,

하늘이 온통 먹구름으로 뒤덮여 한 점도 보이지 않는다 해도

괜찮다. 나는 고통도 낙으로 여기겠다.

——마더 데레사 Mother Teresa

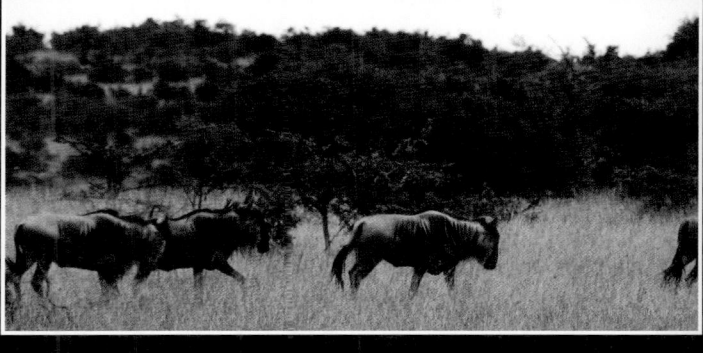

자연의 축복

Blessing of Nature

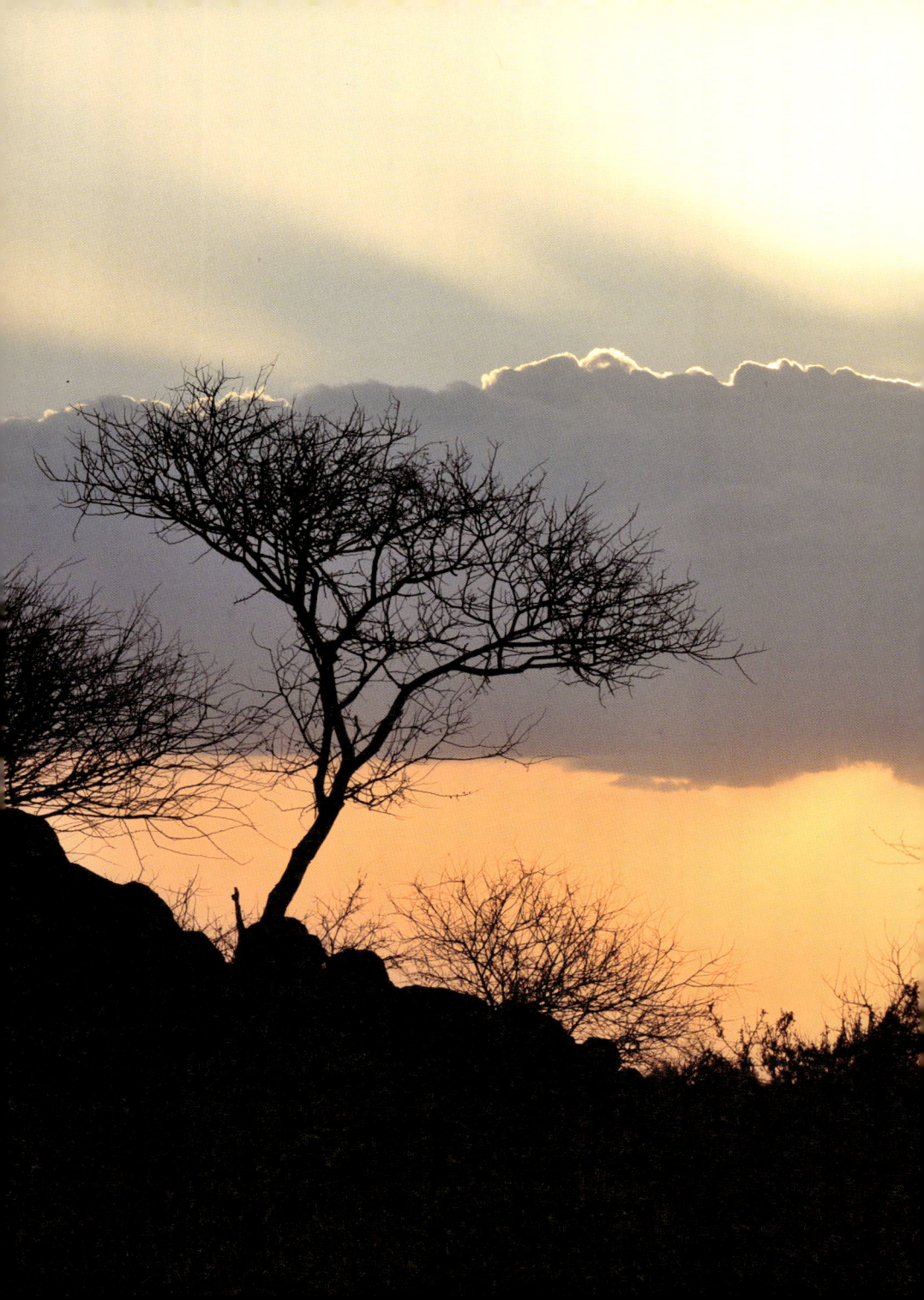

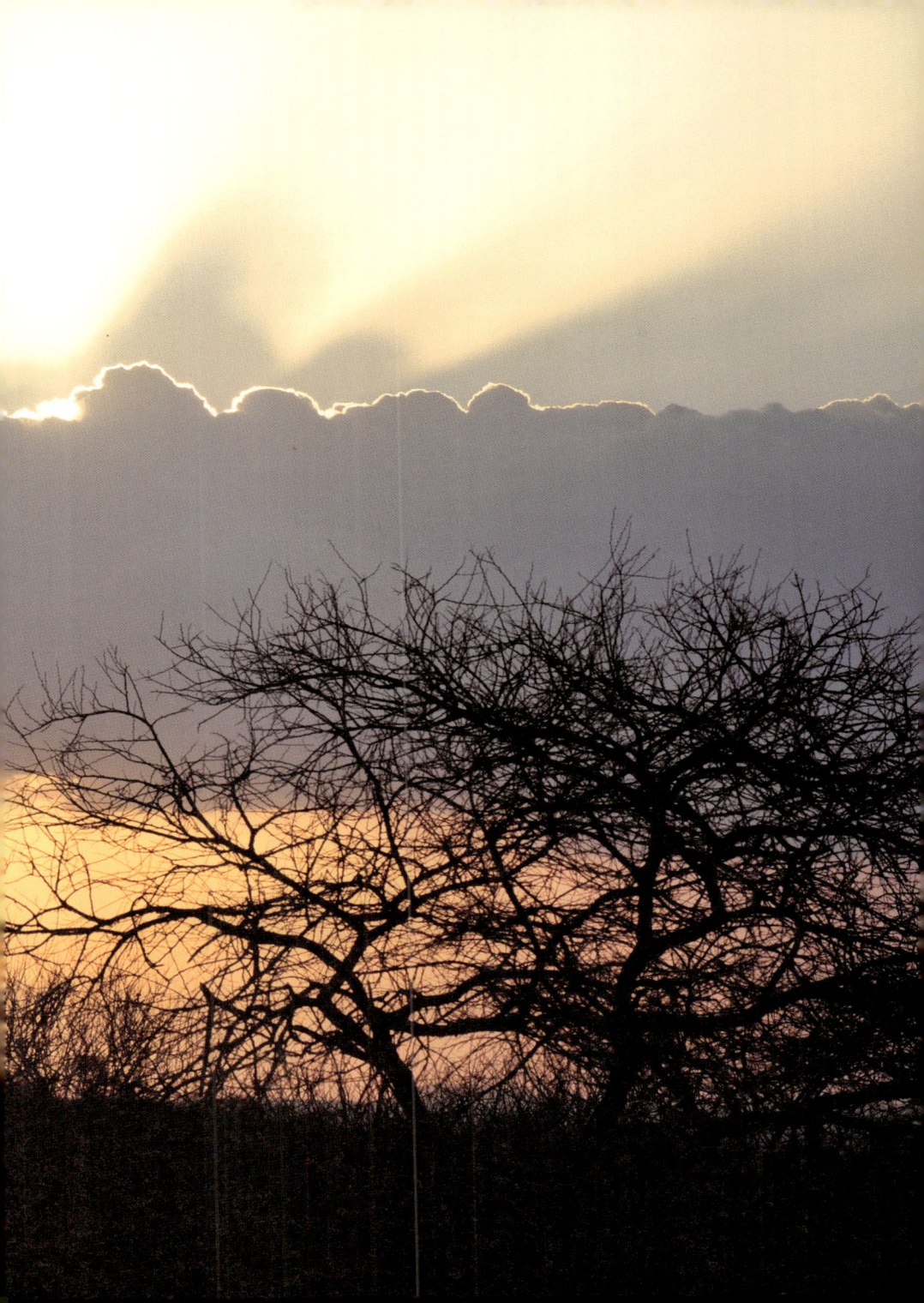

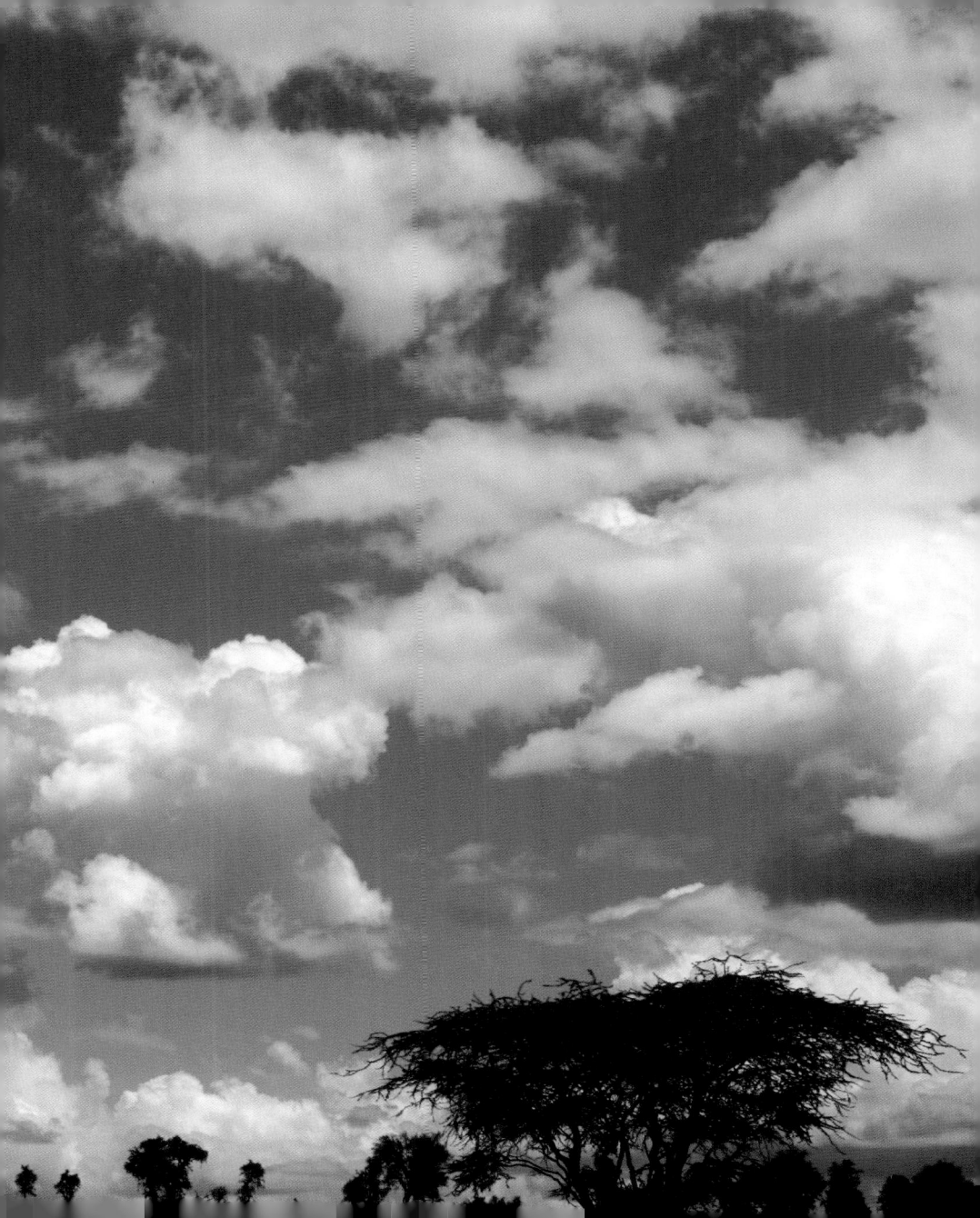

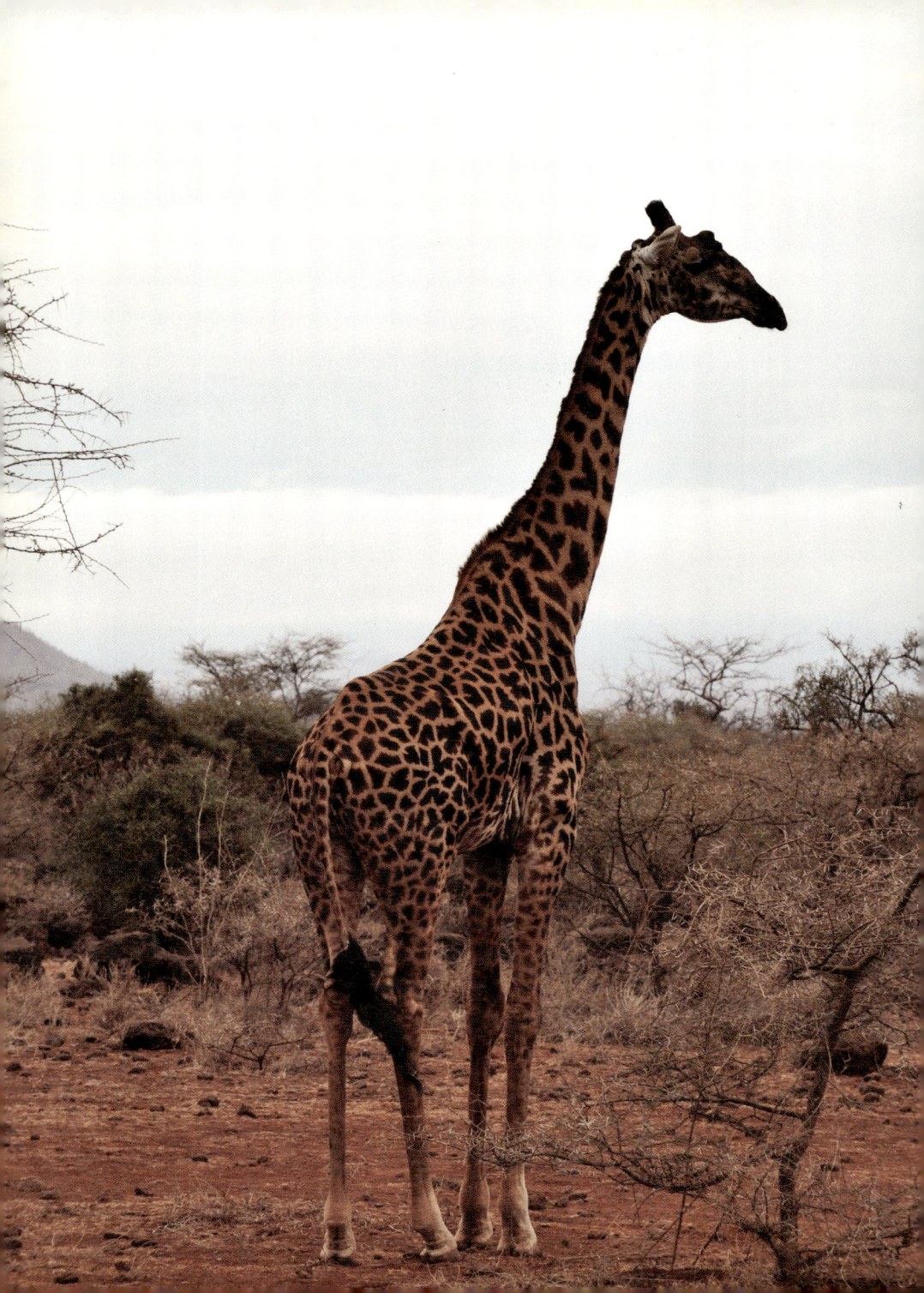

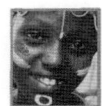

지라니 합창단 아이들과 함께 가까운 초원으로 소풍을 나왔다. 고로고초에서 차를 타고 30~40분만 나가면 동물의 왕국으로 유명한 케냐의 초원을 만날 수 있다. 그동안 전 세계의 아름다운 풍광들을 참 많이도 봤지만, 케냐의 자연만큼 생명력 넘치고 싱그러운 곳은 많지 않다. 말로 표현하기조차 어려운 에너지의 바다 속에서 오랜 여행에 지친 몸과 정신은 순식간에 씻은 듯이 회복된다.

하지만 정작 고로고초 아이들은 이러한 자연의 축복을 누리지 못한 채 살아가고 있다. 초원의 나라에서 태어났지만 오늘 처음 초원을 본 아이들도 많다. 불과 30~40분 거리에 있지만 이제껏 아무도 그들을 초원으로 데려와주지 않았기 때문이다. 지라니 합창단에 들어오기 전까지는 태어나서 한 번도 고로고초 마을을 벗어나 본 적도, 다른 세상을 본 적도 없는 아이들이다.

매일 쓰레기를 파먹는 돼지와 개, 사나운 대머리황새만 보아온 아이들은 푸른 초원을 힘차게 달리는 톰슨가젤, 기린, 얼룩말을 보며 신기해서 어쩔 줄 모른다. 나는 초원에 떨어진 새의 깃털을 잔뜩 주워 아이들에게 나누어주었다. 그것마저 신기한 듯 아이들은 깃털을 머리에 꽂고 장난을 치며 좋아한다.

나도 오랜만에 깨끗한 자연을 마주하니 꽉 막힌 듯 답답하던 마음이 시원스레 뚫리는 것 같다.

눈부시게 파란 하늘과 그 하늘의 이불이 되어주던 광활한 초원.

나는 꿈을 꾸듯 이곳에서 노래를 불렀다.

그리고 감사의 기도를 올렸다.

오랜만에 자연의 신비로움에 빠져들었다.

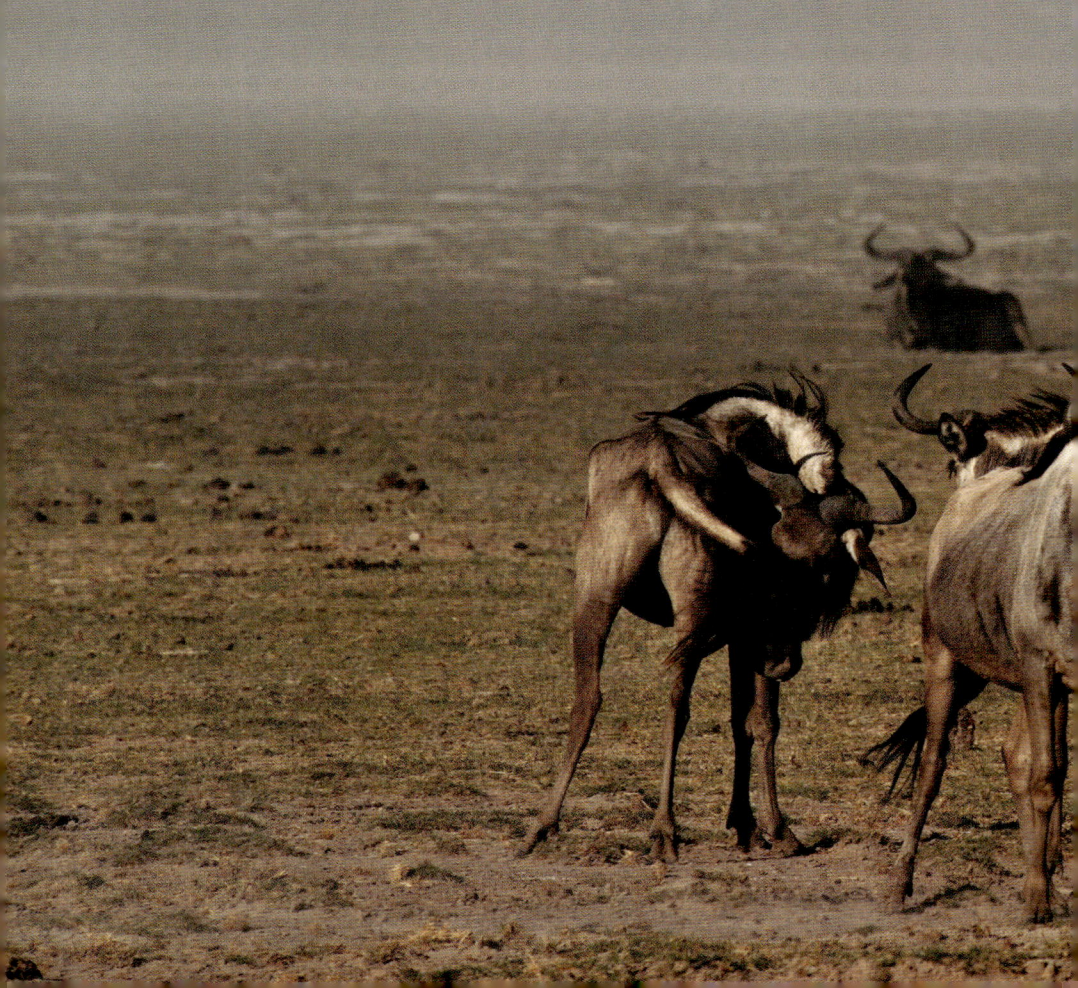

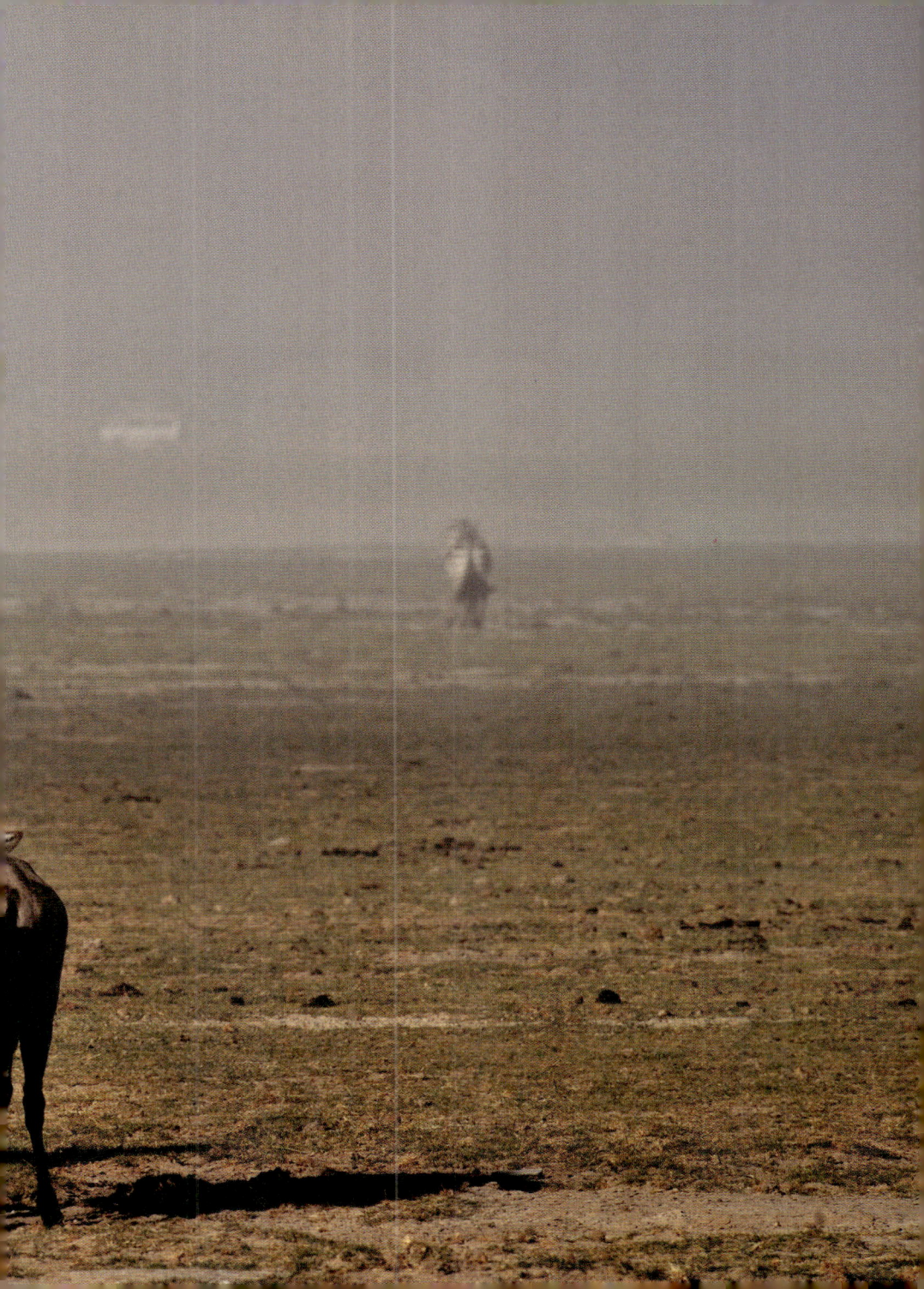

초원에 도착하자마자 아이들의 얼굴에는 생기가 돌았다.
오랜만에 깨끗한 환경에 나온 것이 좋은지
펄쩍펄쩍 뛰거나 소리를 지르는 아이들도 있었다.
세계 어디를 가든 아이들은 똑같다.
뛰는 것을 참 좋아한다. 가까운 거리도 꼭 달려간다.
깨끗한 환경에서 자유롭게 뛰어노는 것은
모든 아이들이 마땅히 누려야 할 권리이다.
고로고초 아이들이 사진에 담긴 모습 그대로 대자연에서
신나게 뛰어놀 수 있기를, 자연의 정기를
마음속에 간직한 채 살아갈 수 있기를 바래본다.

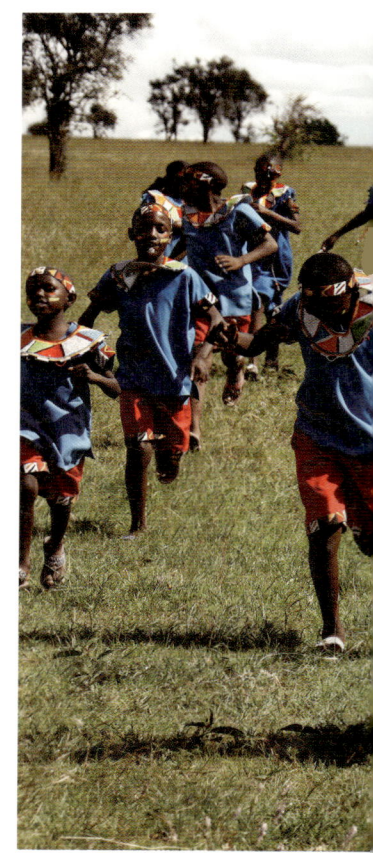

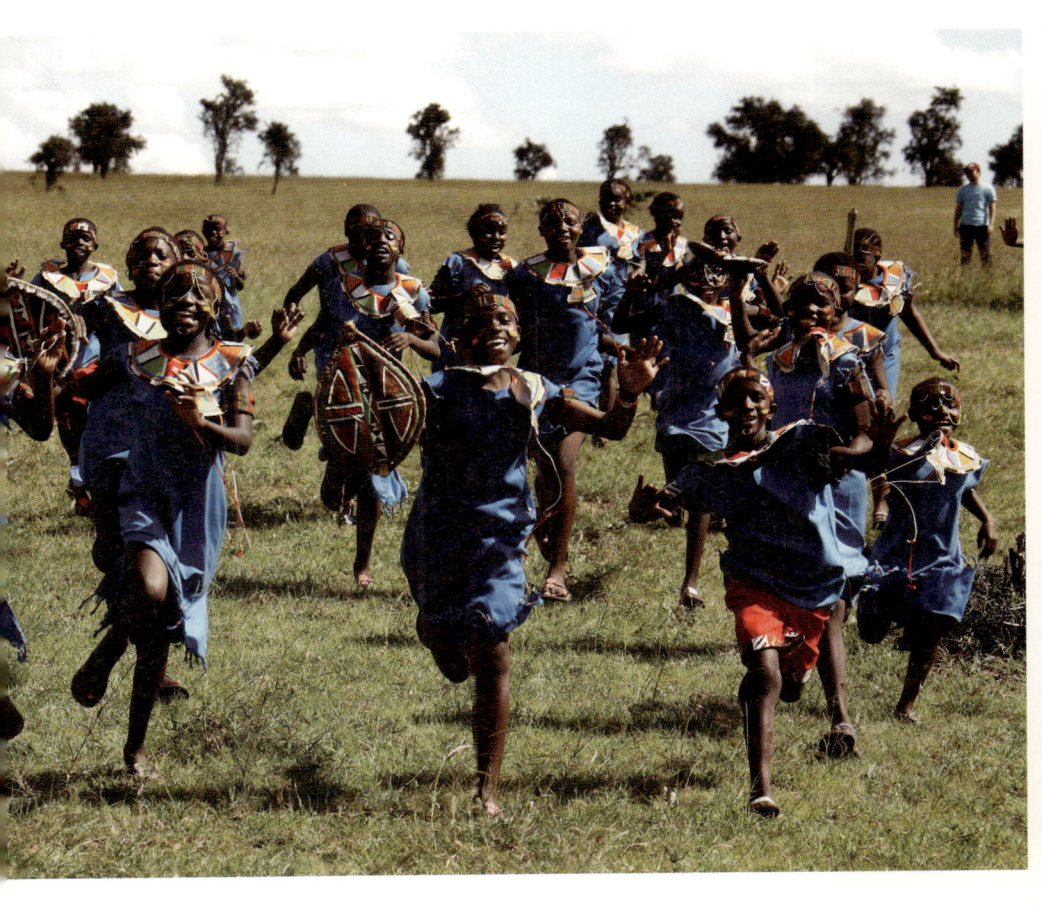

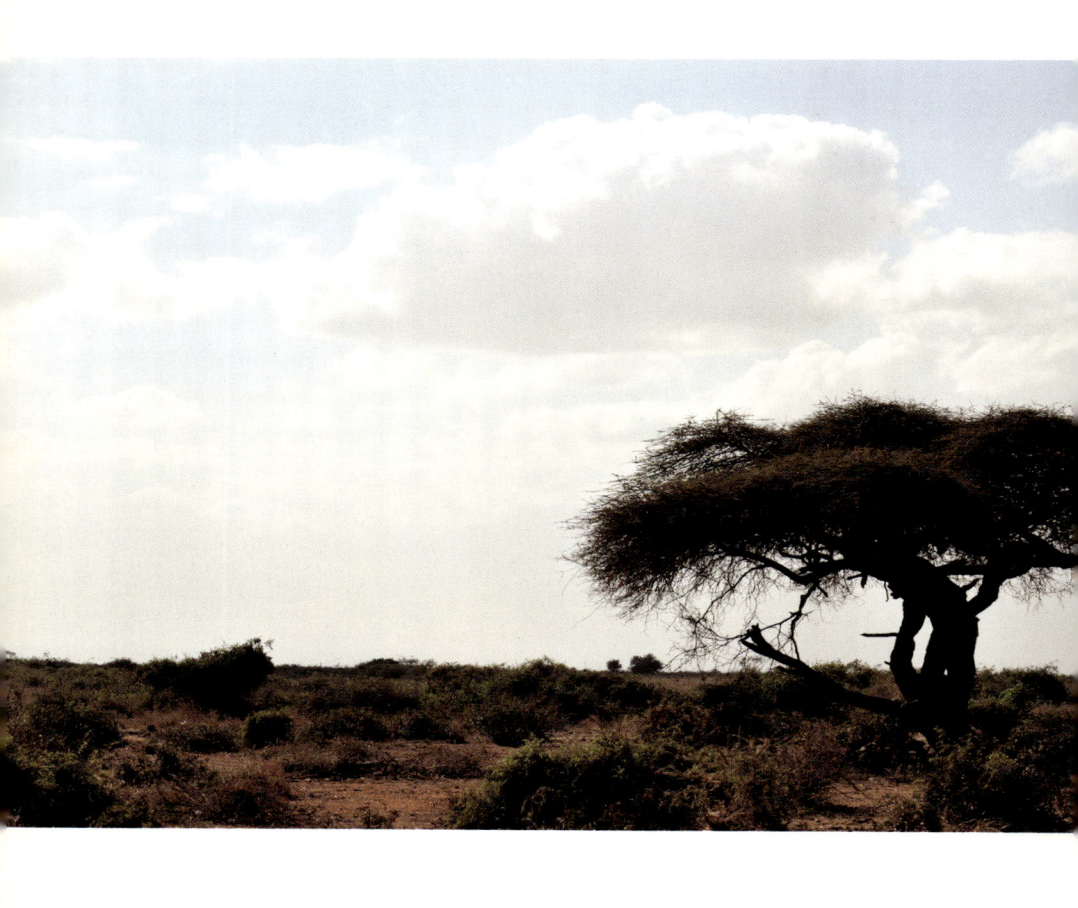

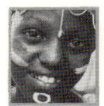

내가 처음 나무에 반한 것은 마다가스카르의 바오밥 나무를 봤을 때이다. 동화 《어린왕자》에서 우리가 가지 못하는 세상의 가장 높은 곳에 있는 나무라고 말한 바로 그 나무이다.

마다가스카르에서 실제로 바오밥 나무를 본 순간 온 몸이 전율했다. 동그랗고 커다란 몸통에 뿌리처럼 생긴 나뭇가지들이 하늘을 향해 뻗어 올라간 바오밥 나무의 모습은 정말 동화 속에만 등장할 것처럼 신비로웠다. 사진을 통해 바오밥 나무를 한국에게 소개한 후 나는 마다가스카르 전문 사진가 혹은 아프리카 전문 사진가라는 닉네임을 얻기도 했다. 여러 모로 나에게는 깊은 인연이 있는 나무이다.

이곳 케냐 어디에서나 볼 수 있는 나무는 아까시 나무다. 케냐의 아까시 나무는 다른 지역과 달리 아줌마 파마(!)를 한 것처럼 짧고 가는 가지들이 뽀글뽀글 엉켜 있는 것이 특징이다.

아까시 나무는 기린의 먹이이자, 사자의 휴식처이고, 새들의 둥지가 되어준다. 그리고 여행자에게는 또 하나의 특별한 추억이 되어준다.

지구 어머니!
우리 아이들이 당신 위에서 걷고, 뛰고, 놉니다.
아이들이 자라면서 당신을 존경하도록 가르치겠습니다.
아이들이 어디를 가든 그들을 보호하고 보살펴주세요.

해에게 부탁합니다.
아이들이 자라는 동안 빛을 보내주세요.
아이들의 몸이 구석구석 모두 건강하도록 허락해주세요.
육체뿐만 아니라 정신도 건강한 아이가 되게 해주세요.
아이들이 어디에 있든지 당신의 따뜻하고 사랑스러운 에너지로
감싸주세요.
때로는 아이의 인생에 흐린 날도 있을 것입니다.
하지만 늘 그곳에서 빛나는 당신이 우리 아이들에게 빛을 주고,
안전하게 지켜주세요.

바람에게 부탁합니다.
우리 아이들을 안아주세요.
당신은 때로는 강하게, 때로는 아주 부드럽게도 불어올 것입니다.
우리 아이들이 자라면서 늘 당신의 존재를 느끼며
감사한 마음으로 살게 해주세요.

물과 불에게 부탁합니다.
물이여.
우리는 당신 없이 살 수 없습니다.
당신은 곧 생명이기 때문입니다.
우리 아이들이 평생 갈증을 모르게 도와주세요.

불이여.
아이들의 인생에서 장애물을 태워 없애주세요.
아이들이 나아갈 길을 깨끗하게 만들어서 그 길에서
사랑과 존경을 배울 수 있도록 해주세요.

보름달과 별들에게 부탁합니다.
당신들이 지켜보는 가운데 우리 아이들이 자라고, 풀밭 위를 뛰어 다닙니다.
당신들이 지켜보는 가운데 아이들은 자신 안에 흘러 생명을 유지시키고
독소를 빼내주는 공기를 호흡합니다.
아이들은 이미 오래 전에 우리 주위에 생명이 가득함을 느낍니다.
주위에 가득한 생명들에 의해 살아가고 있는 아이들이 자연을 무시하거나
두려워하지 않도록 도와주십시오.
우리 모두는 공평하게 자연의 일부입니다.
우리가 풀잎 하나를 소중히 여기고, 나뭇잎 하나를 사랑할 수 있도록
당신들의 품으로 안아주소서.

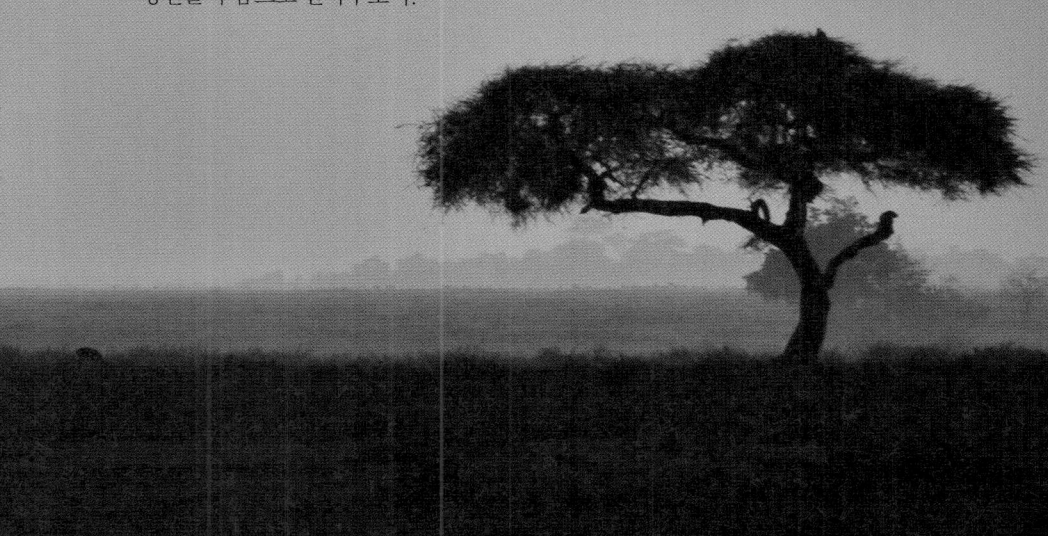

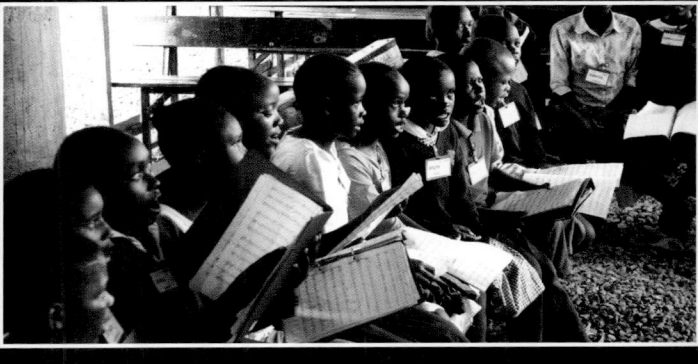

희망의 노래
The Songs of Hope

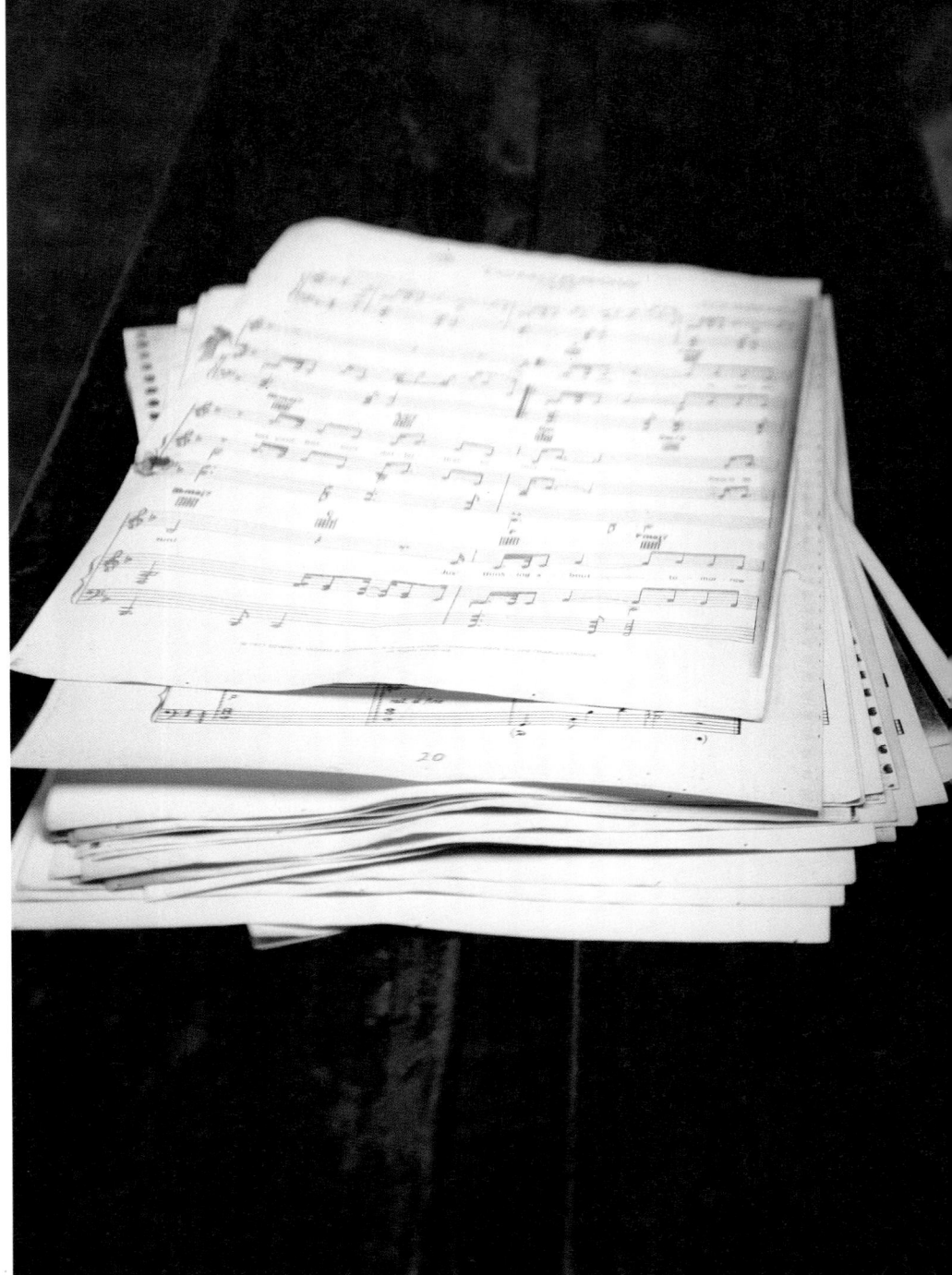

희망은 밝고 환한 양초 불빛처럼

우리 인생의 행로를 장식하고 용기를 준다.

밤의 어둠이 짙을수록 그 빛은 더욱 밝다.

—올리버 골드스미스 Oliver Goldsmith

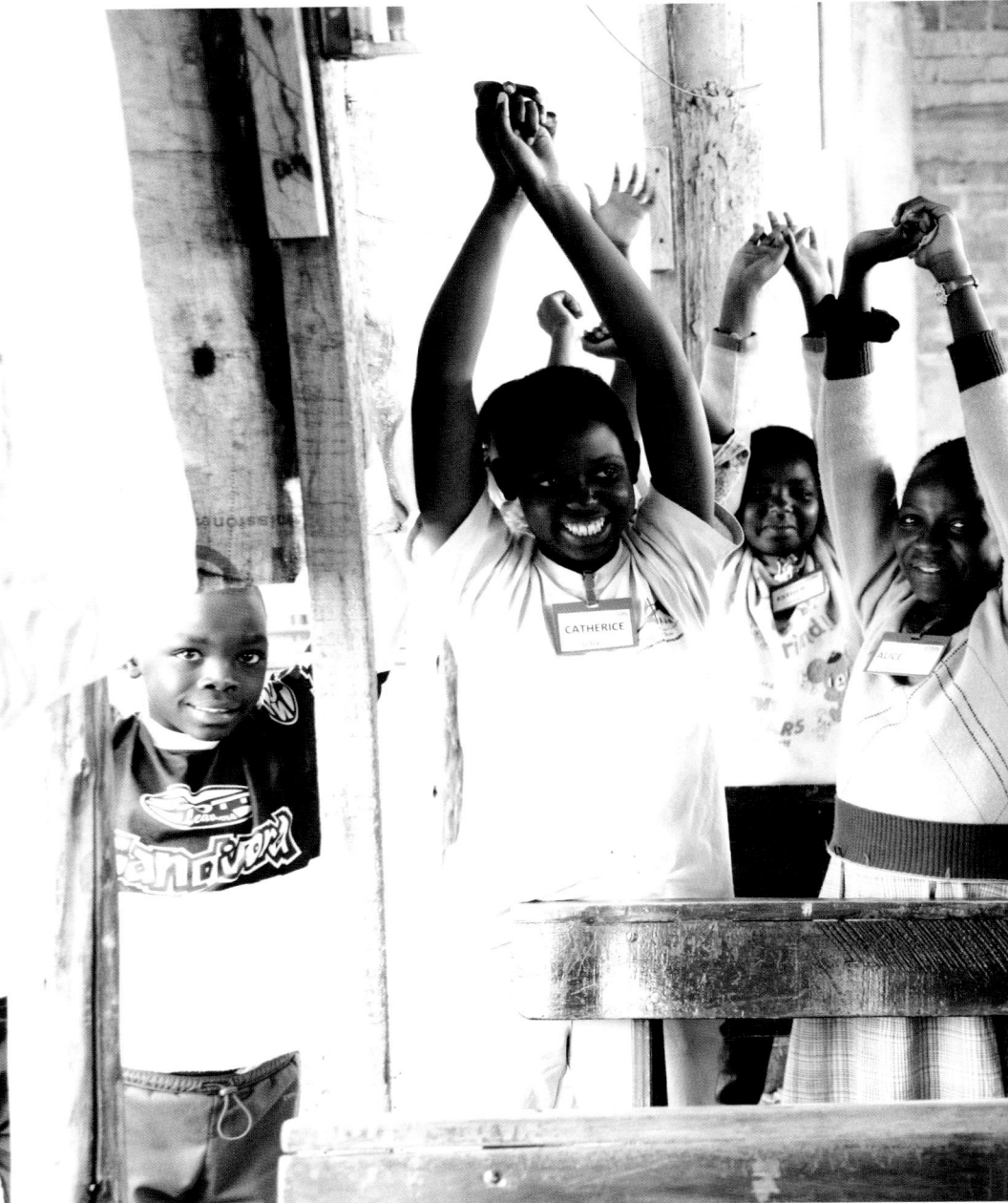

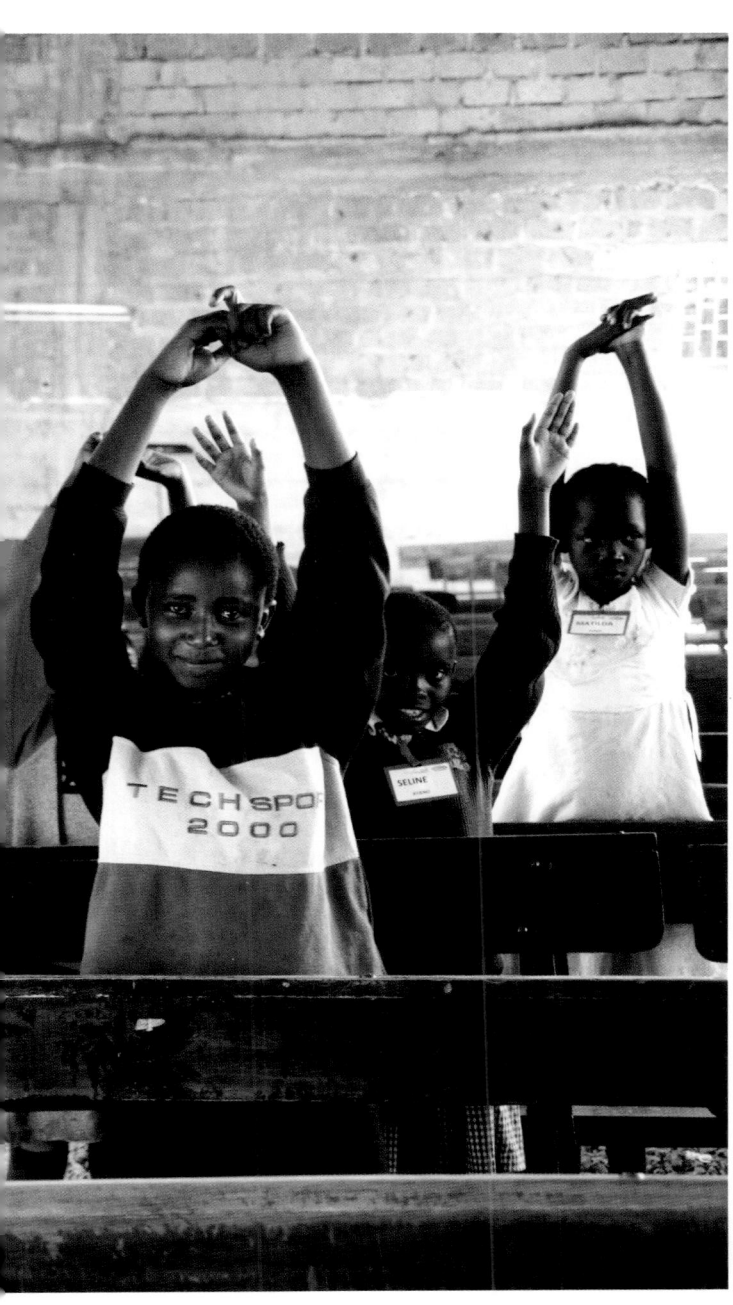

연습시간에 늦어서 벌을 서는 아이들.
벌 서는 것마저 재미있는지
아이들 얼굴에 웃음이 가득하다.

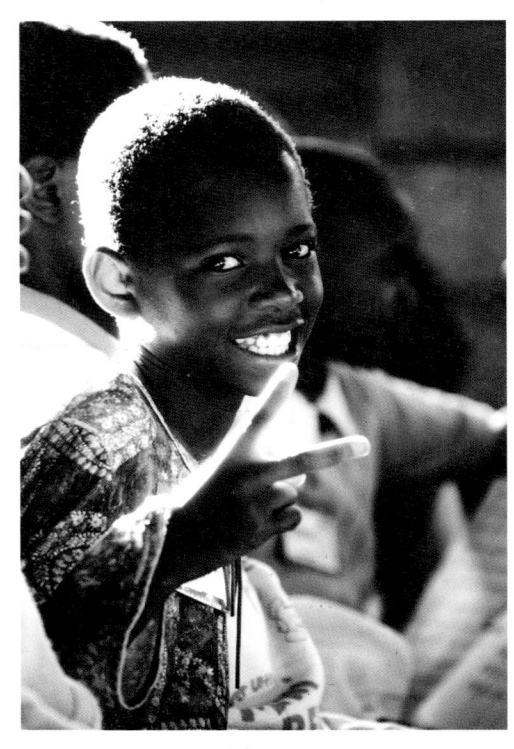

어떤 일이 있더라도 꿈을 잃지 말자.
꿈은 희망을 버리지 않는 사람에게 주어지는 선물이다.
—아리스토텔레스 Aristoteles

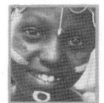

2006년에 시작된 지라니 어린이 합창단은 케냐 나이로비 국립극장에서의 공연을 시작으로 미국과 한국에서 여러 차례 공연을 하고 한국의 유명한 TV 프로그램에도 소개되었다. 이를 통해 고로고초 마을의 실상을 소개하고 그 속에서 싹튼 희망을 실제로 증명해 보였다. 많은 사람들이 지라니 합창단 아이들의 공연을 보면서 큰 감동을 받은 이유는 그들이 바로 살아 있는 희망의 증거이기 때문이다.

사람들은 지라니 합창단을 보면서 기적이라고 말한다. 도저히 불가능할 것 같은 일이 현실로 이루어졌을 때 우리는 기적이 일어났다고 한다. 하지만 우리는 안다. 그러한 성공 뒤에는 불 같은 의지와 신념을 간직한 사람들의 힘겨운 노력이 존재한다는 것을. 그리고 그 일을 한 것은 인간이지만, 그것을 이미 계획하고 이끌어준 것은 신이라는 것을.

메마른 초원에 오랫동안 기다렸던 시원한 비가 쏟아지면 그동안 숨죽였던 작은 생명들은 무서운 속도로 뿌리를 내리고 가지를 뻗으며 생명력을 깨운다. 그리고 그 깨끗하고 청명한 풍광은 우리의 지친 마음을 달래고 영혼을 정화시켜준다. 지라니 합창단은 우리에게 그러한 존재이다. 모두가 등을 돌린 쓰레기 마을의 아이들이 온갖 악조건을 극복하고 세계적인 합창단으로 성공

했다. 이 사실만으로 아직 세상에 희망이 있음을, 간절히 원하고 노력하면 기적이 일어날 수 있음을 일깨워준다.

고로고초 아이들에게 노래는 희망이다. 연습시간이 끝나고 먹는 점심식사 때문에 합창단에 들어왔을지도 모를 아이들이 이제 의사를, 변호사를, 선생님이 되는 것을 꿈꾼다. 하루하루를 살아내는 것조차 버겁던 아이들이 이제는 자신의 삶을 원하는 대로 만들어가기 위해 더 많은 것을 꿈꾸고 노력하고 있다. 당장 오늘 하루를 어떻게 보낼지 걱정하던 아이들이 1년 뒤, 10년 뒤 자신의 모습을 상상하며 그 모습을 향해 한 걸음 한 걸음 나아가고 있다.

지라니 합창단이 만들어지지 않았다면 아직도 고로고초 아이들은 아무런 희망도 없이 하루하루를 살아내고 있을 것이다.

세상을 살아내는 것과 살아가는 것에는 큰 차이가 있다. 지금도 많은 고로고초 아이들이 배고픔과 질병, 폭력 때문에 힘겨운 삶을 살아가고 있다. 하지만 그 아이들이 당장 오늘은 힘들더라도 더 나은 미래를 꿈꾸고 있다면, 이 세상이 살아볼 가치가 있는 곳이라고 생각하기 시작했다면 그것만으로도 지라니 합창단은 기적을 만들어낸 것이다.

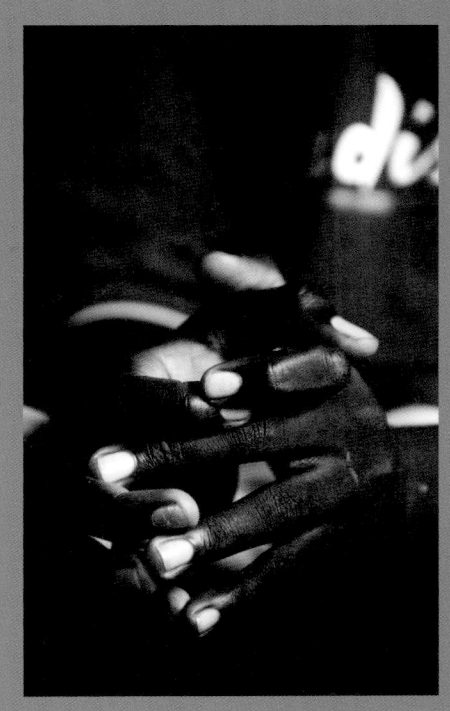

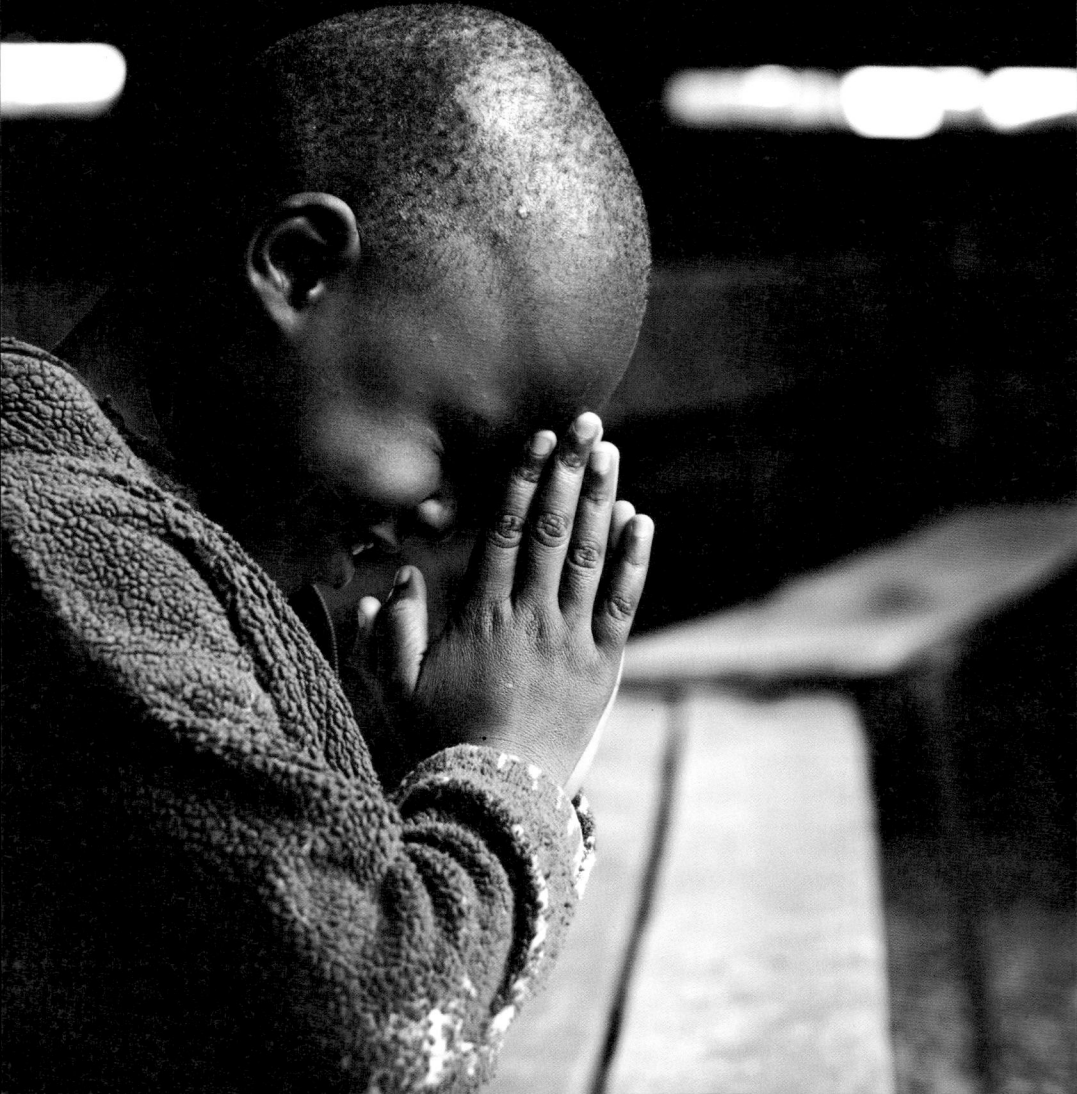

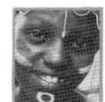

"하루 한 끼도 못 먹어서 많은 친구들이 영양실조로 죽어가고 있습니다. 하지만 나는 노래를 부르면서 처음으로 살고 싶다는 생각을 했습니다. 제 꿈은 굶어 죽지 않고 언젠가 다시 한국을 찾아 노래하는 것입니다."

지라니 합창단이 한국을 방문했을 때 한 단원이 TV 프로그램에 나와서 한 말이다. 이 프로그램을 보고 많은 사람들이 함께 가슴 아파하고 눈물을 흘렸다. 그리고 다음해 그 아이는 자신의 바람대로 다시 한국을 찾았고, 새로운 꿈을 꾸게 되었다.

"나는 굶어 죽지 않고 한국에서 노래하는 게 꿈이었습니다. 그런데 TV 방송국에 와서 노래하는 꿈을 이루게 되었습니다. 그래서 또 하나의 꿈이 생겼습니다. 내년에도 굶어 죽지 않고 살아서 잘 자란다면 파일럿이 되고 싶습니다."

언젠가 이 아이가 어른이 되어 자신의 꿈을 이룬 모습으로 다시 한국에 찾아올 것이라고, 그래서 고로고초 마을 아이들의 꿈이 현실이 될 것이라고 나는 믿는다.

Kumbaya Lord. Kumbaya, Kumbaya, oh-
Kumbaya Lord. Kumbaya, Kumbaya
Kumbaya Lord. Kumbaya, Kumbaya, oh-
Kumbaya Lord. Kumbaya, Kumbaya
여기 오소서, 주여. 여기 오소서, 오소서, 오-
여기 오소서, 주여. 여기 오소서, 오소서.
여기 오소서, 주여. 여기 오소서, 오소서, 오-
여기 오소서, 주여. 여기 오소서, 오소서.

Somebody needs You. Lord Kumbaya, Kumbaya, oh
Somebody needs You. Lord Kumbaya, Kumbaya
누군가는 당신을 원해요. 주여, 여기 오소서. 오.
누군가는 당신을 원해. 주여, 여기 오소서.

Somebody's praying Lord. Kumbaya, Kumbaya, oh
Somebody's praying Lord. Kumbaya, Kumbaya
누군가는 주님에게 기도해요. 여기 오소서. 오.
누군가는 주님에게 기도해요. 여기 오소서.

Oh Lord, oh Lord, oh Lord, Kumbaya
Oh Lord, Lord, Kumbaya
오 주여, 오 주여, 오 주여, 여기 오소서.

오 주여, 오 주여, 여기 오소서.

I need a blessing Lord. Kumbaya, Kumbaya, oh
I need a blessing Lord. Kumbaya, Kumbaya
나는 주의 축복을 원해요. 여기 오소서, 여기 오소서, 오.
나는 주의 축복을 원해요. 여기 오소서, 여기 오소서.

I need a miracle. Kumbaya, Kumbaya, oh
I need a miracle. Kumbaya, Kumbaya
나는 주의 기적을 원해요. 여기 오소서, 오.
나는 주의 기적을 원해요. 여기 오소서.

Oh Lord, oh Lord, oh Lord, Kumbaya
Oh Lord, Lord, Kumbaya
오 주여, 오 주여, 오 주여, 여기 오소서.
오 주여, 오 주여, 여기 오소서.

Oh Lord, oh Lord, oh Lord, Kumbaya
Oh Lord, Lord
오 주여, 오 주여, 오 주여, 여기 오소서.
오 주여, 주여.

Shower down on me. Shower down on me.
I need You to shower down on me
Lord I'm down here praying
Lord I need a blessing
나를 적셔주소서, 나를 적셔주소서.
나는 당신이 나를 적셔주기를 원해요.
주여, 나는 여기 엎드려 기도해요.
주여, 나는 당신의 축복을 원해요.

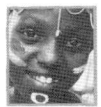

나는 불과 한 달 남짓 아이들과 함께 생활했을 뿐이다. 아이들에게는 그저 스치듯 지나간 인연에 불과하다. 그러나 나에게 고로고초에 있었던 한 달은 서너 계절이 지나는 것처럼 강렬하고도 생생한 기억으로 남을 것 같다.

처음 고로고초 마을에 들어섰을 때의 충격과 낯섦. 아이들과 친해지면서 값싼 연민이나 자만심을 버리고 고로고초 주민들에게 마음으로 다가가기 시작한 순간. 지라니 합창단의 노래를 들으며 희망과 기적에 대해 깨달았던 시간. 그들의 앞날에 축복이 함께하기를 바라며 간절하게 되뇌었던 기도들.

여행은 어떤 낯선 곳을 가든, 어떤 특별한 사람을 만나든 결국은 자기 자신을 만나러 가는 시간이다. 혼자서 여행을 하다 보면 평소에는 들리지 않던 내 마음속의 목소리가 들리는 순간이 온다. 그렇게 지금까지 몰랐던 새로운 나를 만나고 돌아오는 것이 여행이다.

떠나지 않으면 만남도 없다. 함께했던 추억에 감사하며, 이제 아이들과 헤어진다. 그리고 과거의 나와도 헤어진다. 곧 다시 만날 것을 기약하면서.

비록 지금은 하루하루의 삶을 힘겨운 짐처럼 여기며

　　　　　　　　　　　　　　　희망을 노래하다

살아가더라도 지금의 그 웃음을 잃지 않기를,
나를 향해 던진 그 보석 같은 미소가 영원하기를,
너희들의 앞날에 축복만이 가득하기를 기도한다.

안녕, 보고 싶은 애들아!

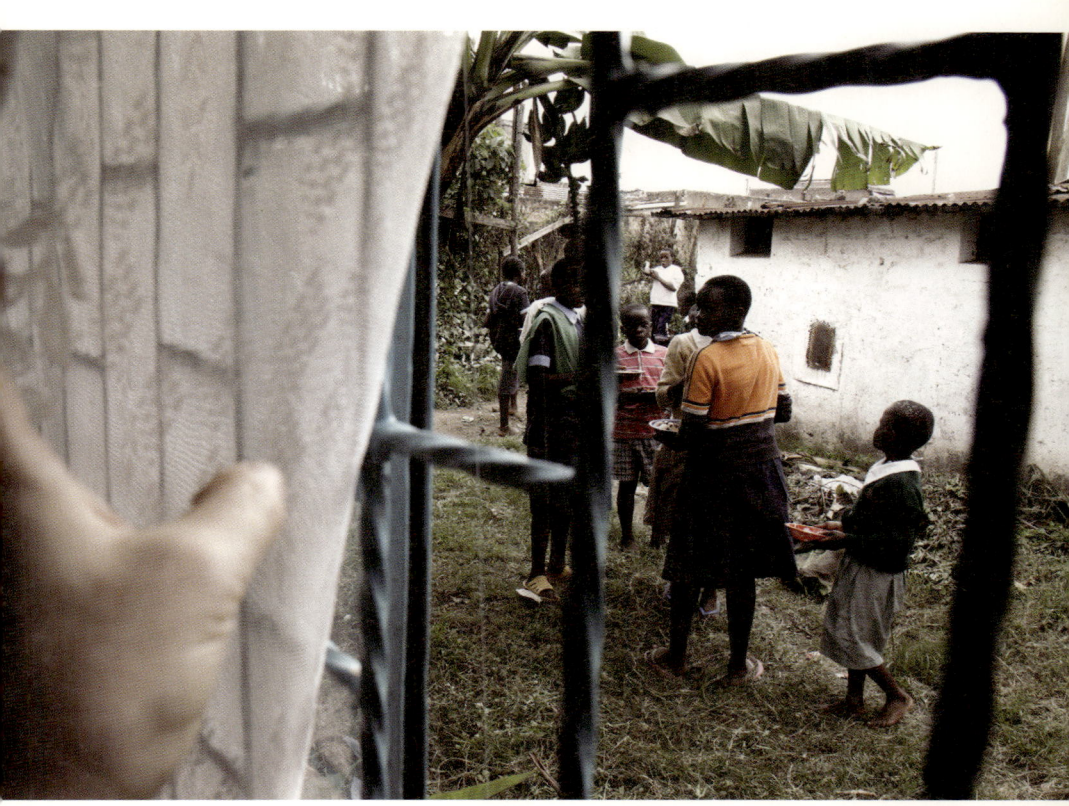

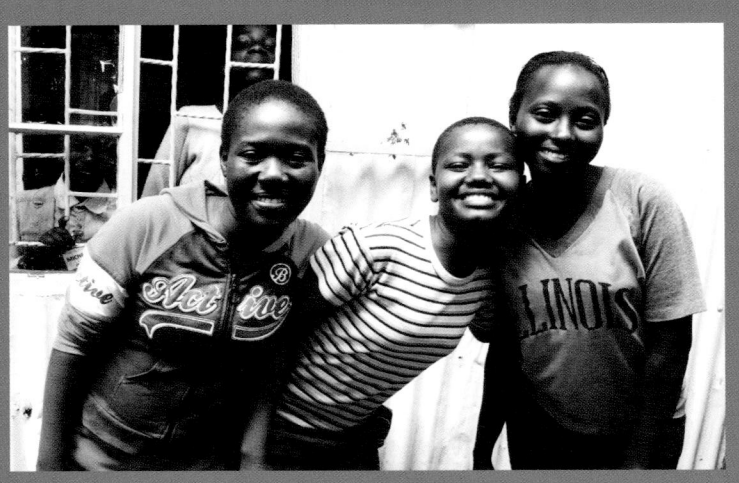

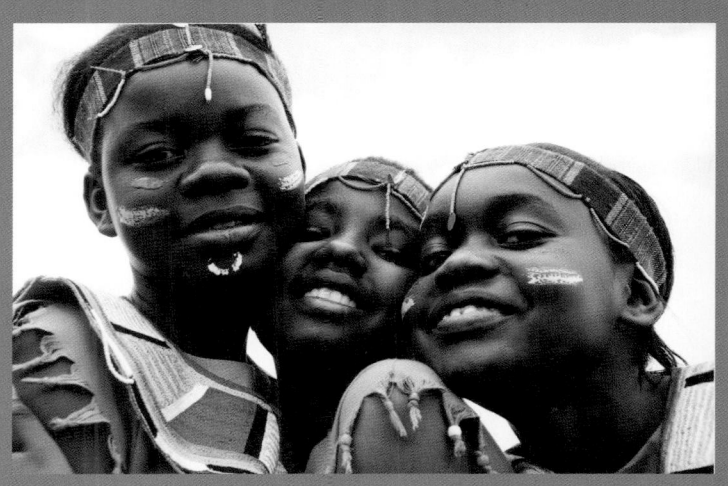

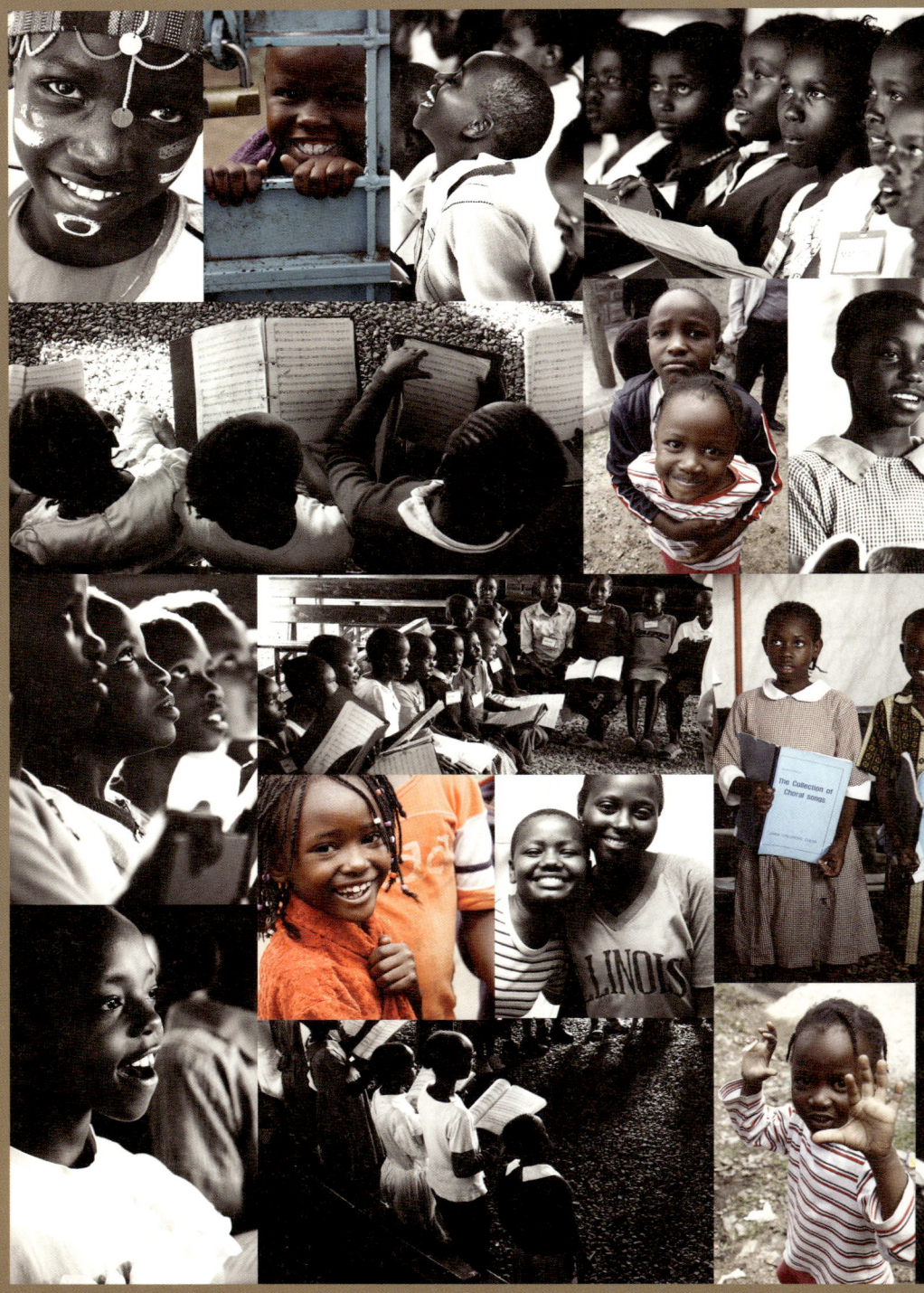

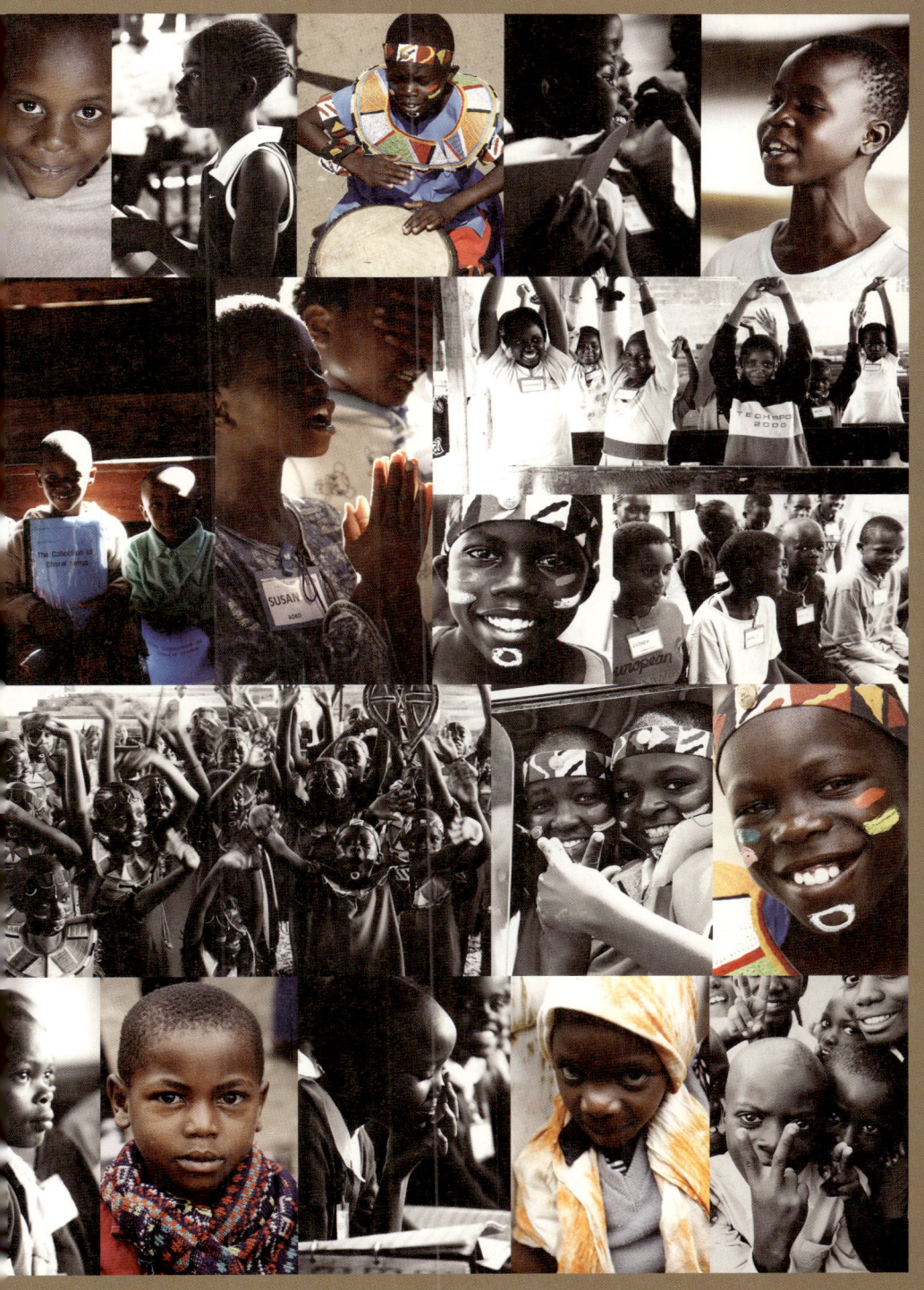

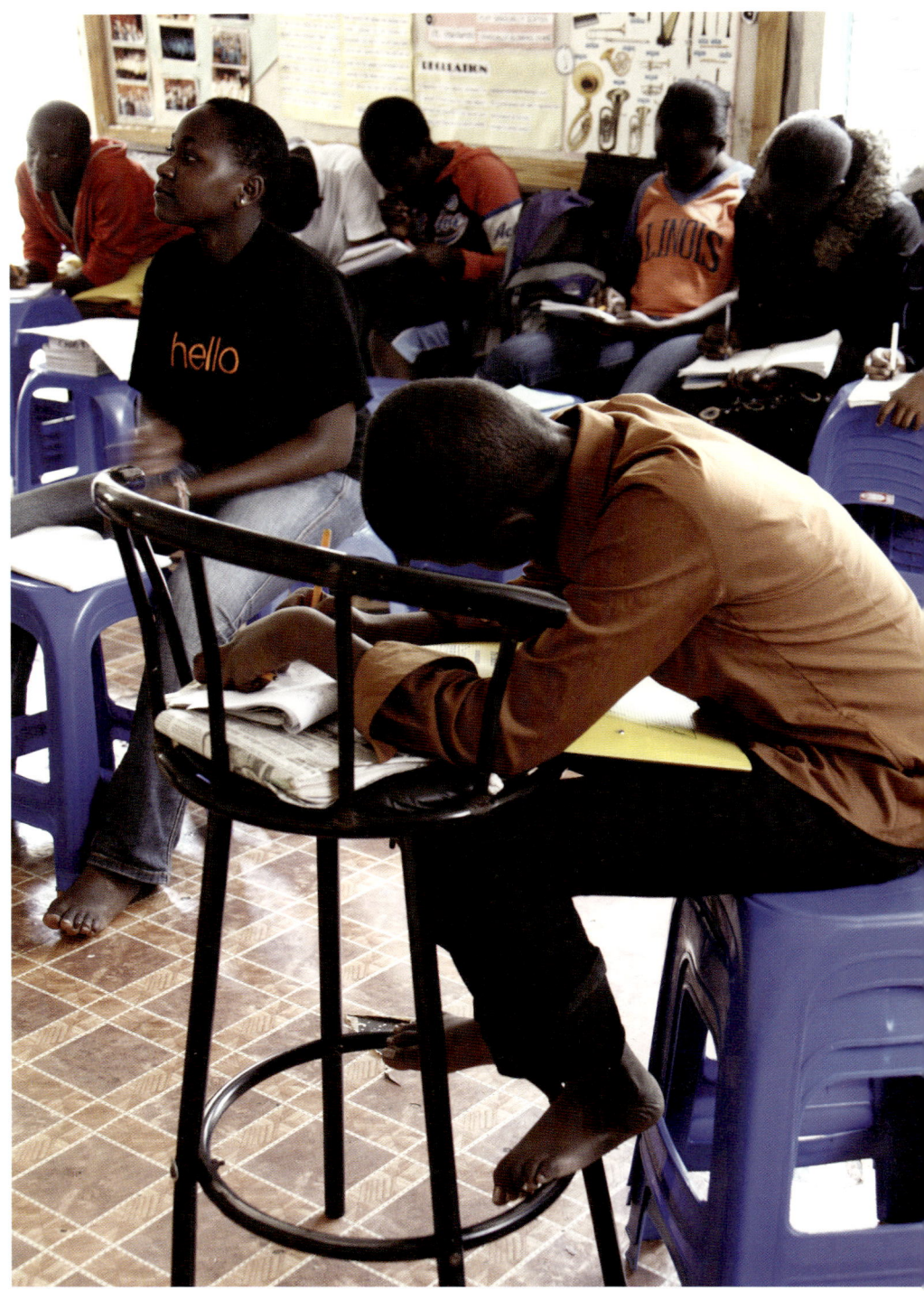

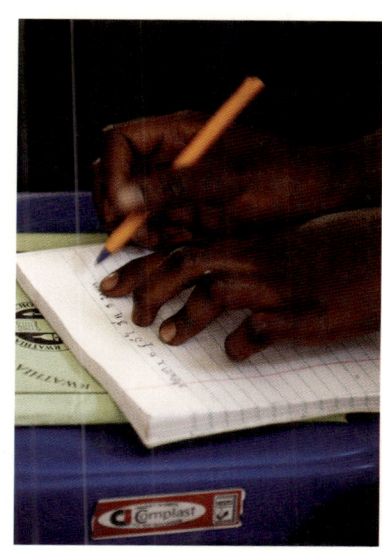

세상은 고통으로 가득하지만
한편 그것을 이겨내는 일로도 가득 차 있다.

—헬렌 켈러
Helen Keller

우리는 **평화**를 발견하게 될 것이다.

우리는 **천사의 목소리**를 듣게 될 것이다.

그리고 우리는 다이아몬드가 박혀

반짝이는 하늘을 보게 될 것이다.

—안톤 체호프 Anton Chekhov

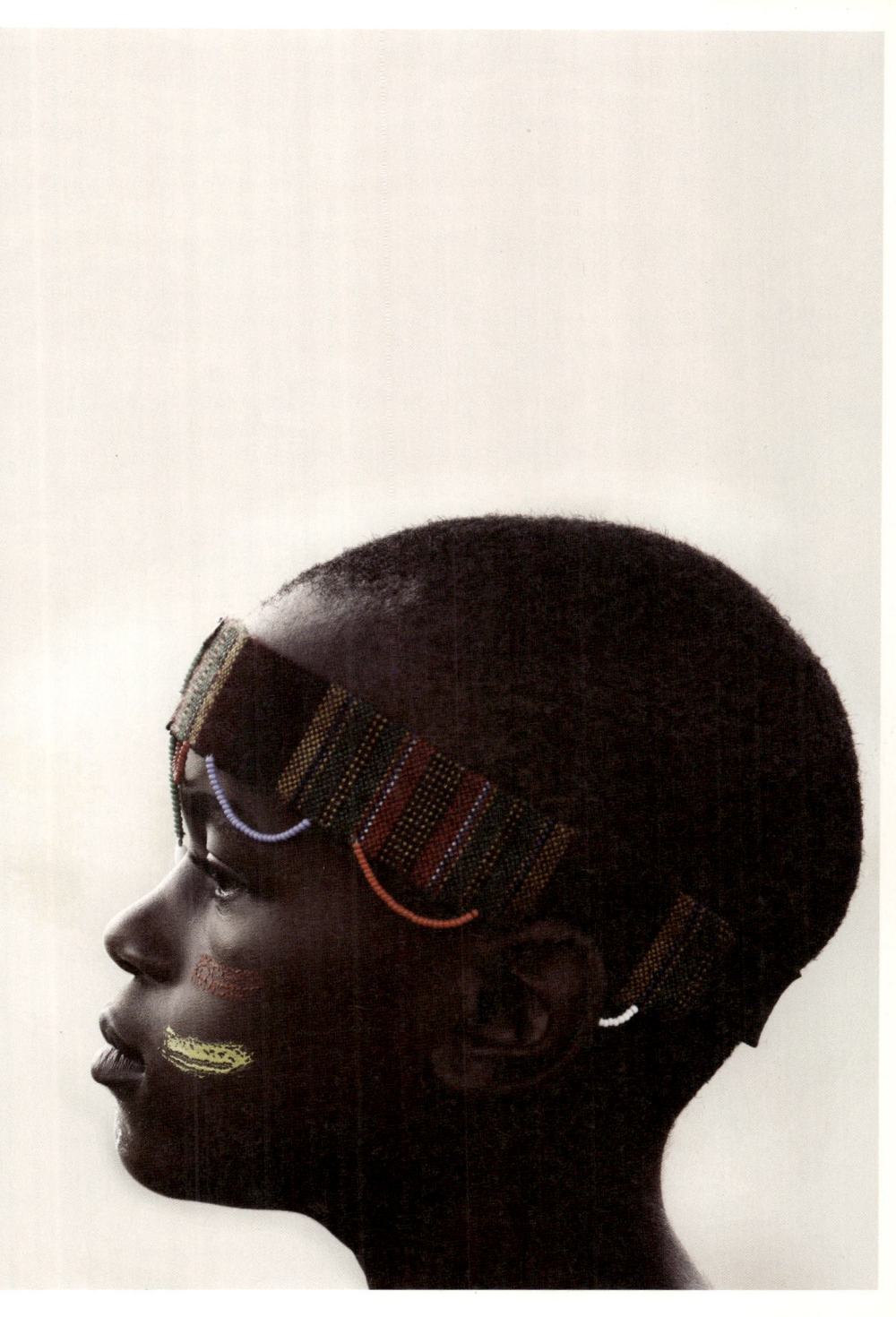

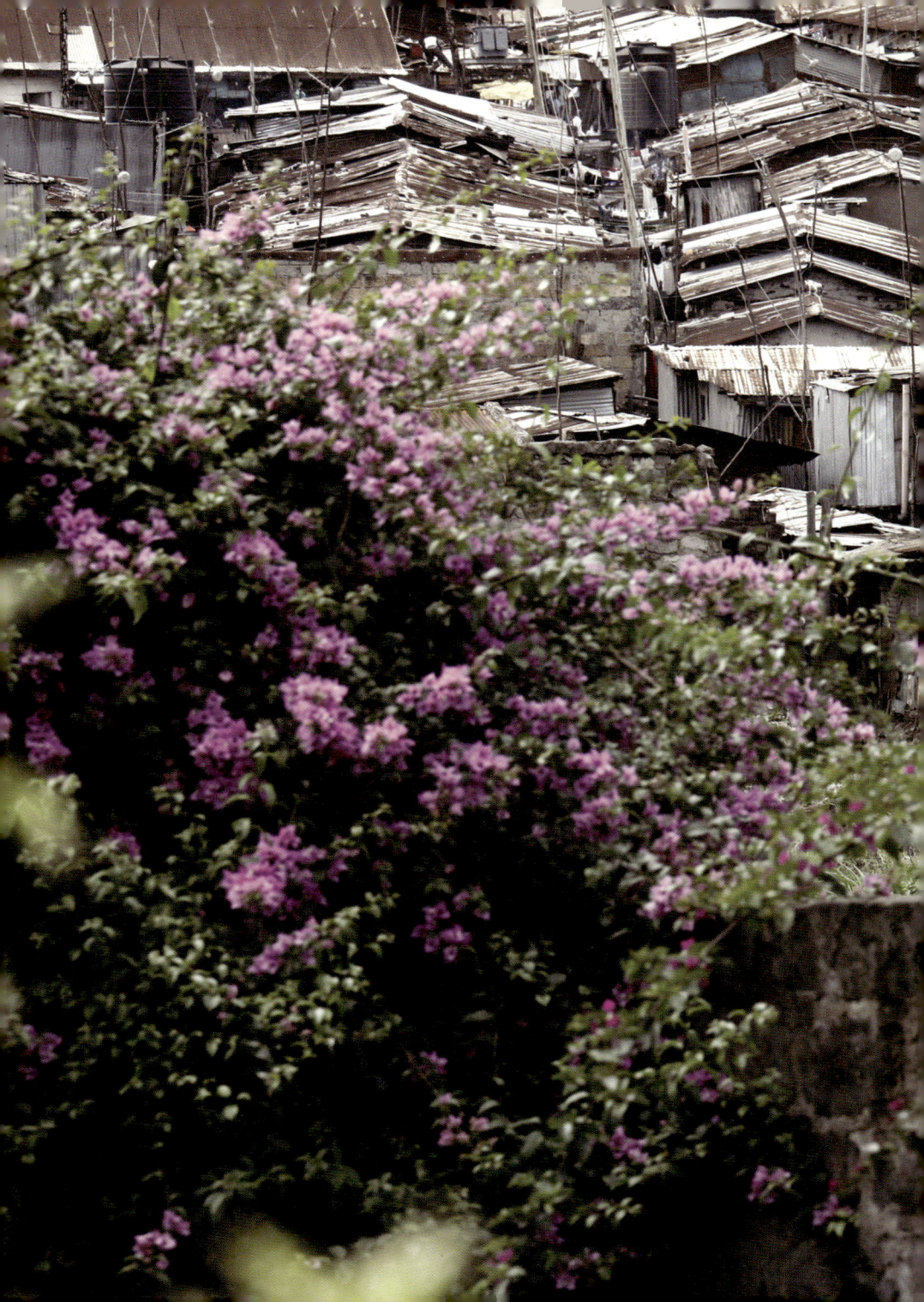

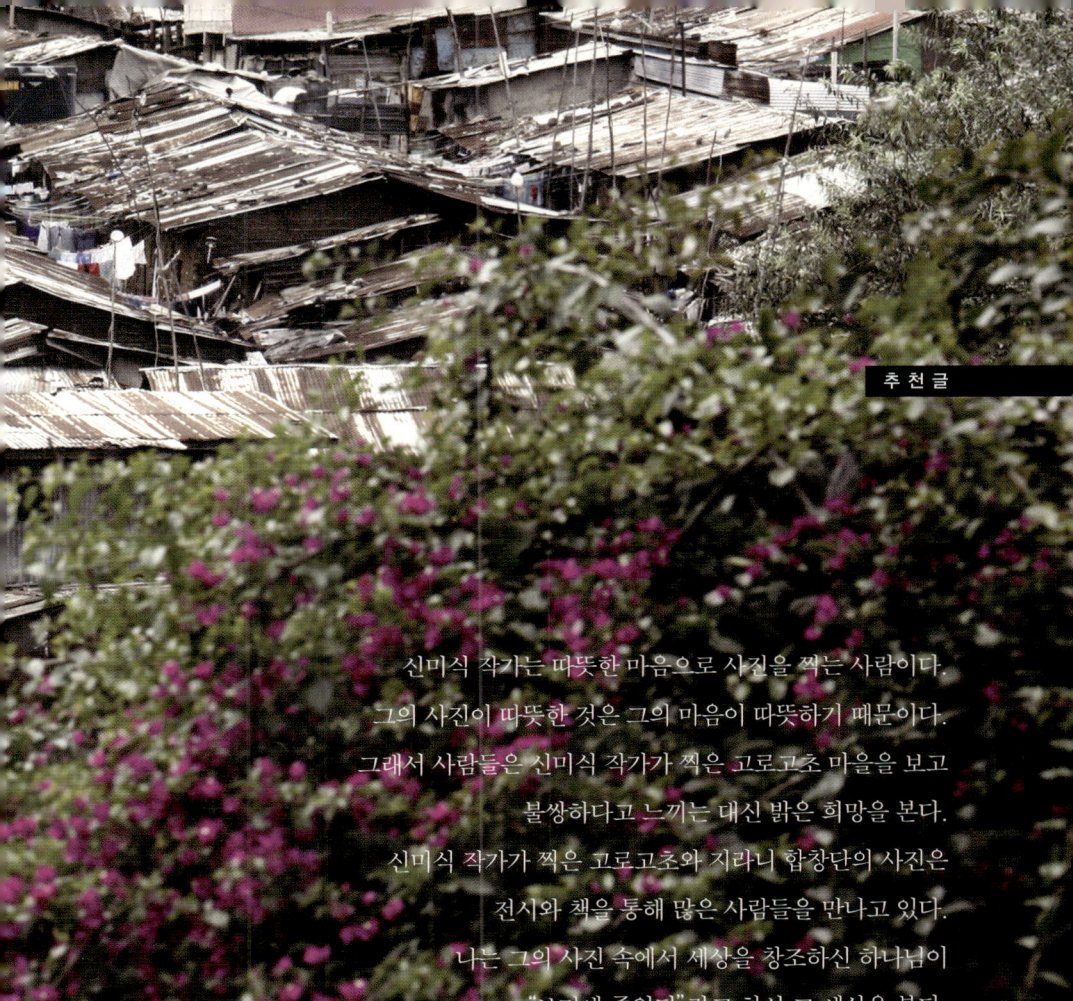

신미식 작가는 따뜻한 마음으로 사진을 찍는 사람이다.
그의 사진이 따뜻한 것은 그의 마음이 따뜻하기 때문이다.
그래서 사람들은 신미식 작가가 찍은 고로고초 마을을 보고
불쌍하다고 느끼는 대신 밝은 희망을 본다.
신미식 작가가 찍은 고로고초와 지라니 합창단의 사진은
전시와 책을 통해 많은 사람들을 만나고 있다.
나는 그의 사진 속에서 세상을 창조하신 하나님이
"보기에 좋았다"라고 하신 그 세상을 본다.
이 책을 읽는 독자들도 신미식 작가가 사진에 담은
따뜻하고 아름다운 세상, 하나님이 보시기에 좋았던
바로 그 세상을 볼 수 있기를 바란다.

임태종 목사, 지라니문화사업단 회장

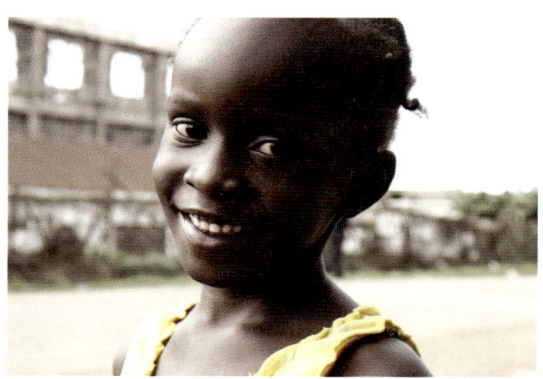

지라니 합창단 **희망을 노래하다**

초판 1쇄 인쇄 2010년 11월 20일
초판 1쇄 발행 2010년 12월 3일

지은이 • 신미식

펴낸이 • 양문형
편집인 • 구길원
편집장 • 탁윤희
디자인 • 장미화

펴낸곳 • 끌레마
주소 • 서울시 마포구 성산동 25ㅌ-1번지 성산빌딩 4층
전화 • 02-3142-2887
팩스 • 02-3142-4006
이메일 • yhtak@clema.co.kr

ⓒ 신미식 2010

ISBN 978-89-94081-08-3 (03ㅌ10)